石灰工場

DAS KALKWERK

Thomas Bernhard

トーマス・ベルンハルト
飯島雄太郎❖訳

河出書房新社

目次

石灰工場

行ったり来たりしながら論文について考える
わけでもなくひたすら歩数を数える。すると
ちょっとだけ気が変になりそうになるんだ。
（中略）とヴィーザーに言っていたとのこと
だ。

……コンラートが、五年前石灰工場を購入した時、まずしたことはピアノの調達だった。二階の部屋に置かせたんだ、とラースカの店では言われていた。といってもムスナーの地所の管理人であるヴィーザーによれば、音楽を楽しむためではなく、またトラットナーの地所の管理人であるフローによれば、何十年にも及ぶ精神的労働によって酷使された神経を鎮めるためだった。芸術をコンラートは憎んでいたし、音楽を楽しむために弾いていたわけではなかった。フローによれば即興で弾いていたらしく、ヴィーザーによれば毎日早朝と深夜窓辺に佇《たたず》み、ピアノの上に載せたメトロノームのスイッチを入れて、見よう見まねでガチャガチャやっていたとのことだ……

……次いで石灰工場に夫婦二人で暮らすのが怖くて仕方なかったので、さらには拳銃の収集に情熱を燃やしてもいたので、中古ではあるがまだ問題なく使えるヴェンツェルや、ヴェッテルリ、ゴロサベル、マンリッヒャーといったブランドの銃を、その一年前に亡くなった山林局参事官のコレクションから大量に購入した。コンラートはもともとどうしようもなく臆病な人間であり(ヴィーザー)、それほど昔というわけではないが、農場主であるムスナーとトラットナーが殺されていまだに犯人が見つかっていないことを思うと不安で仕方なくなり、いてもたってもいられなくなるので、泥棒から、さらにはとにかくありとあらゆるいわゆる異分子から石灰工場を守ろうと拳銃を購入していたのだった……

……何十年にも及ぶ誤った薬の投与によって、ほとんど全身使い物にならなくなっており、特注のフランス製医療用安楽椅子に丸まってそれまでの人生の大半を過ごしてきたその女性、旧姓ズリィートは、ヴィーザーが言うには、今となっては何かを痛いと思うことすらなくなっていたのだが、コンラートは彼女にマンリッヒャー・カービン銃の扱い方を教え込んでおり、そうでもなければまったく無力なこの女性は安楽椅子の背後に安全装置を外した状態で銃を隠していた。この武器を使ってコンラートは二十四日から二十五日にかけての深夜に後頭部に二発（フロー）、こめかみに二発撃ち込み（ヴィーザー）、まったく突然に（フロー）、あるいは結婚地獄の果てに（ヴィーザー）彼女を射殺したのだった。石灰工場の周辺にちょっとでも動きがあると見境なく発砲した、とラースカの店では言われている。よく知られていることだが、四年半前、つまり石灰工場に入居して間もない頃、リュックサックと鍬《くわ》を担いで石灰工場を通り過ぎた仕事帰りの樵夫《きこり》であり、狩猟区の管理人でもあるコラーを、コンラートは泥棒だと勘違いして左肩に向けて発砲し、結果的に九ヶ月半の重禁固刑の判決を受けたのだった。その事件の時、コンラートにはおよそ十五件にも及ぶ前科があることが知れ渡った。大半はいわゆる名誉毀損や軽度ないし重度のいわゆる傷害だった、とラースカの店では言われている。その時コンラートはヴェルス[1]の地方裁判所で判決を受けたのだが、今回もまたその地に拘束されている……

……間違いなくエキセントリックなのだが、不思議と控え目でもあるコンラートの人柄に興味をもつ人もいるにはいたが、結局一人残らずコンラートのもとから離れていった。コンラートの財産に興味があっても、関わりたくはなかったのだ。かくいう私自身はランバッハ[2]へと向かう道で何度か、キルヒハム[3]へ向かう道でも何度か会ったことがあり、さらには森でも二度ほどそういうことがあったが、気がつくといつだって医学的だったり、政治的だったり、もしくは純粋に自然科学的だったり、さらには医学的で政治的だったり、自然科学的で政治的だったり、医学的かつ政治的かつ自然科学的な会話に巻き込まれているのだった。もっともそのことについてはまた後で触れることにしよう……

……ラナーの店ではコンラートは妻を二発で、シュティーグラーの店ではたった一発で、グマップルの店では三発で、ラースカの店では何発も撃って殺したのだ、と言われていた。はっきりしているのはよほど裁判に精通していないと何発撃ってコンラートが妻を殺したのかわからないということだけだ……

……夫によるコンラート夫人の射殺事件の闇は、奇妙なことにより一層深くなるばかりだが、十五日に行われる公判でようやく光がもたらされるだろう。ヴィーザーが言うようにたとえ法律的にはっきりとするだけであったとしても……

……いわゆる凶行の後コンラートは自首したと翌年の一月になってもまだ広く信じられていたが、

1　上オーストリア州の都市。
2　上オーストリア州の村。
3　上オーストリア州の村。

そもそも自首などではなかったと今ではわかっている。ラースカの店で私は昨日一度に三件の生命保険の契約を取りつけることができたのだが、そこでは地元の警官が二日間にわたる捜索の果てに、乾ききり凍結しきった石灰工場裏手の肥溜めに潜んでいるコンラートを発見したと言われている。さらに次のようにも言われている。石灰工場が奇妙なほどに静かだといわゆる使用人のヘラーに聞かされた警官たちは、無理矢理石灰工場に押し入り、安楽椅子上の被害者を発見したものの、まず間違いなく犯人であると思われた夫の居場所はまるでわからなかった。石灰工場を上から下まで何度も、慎重に慎重を重ねて探し回ったが見つからず、さらにはヘラーが暮らしている別館や周辺の建物、石灰工場に隣接する森に至るまで探し回ったが結局見つからなかった。そして二日目になってようやく警官見習いのモーリッツが肥溜めに差し渡された腐った板を持ち上げたところ、凍死しかけているコンラートを発見したのだという。コンラートはこれ以上考えられないほどに疲れ切っており、なす術《すべ》もなく捕縛され、そのまま石灰工場へ、殺しの現場へと連れていかれたのだった。その時にはもう屋根裏から引きずり下ろされた古い藁《わら》袋が亡くなったコンラート夫人の代わりとして収まっていた。事件のいきさつについて供述させられる前に、コンラートは着替えることを許されたのだが、着替えている間も警官たちは急かしてやまなかったと言われている。というのもさっさとヴェルスに連行してしまいたかったのだ。殺しの現場に散らばっていた開封されていない何本ものシュナップスの瓶に警官たちの注意を振り向け、飲んでもいいぞ、とコンラートが促したのでようやく急かすのをやめた、という話である。警官たちはコンラートに散々手こずらされた後だっただけにシュナップスはまさに時宜を得たもので、警官たちは四本か五本、ことによると六本のシュナップスを護送車の中で飲んでしまったとのことだが、実際にヴェルスの地裁までの道すがらシュナップスをすべて飲み干してしまおうと思ったら、ジッキンク[4]を発ってから六十〜七十キロ程度迂回しなければならなかったはずで、そうなったらジッキンクからヴェルスまで二時間半はかかったことだろう。およそ三十分で行ける距離を二時間半だ。手錠を嵌められたコンラートは護送車の中で何かにしがみついていることもできなかったので、ヴェルスに着くやいなや頭から転がり落ちるようにして護送車から放り出されてしまったとのことだ。警官に小突かれた、という話もある。そして警官たちが靴を履く猶予を与えなかったので、灰色のフェルトの靴下しかはいていなかった。時間がなかったと警官たちは言っているらしい。肥溜めから引き上げられた時、コンラートの履いていた靴は脱ぐことはできても二度と履けないほどに糞まみれで、ほかの靴を履くこと、つまり自分の部屋に取りに戻る許可はおりなかった。急ぎだったし、ヴィーザーに言わせれば警官たちはきわめて非人間的なろくでもない連中だったからだ。ひどい寒さの中、帽子もかぶらせずにコンラートを連れて行くなんてあり得ない、とフローは言う。ちょっと体を冷やすだけでひどいことになる。それこそ状況次第では後頭部に軽く風が当たるだけで死にかねない、そんな年齢なんだから。もっともコンラートが大それたことをしでかしたのは事実であり、二日間にもわたって肥溜めの中で過ごし、夜の間は骨の髄まで冷えるほどだったにもかかわらず、体を壊したりもしていない。そしてヴェルスにいる今はそれなり

4　上オーストリア州に実在する集落。英語の sick（病）やドイツ語の siech（病弱な）とかけていると言われている。

に暖かく乾いた服を着させてもらっているのだから、フェルトの靴下しかはかせてもらえなかったことや、靴を履けなかったことに文句を言うのもおかしな話だ。革のズボンが一番風邪を引きにくいからはきたいというので、はじめのうちコンラートは警官にくるぶしまで届く革のズボンを部屋から持ってくるよう頼んだのだが、コンラートの部屋へと降りていった警官見習いのモーリッツはその言葉に耳を貸すこともなく、革のズボンの代わりにどこにでもあるような暗い灰色のローデンパンツを持って現れた。ローデンパンツにローデンコート。さらには下着やシャツ、フェルトの靴下、ハンカチといった衣類をコンラートに向けて放り出し、さっさと着替えてくれ、と命令した。そうこうしている間もコンラートを銃床で机の角に押し付けていた警官ハルプアイス、まったくの無抵抗の、フローに言わせれば何もかもどうでもよくなっていたコンラートに反抗の意思ありと判断したその警官ハルプアイスは、コンラートに何度も人殺しと言ったとのことだ。地裁判事は、殺人のあった部屋に到着した途端、人殺しという言葉がハルプアイスの口からこぼれ落ちたので、コンラートを今の段階で人殺しと呼ぶのは、警官にはあるまじきことだ、と苦言を呈さざるを得なかったらしい。しかし警官たちは、ヴィーザーに言わせれば、このまったく正しい意見に耳を貸さずに、地裁判事がまだそこにいるのにも構わず、コンラートを何度も人殺しと呼んでいた。コンラートを人殺しと呼ぶことを禁じたにもかかわらず、警官たちがなおもコンラートを人殺しと呼んでいることに、地裁判事は気づいていなかったのかもしれない。さらに言えば警官見習いのモーリッツは安楽椅子にうずくまっていたコンラート夫人、その頭部は一発のもしくは何発かのマンリッヒャー・カービン銃の銃弾でどうしようもなくぐちゃぐちゃにされてしまっていたのだが、そのコンラート夫人の体を上官の指示を無視して真っ直ぐに座り直させていたとのことだ。それも当地の警官たちのトップであるノイナーが殺人のあった部屋を離れた瞬間にそうしたのだ。多分、ノイナーは中廊下にいたヘラーと話をしたかったのだろう、石灰工場についてもっともよく知っているこの男から何かを聞き出したくて現場を離れたのだろう、とヴィーザーは推測している。つまるところ凶行が発見された直後、重心が次第に移動していき、夫人の重たい体が椅子から木の床へとずり落ちてしまうのではないかと気が気ではなくて、モーリッツは夫人の体を真っ直ぐにしたのだ。このちょっとした事件があったので、地裁判事はモーリッツを青二才と呼んでいた、とフローは言っている。また地方新聞の記者であるラニーク、大変あやしいこの人物は石灰工場には入れてもらえなかったらしい。またヴィーザーはコンラート夫人の手首がこなごなになっていたことについても話していた。発砲される時、コンラート夫人が手を顔の前にもっていった証拠だというのである。フローは何度も識別不能、という言葉を使っていた。血まみれ、と何度も繰り返した……

……コンラートはまず死者を部屋から連れ出し中廊下へ、その先の湖に突き出た窓へと引きずっていこうとした、とラースカの店では言われている。人を殺した誰もがそうであるように、コンラートもまた事態の途方もなさに気づき（ヴィーザー）、遺体を片付けようとしたのだ。中廊下を突っ切って死体を突き当たりの窓まで引きずり、そこから、フローが言うように鉄や石でできた重りを括り付けて一も二もなく突き落とす、それが一番簡単だ。おまけに湖に面した窓辺には大理石の塊が二つ、もとはと言えば扉の枠にする予定だったものだが、石灰工場のかつての所有者であり、コンラートのいとこであるヘーアハーガーが凝灰岩の扉にすると決め、大理石にはしないと決めたので結局使われなかった大理石の塊が二つ、あつらえたかのように置かれていた。公判が進めば二つの大理石の塊についても話題になるだろうとフローは確信している。コンラートは湖側の窓まで死体を引きずっていけないとすぐに痛感したんだろう。そうするにはあまりにも体力がなかった。死体を窓から湖へと投げ捨てたところでどうにもならない、ということにも気づいた。どんなに凡庸な犯罪者でも、この方法の欠点にすぐに気がつくはずだ。ヴィーザーはセンスがないと言っていた。犯人はまず事件の痕跡を消すためにどんなに無意味なことでもやろうとするものだが、今回の件に関して言えば奥さんの死体を窓から投げ捨てること以上に、無意味なことなんてない。中廊下の真ん中の辺りまで来たところで、故人を湖に面した窓まで引きずっていき、投げ捨てるという計画を放棄したんだろう。もしかしたら死体を片付けるのが突然面倒になってしまったのかもしれない、とフローは推測している。実況見分によれば、出血が止まらない死体を部屋まで引きずって戻ると苦労してまた椅子へと座らせようとした。コンラート自身、椅子に座らせようとしたが何度やっても死体は腕をすり抜けて板張りの床にくずおれてしまった、と認めている。生気のない重たい女の体は何度も腕から滑り落ちるので、椅子に乗せるのに一時間以上かかった。ようやく故人を椅子に座らせた時にはもう椅子の傍らで崩れ落ちるしかないほどに疲れ切っていた、と……

……コンラート自身の証言では犯行直後、完全に気がふれてしまったかのように石灰工場中をそれこそ上から下へ、下から上へと走り回ったり、あるいは中廊下の湖に面した窓枠にもたれかかったりしている時に、コンラート夫人の遺体を湖に面した窓から投げ捨てるという考えが思い浮かんだとのことだ。石灰工場の至るところに散らばった血痕をたどれば、石灰工場のどこをどんなふうに走ったのかはっきりとわかる。コンラートの供述を検証するのは難しくないし、実際間違ってもいない。コンラートには本当のことを言わない理由がないともフローは思っている。それがコンラートだし、コンラートはいつだって本当のことしか言わない、いわゆる真実狂なんだから。今もそうなんだ。グマッフルの店では、コンラートは落ち着きを失うことなく奥さんを背後から撃ち、目標が本当に死んだことを確かめると即座に自首した、と言われている。ラースカの店では左のこめかみに向けられた一発でコンラート夫人の頭はこなごなに砕け散った、と言われている。こめかみについては右と言われることもあれば、左と言われることもある。ラナーの店ではコンラートは奥さんを斧で殺し、斧で殺してから、マンリッヒャー・カービン銃で撃った、とも言われており、コンラートは頭がおかしいと思われている。ラースカの店ではコンラートは奥さんの後頭部にマンリッヒャー・カービン銃を突きつけ、一、二分経ってからようやく引き金を引いた、後頭部に銃口を感じてようやく夫が自分を殺そうとしていると気づいたので、抵抗する術もなかった、と言われている。多分、奥さんの希望に従って射殺したのだろう、彼女の生は苦しみに満ちたものだったし、日ごとに苦しみは増していったのだから、とシュティーグラーの店では言われている。あのかわいそうな人、彼女はほとんどいつも、どこでもそう呼ばれていたのだが、あのかわいそうな人は死んでよかったんだ、と。もっとも奥さんを射殺したのならコンラートも自殺してしまった方がよかった、とも言われていた。刑務所か精神病院に死ぬまで拘束される、という恐ろしい報いが待ち受けているのだから……

……なんにせよ自分の間近にいる人間を殺すなんてまともな人間のすることじゃない、とフローは言う……

……床に横たわる死者の脳は、質感も色もエメンタルチーズみたいだ、と地裁判事は居並ぶ警官たちに言ったらしい、とヴィーザーは言う。ヘラーに聞いてもそれは本当らしい。さらにコンラート自身について地裁判事はシュリッデ[5]が言うような癌患者特有の髪の色をしている、とも言っていたそうだ……

……実際のところ、コンラートは奥さんの部屋に何週間にもわたって斧を忍ばせていたらしい。まったく平凡な木の斧。しかしコンラートは奥さんをその斧で殺したのではなく、射殺したのだ、とヘラーは言う。斧は何週間もの間、安楽椅子の後ろ、窓敷居のところに置かれており、そこで埃をかぶっていた。犯行時刻は午前三時と推定されているが、それ以外の可能性も指摘されている。ラナーの店ではコンラートは朝の四時に妻を殺したというのが定説になっているし、ラースカの店では一時、シュティーグラーの店では朝の五時、グマッフルの店では二時と言われている。誰一人として、ヘラーでさえも銃声を聞いていないのだ。ヴィーザーによればジッキンクの石灰工場を世界でたった一つの居場所だとコンラートは言っていたが、実際にはジッキンクはだんだんと、フローによればとくにこの二年間は底意地の悪さを感じるほどのはやさで逃れがたい宿命になっていた。つまりコンラート自身も嫌というほどに感じていたことだが、陰鬱極まりない敗北であり、ヴィーザー流の大仰な言い方をすれば悲劇だったのだ。コンラートは石灰工場を手に入れようとかなり前からできる限りのことを試していたし、できる限りのことをしていた。石灰工場はずっとコンラート家のものではあったが、コンラートがかつてフローに打ち明けたところによると、戦間期に相続の抜け道を利用してコンラートの甥であるヘーアハーガーの所有となっており、ヘーアハーガーから石灰工場を買い取ること、それこそが三十年か、ことによると四十年にわたるコンラートの夢だったのだ。フローが言うにはその夢は次第に難しくなっていたと言わざるを得なかったが、ヴィーザーが言うにはある時、一夜のうちに実現したとのことだった。幼い頃からいつか石灰工場に移り住む計画を立てていた。その古い石積みの建物を手に入れ、コンラートは子供の時から、いつか石灰工場に住むことを夢見ていた、とフローは言う。コンラート自身がかつてフローにしていたという言い方によれば、ジッキンクの完全な孤独の中で余生を過ごすこと。それも歳をとるごとに不可欠なものとなっていた徹底したやり方で、まだどうにかはっきりしている頭を酷使しながら生きていくこと。それが昔からの夢だったのだ。しかし甥のヘーアハーガーは価格を絶えず吊り上げていくし、石灰工場をコンラートに売却するともしないとも言う。ある時は石灰工場の売却を確約したかと思えば、今度は話を聞くことすら嫌がる。言うことがころころと変わる甥の気まぐれさはコンラートにとってはサディスティックだとすら感じられるほどで、石灰工場を売りたいと思ってはいるがコンラートにじゃない、と脅すかと思えば、石灰工場はコンラート以外には売らないと言い出すことも珍しくなかった。コンラートに石

5　ヘルマン・シュリッデ（一八七五－一九四六）。ドイツの病理学者。

灰工場を売る確約をしたかと思えば、翌日には撤回したり、その確約のことはきれいさっぱり忘れてしまっていたりする。ウリタイとウリタクナイを行ったり来たり。どう考えてもおかしいことだが、いずれにせよいつまでも価格は上がり続ける（フロー）。日を追うごとに石灰工場の価格はどんどん上がっていき、そのうちにコンラートはヘトヘトになっていた。しかしこうした障害に、コンラート言うところの非人道的な障害に屈し、石灰工場を手に入れ、石灰工場に入居することを諦めるような人間ではない。ヴィーザーが言うにはコンラートは何十年もの間、石灰工場をどうにかして手に入れようとあらゆる手を尽くし、確固とした意志をもってたゆむことなく計画を推進し、追求し、そしてついに実現したのだが、コンラートの妻、つまり障害があり動くこともできないので石灰工場に暮らしていても、ヘラー、パン屋、煙突掃除屋、床屋、往診医、そして仕立屋以外には誰も顔を見たことがなく、障害はあるものの大変な美人だと噂になっていたコンラート夫人、まさにそのコンラート夫人は石灰工場に行かなくてもいいようにあらゆる手を尽くしていたし、あらゆることをしていた。しかしヴィーザーが言うには石灰工場を研究にとっての理想的な場所だと思っていた彼女の夫は、当然研究のことしか考えていなかった。コンラートはだんだんと石灰工場のことを考えなければ夜も日も明けないようになっていったとのことだが、コンラート夫人が繰り返し言っていたところでは、まだ石灰工場のことを本気で考えているとも思えなかった頃から石灰工場に入居するという夫の計画が実現してしまったら、ただでさえいいことのない人生が、どう転んでも悲惨なものにしかならないと心配で仕方がなかったという。そして今になってみればその心配は当たっていたのだ。妻はトーブラッハ[6]に、両親のいる土地、両親のいる家に帰りたかったが、トーブラッハに帰ったとしてもコンラートにとっては自身の研究の、つまりは人生の目的を捨て去ることにしかならなかったし、結果的に妻、本当のところはコンラートの義理の妹であった彼女にとっても安易に生活を破綻させること、それもトーブラッハ以外の場所で生活を破綻させることにしかならないのは目に見えていた。というのも彼女はどうしようもなくコンラートに依存していたんだ、とヴィーザーは言う。やけになったり、途方に暮れたり、毎日胃が痛くなるような思いをしながら暮らしていく中で、つまりもはや逃げ道はないことはわかっており、そしてもはや逃げ道はないことがわかっているだけではなく、これからも逃げ道が見つかることはないということがわかっているために二重にやけになり、二重に途方に暮れて、生まれ育った土地、生まれ育った地域の生まれ育った家を救いの地と思って訪ねたところで、ひどい結果になるのは目に見えている。それでも奥さんにとっては、トーブラッハは記憶にあるいくつかの救いの地の中でもどこよりも理想的な救いの地だったし、いつも恐ろしくて仕方がなかった恐怖のジッキンクとは正反対の、どこよりも理想的な救いの地だった。それでも二人はジッキンクへと向かった。コンラートが自分の意見を押し通したのだ、とフローは言う。奥さんは石灰工場を嫌っていたし、夫に石灰工場に行くという考えを捨てさせるためならなんでもした。コンラートの甥、ヘーアハーガーが石灰工場を売らないように、あるいは売るにし

6　オーストリアとの国境近くに存在するイタリアの村。トーブラッハ（Toblach）というのはオーストリア側からの呼び名であり、イタリアではドッビアッコ（Dobbiaco）と呼ばれている。なお全集版の編者レナーテ・ランガーは「猛る（toben）」や「笑う（lachen）」といった言葉を連想させると指摘している。

てもとにかく夫には売らないようにと説得を試み、それが無理とわかるとヘーアハーガーを買収しようとした。石灰工場をコンラートではなく、別の誰かに売ってくれたら、六桁払うと甥に申し出たんだ、とフローは言う。それが無理とわかるとヘーアハーガーを脅迫した。警告したりゆすったりしてどうにかコンラートに売るのをやめさせようとしたのだが、何にもならなかった、とフローは言う。フローが言うように、いつでもどんな場合でもコンラートが自分の意見を押し通してきたのだが、今回も結局、コンラートが自分の意見を押し通したのだ。コンラートにとってはもう何十年も今いる世界は退屈で無意味だとしか思えなくなっており、創造的な人間をひたすら抑圧し、足踏みを続けるものとしか思えなくなっていたので、そんな世界から抜け出し自分の研究のために、そして二人の生活のために石灰工場へと引っ越そうと、それも石灰工場を借りるのではなく法律に則って買い取ろうとしていたのだ。というのもヘーアハーガーはコンラートに、他の客に対するのと同じように十二年か二十四年契約で貸してもよいと提案していたのだが、ヴィーザーが言うには性格的にはコンラートにはそうすることができなかった。ヴィーザーの証言によれば、こうした自分の行動や決心は必然的な行動であり、必然的な決心であることが、ジッキンクで暮らした五年半を通じてはっきりしたとコンラートは言っていたらしい。ジッキンクに来てからしばらくの間はトーブラッハという言葉やイメージを妻が思い浮かべることも珍しくなかった、とコンラートはフローに言っていた。いつも決まってトーブラッハという言葉なんだ、とフローは言う。トビアッコ[7]ではなかった。子供の頃の印象が時折何時間も彼女の頭を、しまいには彼女の部屋を、そして石灰工場中をうろつき回るんだ。もっともだんだん少なくなっていった、とフローに言っていたとのことだ。トーブラッハはもう思い浮かばなくなったようだ、と一年前、いわゆる冬市で会った折にコンラートはヴィーザーに言っていたらしい。トーブラッハのことを思い浮かべても何も感じなくなっていた。私が思うにトーブラッハはもうどうでもよく、トーブラッハのことがどうでもよくなったので、自分自身のこともどうでもよくなってしまったんだ。私にはわかるんだ。妻はいつもジッキンクが嫌で仕方なかった、とコンラートはフローに言っていたらしい。石灰工場が嫌で仕方なく、つまり私が、そして私の研究が嫌で仕方なかったわけだが、それはつまり論理的な帰結を言えば自分自身が嫌で仕方なかったんだ。ジッキンクが話題に上ると彼女は即座にジッキンクに対抗して、トーブラッハをもちだす。結局のところジッキンクを嫌がったり、研究を嫌がったりするのが習慣になっており、もはや本能的に研究を、つまり「聴力」を嫌っていたんだ。ところがある日突然、トーブラッハの影も形もなくなった、と言っていたとのことだ。そもそも妻にはトーブラッハ以外には何もない。今でもトーブラッハだけなんだ。当然のことながら、ジッキンクは牢獄だ、とコンラートはフローに言った。外から見ると牢獄か、矯正施設か、刑務所か、監獄のように見える。何百年もの間、そう見えないように繕ってきた。悪趣味な装飾で繕ってきた、と言っていたとのことだ。けれどもそう見えるようにしたんだよ。真の姿を容赦なく白日のもとに晒したんだ。コンラートが石灰工場を買ってすぐに

7 原文には Tobiacco とあるが、ここは本来 Dobbiaco となるのが正しい。普通だったら版が改まる際に修正されるところだが、ベルンハルトは最後まで Dobbiaco とはしなかった。そのためここでもトビアッコと表記する。

分厚い壁に嵌めさせたという窓格子が何よりもこうした印象を強める。実用格子、という言い方をコンラートはしていたらしい。装飾つきの格子を取り外して実用格子を嵌めさせたんだ、とコンラートは言う。分厚い壁、そして分厚い壁にがっしりと固定された鉄格子はまさに牢獄を思わせる。石灰工場購入前に、石灰工場のそこかしこにあった曲線模様、まさにこの二百年というものの悪趣味な時代の証《あかし》とコンラートはヴィーザーに言っていたとのことだが、そういった曲線模様はやめにした。一つ残らず速攻その場でやめにしたよ。大半は自分の手で壁から取り外し、引き剝がし、引き下ろして引きちぎったんだが、引き剝がし、引き下ろし、引きちぎった曲線の代わりに新しい曲線を入れたりはしなかった。石灰工場に装飾はいらないんだ、とコンラートはフローに言っていたとのことだ。石灰工場に向かう道もそうだ、と言っていたとのことだ。実際、見ればすぐにわかる通り、石灰工場に向かうには石ころだらけの道が一本あるだけなんだ。最低限の舗装だけしてある。何もかも簡素にしたかったんだ。他人の言うことは聞かずに石灰工場をもとの状態に戻すことが大切だったので高い藪《やぶ》だけがあればよく花壇は不要だった。ヴィーザーには次のように言っていたとのことだ。私はいわゆるオーガニック狂ではないし、オーガニックマニアでもオーガニックマゾでもない。ましてや植物オタクではさらさらない。自然は、正確に言うならば私の外側にある自然は、それだけでは私を、つまりはコンラートという人間の内部の自然を怖がらせるばかりで、賛嘆させることはなかった、と言っていた。いわゆる自然の魅惑などという感覚は倒錯でしかない。私は動物の友ではない、人間の友ではないんだから、動物の友でもないんだよ。ついでに言っておかなければならないが、私が私である限りいつか動物の友になることもないだろう。たしかにいつも自然と関わっているし、そのことばかり考えているが、まさにいつも自然と関わっているがために、自然の友ではあり得ず、それどころか正反対の、当然妻にとってはきわめて不気味なことだが熱心な自然嫌いであり、ということはもちろん生き物嫌いでもあるんだ。フローには次のように言っていたらしい。何もない壁。実用的であること。戦略的自傷行為。破局的頭脳経済。ヴィーザーには次のように言っていた。がっしりと閉じられ、封鎖された扉。がっしりと格子を嵌められた窓。何もかもがっしりと閉じられ、封鎖され、格子を嵌められてなくちゃいけない。昔はごく平凡なばね式錠しかなかったなんて！　考えてもごらんよ。ごく平凡なばね式錠だよ！と大声で言っていたらしい。今は壁に深く差し込まれた頑丈な角材が石灰工場の扉を守っている。壁に深く差し込まれた頑丈な角材が、とヴィーザーに言っていたとのことだ。動かそうと思ったら力一杯押したり引いたりしなくちゃいけない。この辺りは湿気がすごいからいつだって力を込めなくちゃいけないんだ。安全であることこそが何よりも大切だ。どうにかこうにか逃げ出してきた外の世界からとにかく自分たちを守らなくちゃいけない。窓には格子をつけないといけないし、扉にはかんぬきをつけないといけない、と奥さんに言っていた、とヴィーザーは言う。引っ越してすぐに、石灰工場を購入するにあたっては聞いたこともなければ信じることもできないような額を支払っており、そして購入した翌日にはもう引っ越していたのだが、そうしたらすぐに窓という窓に格子をつけさせて、扉という扉にかんぬきをつけさせた、とヴィーザーに言っていたとのことだ。内扉にもかんぬきをつけさせたんだ、重たいかんぬきと重たい格子。鍛冶屋もそんな重たい格子を作れないと断ったし、大工もそんな重たいかんぬきは作れないと断った、と言っていたとのことだ。けれども頑として譲らなかったし、高額の報酬を約束したので、鍛冶屋は重たい格子を作ってくれたし、大工は重たいかんぬきを作ってくれたとのことだった。実際、重たい格子を作った鍛冶屋も、重たいかんぬきを作った大工も一度は断ったが、結局二人とも、鍛冶屋も大工もコンラートの主張には納得して今では鍛冶屋も大工も自分たちの仕事に誇りをもっている。鍛冶屋は細心の注意を払って注文通りに仕上げた重たい格子に誇りをもっているし、大工もまた同じように細心の注意を払って注文通りに作った重たいかんぬきに誇りをもっている。さらに石灰工場の近くを通り過ぎる人々が、そういうものだとはいえ、頼んでもなければお願いしてもないのに石灰工場を覗き込んだりすることがないように背の高い植木が必要だった、とコンラートはヴィーザーに言っていたとのことだ。それですぐに背の高い、それどころか高すぎるほどの植木をスイスから取り寄せて、ジッキンクに運ばせ、専門家に植えさせたんだよ。今では石灰工場は完全に守られている、とコンラートは二年前ヴィーザーに言っていたとのことだ。見つかることもなければ見られることもない。見られたり、見つかったりすることがあったとしても中に入ることは決してできない、と二年前ヴィーザーに言っていたとのことだ。生い茂った藪はあまりにも生い茂っているので誰一人として覗き込むことはできなくなっている。すぐ目の前に立ってようやく石灰工場を目にすることができる、とヴィーザーにコンラート。つまり一メートルか〇・五メートルでも前に立とうものならもう見ることができない。一メートルか〇・五メートル前に立ってしまっているんだから。石灰工場に近づこうと思ったら東側から行かなくちゃいけない。石灰工場に近づこうと思ったら、東側から行かなくちゃいけないというのは妙な話のようだが実際にまったく妙な話ではない、とヴィーザーに言っていたということだ。妙な話でありながらも妙な話ではない。あらゆる物事は妙な話でありながらも妙な話ではないんだよ、とコンラートは言っていた。こういった妙な話だったり、妙な話じゃなかったりをヴィーザーはよく覚えているという。すばらしいことに石灰工場の北側は西側と同じく湖に囲まれているし、南側は岩に囲まれている。冬になったら東側からも石灰工場には近づけない。石灰工場はもはやいわゆる石灰工場ではないので、除雪車がもはや石灰工場までやって来ることはない。今はもう石灰工場は操業をやめているし、除雪車はまったくといっていいほど近寄ってこないんだ、とヴィーザーに言っていたとのことだ。働いている者もいなければ、石灰もなく、除雪車もやって来ない、と言っていたとのことだ。役立たずの私と妻、つまり私と同じように役立たずの妻のためには除雪車は動かない。除雪車としても割が合わないんだよ。だから除雪車はやって来ない。今になってみれば妙な話だが、何年も前から、甥のヘーアハーガーが石灰工場を去ってから、除雪車はあの民宿のところまでしか来なくなったんだ。ヘーアハーガーは村のいろいろな役職をこなしていた。つまり村の役職をこなしていれば除雪車が来るのをあてにできる。けれども私は村の役職についていなかった、と言っていたとのことだ。そもそも一切の役職についていなかった。ましてや村の役職なんて。役職という言葉を聞くだけで嫌になる。役人という言葉以上に嫌なものなんてない。聞くだけで吐きそうになる。役人が嫌いなのは人間が嫌いだからだよ、と言っていたとのことだ。今の時代、誰もが役人なんだ。誰もが役人で、誰もがなんらかの役職を務めている。もう人間はいなくなってしまったんだよ。ねぇ、ヴィーザーさん。今じゃ役人しか存在しない。だから役人という言葉は聞くに堪えないんだ。役人という言葉を聞くだけで吐きそうになる。もちろん甥のヘーアハーガーは役人だった。村の役職を務めていた。役人のところと村の役職もちのところには除雪車はやって来る。そこまでは行くんだよ。役人のところまでなら！とコンラートはヴィーザーを前にして声を荒らげていたとのことだ。私のような年寄りの偏屈爺さん、妻のような年寄りで障害もちの偏屈婆さんのところには除雪車はやって来ない。石灰工場まで来てUターンすればいいだけなのに石灰工場までやって来ることはないんだ、とヴィーザーに言っていた。冬限定の嫌がらせというわけだ！とコンラートは声を荒らげていた、とのことだ、何度も冬限定の嫌がらせ！と。ヴィーザーによれば、村の除雪車が民宿のところで帰ってしまい、石灰工場までやって来ないことを一時間以上もグロテスクだと言い続けていたらしい。ジッキンクでは何もかもがグロテスクだ。ジッキンクではグロテスクなものばかりが目に入ってくる。もっとも除雪車が石灰工場まではやって来ないこと、民宿までしか来ないのはいいことでもある。深い雪の中を誰もやって来ないということでもあるんだから、と言っていたとのことだ。こんなふうに完璧に隔離され、隔絶されていれば当然中は静かだ。冬になると何の物音もしない。それが理由でコンラートは石灰工場に夢中になったんだ、とヴィーザーは言う。石灰工場のことがコンラートは忘れられなくなってしまった。冬、石灰工場では何の物音もしない。そう思うといてもたってもいられない。そういう状態が何十年も続いていた。考えるだけで頭がおかしくなりそうになる。石灰工場に行くぞ！と何度思ったことか。石灰工場に行く！　石灰工場に行く！　それなのに妻ときたらトーブラッハに戻る、トーブラッハに戻る！とそのことばかり考えている。もっとも妻はびっくりするほどに従順だった。岩鼻を越えると製材所の音さえも聞こえてこない、とコンラートは何度も言っていたらしい。正直、製材所の騒音が聞こえたところで気になるわけではないが、自分自身の呼吸が気にならないのと同じように、とくに気にならないから製材所の騒音だって気にならない。気がつくといつだって製材所はそこにあったんだから。製材所の音が聞こえるせいで考え事ができない、と思い悩むこともない。いつも製材所の傍で暮らしてきたし、どこに引っ越しても、製材所の近所だったんだから。どこに暮らしてもいつだって一つ以上の製材所が近所にあり、私の家族、遠い親戚も含めて家族の誰もが最低一つの製材所を所有していた。それに民宿は石灰工場からは遠いので民宿の音は一切聞こえない、とヴィーザーに言っていたらしい。岩鼻の向こうの製材工場の音が聞こえることもないし、岩鼻の向こうの民宿の音が聞こえてくることもない。民宿がどんなにうるさくたって石灰工場にいればなにも聞こえない。ときどき雪崩《なだれ》が起きる。そうすると石や氷、水の立てる音や野鳥や野獣の声、さらには風の音までもがことこまかに聞こえてくるんだ、と言っていたとのことだ。ほとんど何の音もしないので、石灰工場にいると、それに何より私みたいに特別鋭敏な聴力をもっていたりすると特別耳が鋭くなる。聞こえてくる音も、聞こえてこない音もとにかくすべてが石灰工場にいる人間の耳を鋭くする。こうした状況が研究には好都合なのは言うまでもない。研究が聴力を主題としているのはたまたまじゃないんだよ。それどころか論文のタイトルは「聴力」なんだから。なにもかもが、石灰工場に関することのなにもかもがそのためなんだよ、わかるかねヴィーザーさん、と言っていたとのことだ。なにもかも計算通りだ。単なる偶然でなんの意味もないと思うこともあるかもしれないが、なにもかも計算通りなんだ。なにも起こらない状況では感受性はきわめつけに鋭くなる。言うまでもなくそれは致命的なことだ、とコンラートは言っていたとのことだ。またフローには次のようにも言っていたらしい。自分の部屋にいて雑務をこなしたり、論文に取り組んだりしていると、上の階にいる妻の呼吸音が聞こえる。そう言っても信じてくれないかもしれないし、本当だとも思ってくれないかもしれないが、本当のことなんだ。もちろん私の部屋にいながらにして妻の呼吸する音が聞こえてくるなんて普通だったら考えられない。それはその通りだし、何度もそういう結果が出ているんだが、それでも自分の部屋にいると妻の呼吸する音が聞こえてくるんだよ、と言っていたとのことだ。もちろんいつだって神経を張り詰めているからだろう。湖の向こう岸の話し声を聞くことだってできる。石灰工場にいながらにして向こう岸の話し声が聞こえるなんて普通だったら考えられないことだが、高笑いである必要すらない。普通に話しているだけで十分なんだ。それだけでもう聞こえてくるんだよ、とフローに言っていたとのことだ。いつだって何かの音が聞こえてくる。妄想とかではなく本物の音が、と言っていたとのことだ。話し相手にあの音が聞こえるか、と訊ねてもいつだって聞こえちゃいない。向こう岸の話し声が聞こえると思って立ち上がって窓辺に行く。すると向こう岸の人は見えなくても、話し声はよりはっきりと聞こえてくる、と言っていたとのことだ。見えないくらい遠い向こう岸の話し声が私には聞こえるんだが、被験者の諸君はなにも見えていないし、聞こえてもいない、とフローに言っていたとのことだ。私にはいつもたくさんのことが見えているし、たくさんのことが聞こえているのにほかの人にはなにも見えていないし、なにも聞こえていない。だから他人と暮らすのが難しい。それにどんな相手にでも物の見方や聞き方を教えるのは難しいことだからね。聞こえて見える人もいれば聞こえるだけの人もいるだろうし見えるだけの人もいる。また聞こえも見えもしない人もいれば、聞こえないだけの人も見えないだけの人もいる。それはともかくとして聞き方や見方を教えることはできないんだ。けれども聞きかつ見ることができる人であれば、自分の聞く能力や見る能力を高めることができる。私はこれまで自分の聞く能力、見る能力を高めるためになんでもしてきた。とくに聞く能力を高めるためにはなんでもしてきたんだよ。というのもなにかを見るよりもなにかを聞く方が大事な能力だからね。妻に関して言うならば、彼女の聞く能力、見る能力を高める努力は道なかばで挫折した、と言っていたとのことだ。十年か、十五年前にこれ以上聞き方や見方を教え込んでも無駄だとある時不意にわかってしまったんだ。そして聴覚器官や視覚器官を発達させるのをやめてしまった。精神的かつ精神力を要する訓練を道なかばで、それも集中力がピークに達し今日こそ成功するという、よりにもよってその時にやめてしまう。女というのはそういうものなんだ。石灰工場に引っ越してきて以来、脇目も振らずにウルバンチッチュ式訓練法[8]を妻に施してきたが、今ではもはや妻のためではなく、自分の目的のためにやってるよ。向こう岸のありとあらゆる話し声を聞き取る私の聴力についてだが、一語一語、それこそとんでもなく複雑な言葉もとんでもなく複雑な構文も石

8　ヴィクトール・ウルバンチッチュ（一八四七－一九二一）。オーストリアの著名な耳鼻科医。聴力向上のための訓練方法を考案した。著書に『体系的な聴覚訓練と難聴者におけるその意義について』等。

灰工場にいながらにして手に取るようにして聞くことができる、とフローに言っていたとのことだ。さらに突然次のように言い出したらしい。被験者、つまり妻も、ヘラーも、ヴィーザーも、私だったら正確に聞き取れる向こう岸の物音をまったく聞き取ることができない。私だったら何もかもはっきり過ぎるくらいにはっきりと聞き取ることができるのに、何一つ聞き取ることができない。あなただって向こう岸の物音は聞き取れないだろう。つまるところ何もかもを聞くことができるというのは、何十年にもわたって研究を続けてきた成果なんだ。つまり私の勝ちというわけだが、同時に恐ろしくもある。完全な、より正確を期するならばおおむね完全な聴力以上に明晰なものなど存在しないんだから。石灰工場に話を戻すと石灰工場にはじめてやってくる人は誰であっても唖然とすることだろう、とフローに言っていたとのことだ。十年ごとに建て増し、建て直してきた。取り壊された部分だってある。地下室だってたくさんあるんです、と建設監督官に言ったことだってある、とフローに言っていたとのことだ。おかげで湖が一番深くなるところ、本当に一番深くなるところを窓から望むことだってできる。だけど藪を抜けて真正面に立ったただけじゃ石灰工場の本当の大きさはわからない。石灰工場に住む者にだけ、つまり石灰工場と真摯に向き合い、とてつもなく複雑な内部構造を知り尽くした者だけが大きさを正確に計測することができるんだ、と言っていたとのことだ。把握することはできなくとも、計測することはできる、と言っていたとのことだ。見物に来ても戸惑うだけだし、訪ねて来ても拒絶される。見物に来ても惹きつけられると同時に撥ねつけられ、訪ねて来ても結局ありとあらゆる失望を味わうことになる。踵を返して逃げ出すことになるし、訪ねて来たり、ましてや足を踏み入れたりしたところで結局逃げ出してどこかに行ってしまうんだ。こんもり茂った藪から飛び出して来たと思ったら、びっくりしてその場で踵を返す、そんなやつを何度見たことだろう。よくあるパターンだ、とコンラートは言っていたとのことだ。藪から飛び出して来たと思ってもあっという間に踵を返す。石灰工場の内部に足を踏み入れたとしてもすぐにまた出ていってしまう。石灰工場を訪ねて来ると観察されていると感じざるを得ない。石灰工場のような建物に近づくと観察されていると感じる、それも全方位から観察されていると感じ、もうそれだけで嫌になってしまうんだ、と言っていたとのことだ。はじめのうちこそ警戒し、全身の神経を研ぎ澄ませているんだが、そのうちに力が抜けていき、結果途方もない虚脱感が襲ってくることになる。実に注目に値することだ。石灰工場を一目見るとその場で帰りたくなってしまい、ノックして入っていく気力も残っていないというんだから。石灰工場を見てびっくりしなかったとしても、と言っていたとのことだが、実際にノックしたら、といってもノックするところまで耐えられる人は本当に一握りしかいないわけだが、それはそれはびっくりしてしまうんだ。ノックすると凄まじい音がするんだよ。石灰工場の建物にまつわるすべては何千年にもわたる緻密な計算の上に成り立っている。藪から出て来ると、とヴィーザーに言っていたとのことだが、石灰工場の中は最低限の広さしかない、と思ってしまう。石灰工場の中は大して広くもない、と早合点してしまうわけだが、実際には石灰工場の中は途方もなく広い。イメージというものは、あるイメージをイメージするとどうしてもそうであるようにどうしたって間違っているものだし、信用できるものではない。何かを考えようとしたら、そのことを思い知らざるを得ないだろう。本当のことを言えば本当のところどうかということはいつだってイメージとは異なるし、人々のイメージの反対がいつだって本当のところなんだ。本当にそうなんだよ。私たちは欺瞞《ぎまん》によって暮らしているのであり、それこそが真実だ、とまでは言わないにしても。石灰工場は私の知るほかのどんな建物とも違う、とヴィーザーに言っていたとのことだ。私はこれ以上ないほどに大きな建物も知っているし、これ以上ないほどに壮麗な建物も知っている。そもそもありとあらゆる建物を、いやそれどころかレンガ造りの建物は何もかも知り尽くしているが、そのどれとも違って石灰工場では思いのままに、それも同じ道を行ったり来たりすることもなくいついかなる時でも思いのままにあちらへこちらへと、つまり止まることなくいつまでも歩き続けることができる。つまりいついかなる時でもきわめて進歩的な形で家の中を闊歩することができるんだ。見るものを欺くために全体が設計されているので、表面的に見るだけでは間違いなく罠に嵌まる。玄関に入れば騙された、とすぐにわかる、とヴィーザーに言っていた。中廊下だけでも別館の三倍は広く、もちろん上の階の中廊下も下の階の中廊下と同じくらい広いんだから。もともとは領主の館として設計されていたので、いわゆる自由意志による労働監獄として理想的なんだ、とコンラートはヴィーザーに言っていたとのことだ（なお、ラースカで聞いたところでは中廊下を抜けると石畳で舗装された中庭があるとのことだ）。ここ、石灰工場ならば、気がふれることなく何時間でも歩いていられる、とヴィーザーに言っていた。同じくらいの大きさだったり、もっと大きかったりする建物だったりしたら、あちらへこちらへ、上へ下へと何分間か歩いたらもうそれだけで嫌になってしまう。私の頭はまさに石灰工場のような建物のためにあるんじゃないかと思うほどだ。私の体だってそうだ、とヴィーザーに言っていたとのことだ。トーブラッハ式に出来ている妻にとっては石灰工場のような建物は不気味で仕方がなく憂鬱の種でしかない。けれども私は石灰工場のような高度な要求に高度に個性的な形で応えてくれる建物の中でしか本当の意味で息をすることが、そして生活していくことができないんだ。私としては部屋の中を最低でも十五歩か、二十歩は何かにぶつかることなく一直線に歩きたいし、また別の方向へも同じくらいの歩数をぶつかることなく歩きたい、とコンラートはヴィーザーに言っていた。いいかね。しかも大股でだよ。頭を酷使する時にするような大股でだ。それなのに日頃私たちが出入りしたり、暮らしたり、寝泊まりしたりしている部屋、つまるところ長時間過ごすように強いられている部屋ではご存じの通り、八歩か九歩、壁に頭をぶつけずに歩くことさえ難しい。十五歩か二十歩、一直線にある方向へと、さらにはまた別の方向へと歩けるということが、とにかく私にとっては何よりも大事なんだ、とヴィーザーに言っていたとのことだ。家に入ると、とヴィーザーに言っていたとのことだが、すぐに一方向に十五歩か二十歩、歩けるかどうか試す。すぐさまある方向へと歩き、さらにはまた別の方向へと歩く。そして歩数を数える。つまりは十五歩か二十歩歩いたら、十五歩か二十歩戻ってくることができるかをまずは考え、具合を確かめるんだが、すでに話した通り、大抵の場合、八歩か九歩真っ直ぐ歩くことすらできない。それに対して、とコンラートはヴィーザーに言っていたとのことだが、ここ、石灰工場ではどの部屋にいたとしても、安心して二十歩、それどころか三十歩、頭をぶつけることなく一方向に歩くことができる。広い部屋にいてこそ息ができるというものだ、と言っていたとのことだ。けれども妻は広い部屋にいると圧迫感を感じる。私は狭い部屋にいると気が減入るし、広い部屋にいると妻の気が滅入る。言うまでもなく妻はトーブラッハの小さな部屋向きに作られているんだよ、とヴィーザーに言っていたとのことだ。トーブラッハの小さな部屋であれは育ったからね。トーブラッハの倉庫でだよ。トーブラッハの狭苦しさの中で妻は育ったんだ。あそこでは何もかもが狭苦しい。トーブラッハにいると窒息するんじゃないかといつも思う、と言っていたとのことだ。狭い部屋にいると窒息するんじゃないかと思うし、山間部にいても、つまりトーブラッハのような土地にいても窒息するんじゃないかといつも思うんだが、トーブラッハに慣れ切った妹は広い部屋にいると部屋の広さのせいで圧死するんじゃないかと不安になるんだ。雄大な景色の下にいると、景色の雄大さのせいで圧死するんじゃないかと思うし、広大な青空の下にいるとその広大な青空のせいで圧死するんじゃないかと思う。大きな人間の下にいるとその大きな人間に押し潰されるんじゃないかと思うのと同じことだ。だから別館にいる時も窒息するんじゃないかと思う、とコンラートは言っていた。ちょっとでも長く別館にいる。そうするとみるみる息苦しくなってくる、と言っていたとのことだ。別館に暮らしているヘラーのところにもそのせいであまり行かないらしい。どうしようもなくなった時だけ別館のヘラーのところに行くのだが、ちょっとでも別館にいるとすぐに酸素不足で窒息しそうになる。小さくて狭い建物がいいという人もいれば、大きくて広々とした建物がいいという人もいる、とコンラートは言っていたとのことだ。ちょっとでも長くヘラーと、つまり普段から気を遣って付き合っているこの人物と一緒にいると別館の狭さ、それに別館の狭さが引き起こす状態のせいで、ますます無理になってしまう。だからいつもほんのちょっとの時間しかヘラーのところにいることができない、とヴィーザーに言っていたということだ。石灰工場に入ってすぐに、石灰工場の一番小さい部屋に妻が入ることになった。けれども石灰工場の一番小さい部屋である妻の部屋でも、余裕で、十五歩往き、十五歩戻ってくることができる、とヴィーザーに言っていたとのことだ。もちろん妻の部屋は三階ということにすぐに決まった。石灰工場に引っ越す直前まで暮らしていたマンハイムでも妻の部屋は三階だったんだ。三階が一番健康的なんだよ。権威ある専門家たちはみんなそう言っている。二階でも一階でもよくないし、四階でも妻にはどうだろう、と言っていたとのことだ。誰に聞いても三階が一番健康的だ、というのも妙な話だが、実際誰もが三階に住もうとするものだし、できることなら三階に入りたがる。私自身はすぐさま二階に引っ越すことに決めた、とコンラートは言っていたとのことだ。二階の部屋に私が住み、三階の部屋に妻が住む、とあらかじめ話し合っておいたんだよ。ここ、石灰工場には研究にとっての理想的な条件が揃っている、と言っていたとのことだ。いきなり石灰工場に入るのが妻にとってどういう意味をもつのか、考えてみることともなかったんだが、どういう意味を持つのかわかるようになっても考えることはなかった。わかりきっていることで頭を悩ませるなんてあってはならないことだからね。湖のもっとも深い箇所の上に窓が突き出している、というのは研究をする上での大きな利点なんだ。どういう利点なのか言うことはできないし、言おうとも思わないのだが。妻にとっても湖面上に突き出した窓がある、というのはいいことだった。もっとも私の部屋のように一番深いところに突き出していたわけでない。妻は窓を決して湖のもっとも深い湖面上には突き出させようとしなかったんだ、とヴィーザーに言っていたとのことだ。はじめのうち妻は中庭に面した窓がいいと思っていたんだよ（なんといっても狭いところが大好きだからね！）。岩山に面した窓でもいいくらいだった。けれど湖面上に突き出した窓の方がいいと説得したんだよ。結局、今じゃ何時間も湖を覗き込んでいる。何時間どころじゃない。何日でも湖を覗き込んでるんだ（コンラート）。私に関して言えば、中庭付きの部屋に住むのは研究を自ら邪魔することに等しい、ましてや岩山に面した部屋なんて研究に関して言えば問題外だ。中庭や、岩山に面した部屋に引っ越したところでただでさえ絶望的な状況がさらにひどくなるだけなんだから、とヴィーザーに言っていたらしい。石灰工場の家具調度については、コンラートは次のようにフローに言っていた。初日のうちに私たちは自分たちの部屋を完璧に、もういじらないでもいいようにしつらえてしまったので、それ以来今日に至るまで最低限のこと以外一切手を加えていない。冬場に引っ越してきたから船を使わなきゃならなかった。湖の上を船で二往復、それも船に荷物をいっぱいに積み込んで二往復したんだよ、とフローに言っていたとのことだ。何十年もの間家を転々としていたのに、それでもまだたっぷり持っていた何百、何千という家具調度。フローさん、わかるかね。石灰工場に引っ越す時になってもたくさんの家具や調度品があったんだ。二度の戦争があり、世の中はとんでもなく変わったのに、それでもこんなにたくさんの家具や調度品が残っているんだよ！　フローさん。家具や調度品を残そうなんて一切思っていなかったのにまだこんなに残っているなんて信じられない。私にしたって妻にしたって、二人とも家具や調度品をどうにかしようと考えたことすらなかったんだから。もちろん今手元に残っている何百、何千という家具や調度品は昔持っていたもののほんの一部でしかない。妻は妻で荷物が多かったし、私は私で荷物が多かったからね。それでもわかると思うんだが、相続やら戦争の影響といったいろいろな機会があって家具や調度品がさらに増えていったんだ。都会にいると物がなくなっていくものだが、田舎にいるとなくなっていくことはない。こういう家具や調度品の大半は田舎に疎開させておいたものなんだ。考えてもみてくれたまえ。家具や調度品をパンパンに積み込んだ船が二隻だよ！とコンラートは声を荒らげていたとのことだ。家具や調度品をパンパンに積んだ船が二隻と何度も言っていた。ありがたいことに湖は凍っていなかった。冬になれば湖は凍るものだ。一月には間違いなく湖は凍っている。けれども石灰工場に入居する年は凍っていなかった。今ではもう車で凍った湖を越えることなんて誰も考えないけれど、二十年前には結婚式の一団が、氷をぶち破ったことがある。その中にはコンラート家の人間も何人か加わっていたよ、と言っていたとのことだ。きっとそれが最後だろう。何百年も前から人々は凍った湖の上を走っており、ある時結婚式の一団が氷をぶち破ったんだ。それからは凍った湖を越えようとする者もいなくなった。船三隻分の引っ越し用荷物、あの手の船にどれくらい載せられるのかはわかるだろう、とコンラートはフローに言った。でも今じゃあの船も使い物にならない、と言っていたとのことだ。最近は船の手入れもしていなかったから。あの手の船は毎年油を差して、ペンキを塗り直さなくちゃいけないことはわかっているんだが、誰も油を差したり、ペンキを塗り直したりしていない。錆び付いて腐食してしまっているから使い物にならない。さらにコンラートは次のように言ったらしい。石灰工場周辺のものが何もかも錆びて腐食しているのと同じことだよ。石灰工場周辺のものは何もかも錆びて腐食している！　つまり何年もの間、石灰工場はまったく整備されてこなかったんだ、とフローに言っていたとのことだ。私たち二人の部屋だって一切整備されていなかった。私たちは二人ともきわめて慎ましい人間で、生まれてこの方最低限の家具しか使ってこなかった。それもずっと同じ家具だ。最低限で済ませてきたというのに、さっきも言った通り、まったく不本意なことに家具や調度品でいっぱいの船を二往復させなければならなかったんだ。これだけの家具や調度品、トーブラッハにはしまっておけない、とコンラート夫人は繰り返し言っていたとのことだ。トーブラッハにはこの半分も置いておけない、と言っていたとのことだ。なんでもかんでもトーブラッハの話にするんだよ、とコンラートはフローに言っていた。何よりも難しいのは元来二階や三階、四階に置かれるべき家具を、引っ越しの際に二階三階四階へと正しく運ぶことであり、三階用に作られた家具を四階に運んだり、二階用に作られた家具を三階に運んだり、四階用に作られた家具を二階に運んだりといった間違いを犯さないことなんだ。それなのにそんなことばかりが起こっている、と言っていたとのことだ。それで結局、家具や調度品のほとんどが間違った場所に収まることになる。そして最後には――コンラートの言い方を借りれば――いかんともしがたいほどの混乱状態が残されることになる。知っての通り、私は入居してすぐに家具や調度品を大方売り払ってしまった。おかげで無意味な木製の家具は大部分、金にすることができた、とヴィーザーに言っていたとのことだ。私が家具や調度品をほとんど全部売ってしまうとは妻はまったく思っていなかった、と一年前フローには言っていたらしい。でもそんなことはどうでもいい、とも言っていた。妻に隠れてほとんどすべての家具や調度品を、とコンラートは文字通り言っていたとのことだ。石灰工場にはからっぽの部屋だけが残っている。ここ数年というもの、高額な提訴費用のために何もかも金にしなくちゃならなかった。もっとも大半は弁護士への支払いで消えてしまったよ！　引っ越しの間、湿潤性の肋膜炎でヘラーは寝込んでしまっていたので、手伝いの人足をまとめて雇わなければならなかったんだが、おわかりの通り給料をはずんだとしても、ジッキンクでは家具運びのような単純労働をやってくれる人はなかなかいない。妻は引っ越しのせいで疲れ果てて、部屋の定位置に収まった医療用安楽椅子に沈み込んでしまっているし、私が一人で人足たちと一緒に家具やそのほかの調度品を運ばなくちゃならなかったんだ、とフローに話していた。人足がいるなら当然使わない手はない。だから言ってやったんだ。歴史の進歩とともに、人間は甘やかされ、ゆったりと働くようになっている。あんまりゆったりとしているものだから、絶望する暇すらもある。けれどもそんなことじゃいかん。当たり前のことだが、テキパキと働かなくちゃいかん、と。人足たちはコンラートの言いつけを守って、大急ぎに、そして大変丁寧に熱意すらも見せながら家具や調度品の運搬作業に取り組んだ、とフローは言う。人足たちをやる気にさせるのがうまかったみたいだね、とフローは言う。はじめのうちコンラートは誰の目にも明らかな人間嫌いの性格を隠すことができていたので、噂でしか聞いたことがなく、直接には知らなかったけれど親切でお人好しで、これから自分たちの目的、つまりちょっとだけ働いて大金を得るとか、だらだらと働いて大金を得る、といった目的のために利用できそうな人だ、と人足たちは思うほどだったのだが、最終的にすばやく正確に働く、という言いつけ通りに働くようにコンラートはうまくやったらしい。最初からそのつもりで人足たちに親切にしていたのだ。もともと船が石灰工場に着いても辺りには一人の人足もいない、という恐ろしい状況だった。家具類の混乱が片付くのに数ヶ月はかかる。今でも家具類の混乱は片付いていない、とフローにコンラート。正直に言えば石灰工場にはまだ少しだけ家具が残っている。それ以外は売ってしまったし、残りの家具や調度品は片付けても仕方がない。これらの残りもできるだけ早く売ってしまうつもりだよ、とコンラートは言っていた。妻に聞かれると部屋はすべてしつらえてある。どの部屋のどの調度も大丈夫、だんだんとすべてがあるべき場所に収まるだろう、といつも答えていて、ほとんど何もかも売ってしまったことや、家具の整理についてはそもそもまったく考えておらず、どうしたらさっさと一切合切を売り払ってしまえるか、ということばかり考えていることについては一言も話していない。実際には安い値段で家具を少しずつ売り払っており、街の骨董屋、たとえばフェクラブルックのその種の業者だが、その男は比較的高い値段で買い取ってはアメリカで売っており、コンラートに話していたところではうまくいけば、十倍かそれこそ二十倍で売れるらしいが、安楽椅子に縛り付けられている妻にはそういったことについて一言も話していない。家具や調度品については何から何まで問題ない、と嘘ばかりついていたのだ。もう何十年も嘘が、嘘だけがコンラート夫妻を結びつけており、そのおかげで絶望しきってしまうこともなく、しばらくはなんとかやっていくことができた。繋がりを維持し、お互いに耐えていくことができたのだ。もし嘘がなかったならば二人はとっくの昔にまったくの没交渉になっていただろうし、これ以上ないほどに絶望的な状態に陥っていたことだろう、とフローは言う。机もある、椅子もある、タンスもベッドもある、それなのに何が足りないっていうんだ！とフローに声を荒らげたこともあった。いつもの民宿を出てから、つまり奥さんの待つ家に帰りたくないのでいつもどうしても長くなるのだが、四時間ほどブラックジャックで遊び、民宿の庭の栗の木の袂で別れる時のことだという。フローが言うにはコンラートは奥さんのもとに帰ることを恐れていた。またヴィーザーが言うには石灰工場で声を上げても誰も聞きやしない、としきりと言っていたとのことだ。石灰工場から外に向かって叫んでも誰にも何にも聞こえない。事件に巻き込まれて叫んだって意味がない。聞こえないんだから。製材所からも聞こえない。民宿からも聞こえない。聞こえる距離には誰もいない。樵夫にだって聞こえない。農場主であるムスナーとトラットナーが殺された二つの殺人事件を見ればわかる通り、ムスナーの地所やトラットナーの地所も周囲から聞こえる距離にはなく、そのせいで悲劇的な結果に終わったんだ。研究に関して言うならば、周囲から切り離されていることはなんにせよ最大の利点ではあるが、同時に危険な状態で生きていくということ、それこそきわめて異常かつ危険な状態で生きていくということでもある。今のような恵まれた時代には理解しづらいことだが、どこにでも突然現れるやつらはいるもので犯罪に手を染めようとありとあらゆる隙間から這い出してくるんだ。そして犯罪、それも暴力犯罪、それどころか暴力犯罪の中でももっとも卑劣で、残虐な暴力犯罪を犯す。とにかくためらいがない。私は暴力的な連中が怖くて仕方がない。暴力分子に怯えて暮らしている。文字通りに暴力分子という言葉を使ったらしい。石灰工場は暴力犯罪者たちの標的になるに違いない。おあつらえ向きのロケーションなんだよ。実際、これまで石灰工場で起こった犯罪はどれも未解決の強盗殺

9　上オーストリア州の都市。

人なんだ。ジッキンクやジッキンクの周辺で起こる犯罪（まさに暴力犯罪）は九十五パーセントが未解決であり、石灰工場で犯された何百という犯罪はすべてムスナーやトラットナーに起こった事件と同じようにすべて未解決だ。ムスナーやトラットナーの土地は石灰工場と同じく完全に孤立しているので、十二月三十一日までに暴力犯罪がないとその年は神の奇跡だと言われる。その点も石灰工場と同じだ。石灰工場だけでもこの百年の間に有名な殺人事件が十一件もあった。それ以外にも泥棒や強盗、些細な窃盗といったここ数年数え切れないほどあった平凡な犯罪がある。石灰工場のような建物は暴力に訴える以外の才能を持たない人間をいつも引き寄せるんだ。塀を築いて周囲を遮断したって何の役にも立たない。他人の顔を見てはああいうやつだ、こういうやつだとあれこれ推測するわけだが、その手のいわゆる人を見る目なんて結局いつだって思い過ごしでしかないんだからね。人間の顔ほどに詐欺的なものなんてないんだよ、とヴィーザーに言っていたとのことだ。私がいつもピストルを持ち歩いていることはすくなくとも樵夫であり、狩猟区の管理人であるコラーの一件があってからは誰でも知っていることだが、石灰工場のほとんどの部屋に武器を置いているということもコラーの裁判で有名になってしまった。けれども以前似たような事件を起こしたからといって遠慮して貧乏くじを引くよりかは、とにかく肩でもふくらはぎでも一発ぶち抜いてやりたいんだよ、とヴィーザーに言っていたとのことだ。今の時代はまさに暴力犯罪の時代なんだ、と言っていたとのことだ。今以上に暴力犯罪に備えないといけない時代もない。田舎では都会より暴力犯罪が盛んだ、というだけじゃない。ここではご存じの通り毎日、ジッキンクの辺りも含めれば毎時間、きわめておぞましい暴力犯罪に巻き込まれるはめになる。暴力犯罪を犯すようなやつらにはためらいがない、というのはよく聞く話だが、恐ろしいことにジッキンク周辺では、それが本当だということがよくわかる。奥さんも安楽椅子の後ろに武器を隠していたとフローは証言している。大体およそ一年前、コンラートから直接聞いたらしい。石灰工場では、それどころかジッキンクでは武器なしでは一瞬たりとも気が抜けない。石灰工場ではいつだって武装していなければいけないし、いつだって犯罪に巻き込まれることを覚悟していないといけないんだよ。石灰工場のような建物や、ジッキンクのような土地で武器を持たずに暮らすなんて愚の骨頂だ。当然武器を手放したことはない、とヴィーザーに言っていたとのことだ。売れるものは売り、売り払うべきものは売り払って、森林監督官のウルリッヒが遺した武器を知っての通りほとんどまるごと買い取ったんだ。石灰工場に暮らしていれば武器がありすぎるなんていうことはないからね。かんぬきを差し、格子をつけたところで暴力犯罪を犯そうとする暴力犯罪者が、石灰工場に押し入り、暴力的犯行に及ぶ可能性がいつだってある。実際、犯罪者が実行を決断したら、その一つの、あるいはいくつもの犯罪を予防することなんてできっこない。たとえ犯行に及ぶ決断を下したのが犯罪者自身の脳ではなかったとしても。というのも一つの、あるいはいくつもの犯罪者の犯罪が犯罪者自身の脳によって実行の決断を下されるというのはごく稀なことであり、犯罪者は全身全霊で一つの（あるいはいくつもの）犯罪を犯そうと努めるものだし、いくつもの犯罪が犯されるまで、あるいは一つの犯罪が犯されるまで、一つの（あるいはいくつもの）犯罪を追求する点にこそ犯罪者の本質はあるのだから。一つの（あるいはいくつもの）犯罪を絶えず追い求めることこそが犯罪者の本質であり、一つの犯罪が、あるいはいくつもの犯罪が犯されると犯罪者の関心はごく自然と新しい、一つの、あるいはいくつもの犯罪へと、向かうものなんだ云々かんぬんとコンラートは言っていたとのことだ。そう、石灰工場では叫ぶことはできても聞き取ってもらえないんだよ。こうした状況は当然、犯罪者を、つまり暴力犯罪を招き寄せることになる。ヴィーザーはコンラートのこうした言葉をよく覚えていた。不幸な事故で石灰工場で暮らしたり、働いたりしている人々が死ぬことも珍しくない。大抵は死ぬことになる。助けを求めるし、場合によっては叫びもするのだが、聞き取ってもらえないんだから。一九三八年初頭の爆発事故[10]のことを考えてみてほしい。七人の死者、そして二十四人の負傷者を出したあの事故のことだよと言っていたとのことだ。石灰工場に電話を引けば間違いなくあれにとってもいいだろうし、実際本人も期待しているようだが、それでも電話を引かなかった。研究のことを考えたら、石灰工場に電話を引くなんてあり得ない。電話なんて！　電話なんて！　声を荒らげながら何度もそう言っていた、とヴィーザーは言う。もちろん助けが必要だったら医者は呼ばなくちゃいけない！と言っていたという。けれども電話を引いたら私の研究はおしまいだ。一巻の終わりだよ。私の言っていることをわかってくれなくっちゃ。信じてもらえないかもしれないが、とヴィーザーに言っていたとのことだが、妻か、研究か、という選択を迫られたら私はごく自然と研究を選ぶ。電話を引く余裕がまったくないことは今は置いておこう。自分たちは金持ちなんだ、という思い込みから最近ようやく覚めて自分たちには一銭もない、ということに気づいたんだから、とも言っていたとのことだ。自分たちにはもう一銭もない。だからたくさんのものを売り払ってきたんだが、そのことを妻には知られるわけにはいかないんだ。いつまでもお金があると思うこと、つまりいつまでも豊かだと思うことが妻にとっては心の支えなんだよ、と言っていたとのことだ。それ以外には心の支えになるようなことなんてない。お金ならたくさんあるから、と思うことで、妻はこれまでずっとそう思っていたわけだし、さっきも言った通り、一、二年前までは私自身そう思っていたんだが、そう思うことで妻は自分を保ってきたんだ。電話を引いたら石灰工場に引っ越す前と同じひどい状況に戻るだけだ、と言っていたとのことだ。電話を引いたら石灰工場に引っ越した意味だってなくなってしまう、と思ったんだ。もちろん電話を引いていない建物なんて今時滑稽なものでしかないが、石灰工場には電話を引いていない。民宿には電話がある。製材所にも電話はある。けれども石灰工場に電話を引くつもりはない。そもそも何のために石灰工場が作られ、建てられたのか、そして何のために自分が住み、普通とは違う使い方をしているのかを考えたら、とてもそんなことはできない、とコンラートは言っていたとのことだ。ここでいろんな人があくせく働いていたなんて今では考えられないが、石灰工場が地域全体にどういう意味をもっていたかを考えると石灰工場はもう長いこと存在意義を失ってしまっている。たしかに今でも石灰工場が話題に上ることはあるが、石灰工場が話題に上ったとしても、人々が話しているのは稼働をやめた石灰工場についてでしかない。はるか昔に複合的な建物でも複合的な頭脳でもなくなってしまったものや人ばかりが複合的な建物や複合的な頭脳と

10　一九三八年はオーストリアがナチス・ドイツによる合邦化（アンシュルス）を受け入れた決定的な年でもある。そのため爆発事故をこうした歴史のアレゴリーであるとする解釈も存在する。

して話題に上るんだよ、と言っていたとのことだ。二十年間石灰工場は稼働してこなかった、つまりは死んでしまっている。ある日石灰工場は割に合わないということがわかり、従業員は解雇され石灰工場は閉鎖されたんだ、と言っていたとのことだ。石灰工場の管理人は当時チューリッヒにいたヘーアハーガーに石灰工場はもう収益が上がらないと書いて知らせ、そして閉鎖するように提案した、と言っていたとのことだ。石灰工場の管理人はセッカイコウジョウセイリサレタシとチューリッヒのヘーアハーガーに書いて送った。つまり電報を送ったんだが、それを受けてヘーアハーガーはすぐさま石灰工場を整理したらしい。ヘーアハーガーも独身だったから一切躊躇することなく管理人の提案通りに石灰工場を整理したんだろう、とヴィーザーに言っていたとのことだ。けれどもこの管理人が詐欺師だったんだ。この手の連中はいつだって詐欺の計画ばかり練っている。それが言い過ぎだとしても基本的に詐欺同然のことしか考えていない。結局のところヘーアハーガーは石灰工場のことなんかどうでもよかったんだ、とヴィーザーにコンラート。管理人はヘーアハーガーから搾り取った。管理人という人種は本能的にオーナーを食い物にして生きるのであり、世界中でオーナーを食い物にしている。どうやってオーナーを食い物にするかしか考えていない。そしてオーナーを食い物にする手管を学問的なレベルに到達するまで磨き上げるのだ。その悪辣さには頭がくらくらする。石灰工場が閉鎖される時、私と妻はアウクスブルクにいて、研究のためにしつらえた家に閉じ籠っていた、とヴィーザーに言っていたとのことだ。当時の私にとって石灰工場は何十年前や何十年後もそうであるように、子供の頃遊んだ思い出の場所であり、いつもどこかを飛び回っているが、たいていはチューリッヒで女遊びに現《うつつ》を抜かしている甥のヘーアハーガーが所有しているレンガ造りの建物であって、湿気や寒さ、暗闇、そしてさまざまな危険と切り離せない場所だったんだ。つまり当時の私にとって石灰工場は徹底的に陰鬱な場所であり、ということはつまり研究には理想的な場所だったんだよ。アウクスブルクにいる頃からもうヘーアハーガーから石灰工場を買い取ろうと思っていた。実際に石灰工場を買い取るまで二十年かかるとは思っていなかったが、とヴィーザーを前にしてコンラートは振り返っていたとのことだ。甥のヘーアハーガーは当時、チューリッヒにいながらにして石灰工場の破産を宣言したんだ。血も涙もない、とヴィーザーに言っていたとのことだ。甥にとって石灰工場は単なる金蔓《かねづる》でしかないのに何十年も売ろうとしなかった。多分何としても石灰工場を購入しようと私が息巻いていることや、石灰工場を購入しないことには、私の人生も生活も一巻の終わりだということがわかっているから売ろうとしなかったんだ、とヴィーザーに言っていたとのことだ。アウクスブルクにいると妻の調子はみるみる悪くなっていった、と言っていたとのことだ。当時ミュンヘンは傑出した医者、とくに障害者向けの医療の専門家がいることで世界的に有名だったんだが、そのミュンヘンからありとあらゆる専門家を呼び寄せて何とかしようとした。そんな時はレヒ川沿いを何時間も散歩したものだよ、とコンラートは言っていたとのことだ。なんにせよアウクスブルクは便利な街ではある、と言っていたとのことだ。石灰工場の管理人は法外な退職金をヘーアハーガーに要求したらしい、とコンラートはヴィーザーに言った。ヘーアハーガーはすぐにそれを受け入れた。大体ヘーアハーガーは管理人が提案することはすぐ受けるんだ。とにかく面倒くさいことが嫌なんだよ。きっとそうだ、とコンラートは言っていたとのことだ。私に任せてくれたら工員は解雇しますし、電源を落として機械を冷却しておきます。戸締りもきっちりしておきましょう。このジッキンクの石灰工場くらいの規模の石灰工場、つまり中くらいの大きさの石灰工場にはもう未来はないでしょう。事業の方は私がちゃんと清算しておきます、と管理人はヘーアハーガーに書き送ったらしい。そしていつものようにヘーアハーガーは管理人の提案を丸呑みしたのだ。全部お任せします、とヘーアハーガーはチューリッヒからジッキンクへと書き送った。今でもはっきり覚えているが、ヘーアハーガーはその頃チューリッヒにいた。私たちはアウクスブルク、ヘーアハーガーはチューリッヒにいたんだ。人文学が盛んなあの街、とコンラートは言っていたとのことだ。わずか一週間足らずで石灰工場の操業は終わった。今でもよく覚えているが、こうしたことを甥のヘーアハーガーはまったく気にも留めなかった。けれども私には石灰工場と関わることは一つ残らず気になって仕方がなかった。閉鎖され、見捨てられ、いわゆる死んだ状態の石灰工場が、私にとって、つまりは私の研究にとって、生活と研究のための理想的なレンガの建物以上のものになるにつれ、石灰工場の操業停止が気になって仕方がなかった。操業停止のニュースを聞くやいなや私はすぐに「セッカイコウジョウ　カイタシ！」という電報をジッキンクに打った。端的に「セッカイコウジョウ　カイタシ！」とだけ。でもヘーアハーガーは私の意思表示を受け取ったはずなのに売ってくれなかった、とヴィーザーに言っていたとのことだ。それから何十年にもわたる石灰工場を獲得するための苦しい闘いが始まった。石灰工場を手に入れようと足掻けば足掻くほどヘーアハーガーの態度は頑なになっていった、とヴィーザーに言っていたとのことだ。第二次大戦の前などはヘーアハーガーも金が必要だっただろうに売ってくれなかった。かといってほかの誰かに売るわけでもない。石灰工場の件で私が苦しんでいるのを眺めていたかったんだ。どうしたらいいのかわからず私が苦しんでいる姿を求めていたわけだし、どうしたらいいのかわからず私が苦しんでいる姿をにやにやしながら眺めていたんだ、とヴィーザーに言っていたとのことだ。私の要求はますます頻繁になり、甥の態度はますます頑なになっていった。この状態が二十年は続いた。そしてマンハイムにいる頃にようやく大変な額を、二倍か、三倍、いずれにせよ大変な額を支払って買い取ったんだ。本当だったらもっと早く買うこともできただろうが、とヴィーザーに言っていたとのことだ。ヘラーは別館に残し年金を与えたいところです、と石灰工場の管理人はチューリッヒのヘーアハーガーに書き送っていたらしい、とヴィーザーに言っていたとのことだ。ヘーアハーガーはすぐさまヘラーに年金を支払うことに同意したようでヘラーは一生別館に居続けられることになった。ヘラーに年金を支払うという条件、さらにはヘラーが一生別館に住む権利をもっているという事態を、石灰工場を購入する際に私もまたヘーアハーガーから受け継いだわけだが、そんなことは問題ではないどころか反対に私にとってもヘラーが必要だった。ヘラーのような石灰工場の一部になっている人が石灰工場に残っていないといけない、と石灰工場の管理人はチューリッヒのヘーアハーガーに書き送っていたらしいが、その考え方は正しい。石灰工場のような建物にはヘラーのような人が必要なんだ、とヴィーザーに言っていたということだ。ヘラーは三十年間、石灰工場の監督をしていたのだから、出ていきたくても出ていけなかっただろう。他の連中はさっさと出ていった。大抵は醸造所や蠟燭製造業者、砂利採取場へと散っていき、やがて誰もいなくなった。ああいう連中はあっさりと職場を去っていく。彼らにしてみれば職場なんて金をくれる機械でしかないんだから、とヴィーザーに言っていたとのことだ。けれどもヘラーにとって石灰工場は家のようなものだったんだ。石灰工場が操業を止め死んだようになってしまっていることが、今でもまだヘラーにとっては心痛の種なんだ、とヴィーザーに言っていたとのことだ。操業を止めた石灰工場はヘラーにとっては気味が悪くて仕方がない。私のことだってヘラーにとっては気味が悪くて仕方がないんだよ、とヴィーザーに言っていたとのことだ。反対にコンラートにとってヘラーに対する親近感はいや増すばかりで徹頭徹尾信頼のおける人物だと今では感じているらしい。またフローには次のように話していた。まずは屋根裏へと行きそれから四階、三階、二階、おしまいに一階のあらゆる部屋を駆けずり回って、グラスゴーで購入したフランシス・ベーコン[11]の作品以外にも何か売れるものが石灰工場に残っていないか確認して回ったんだ。金になるようなものを探すが何もない。何も見つからない。ほとんど何もかも売ってしまった、と思う。負債の額がどれくらいかはわからないけれど、負債の額は途方もなく高いはずだ。ことによると石灰工場よりも高いかもしれない。もう何もないじゃないか、と私は思う。屋根裏にもう一度上るが、屋根裏には何一つ残っていない。旅行用スーツケース、ビールのグラス、貯蔵用の瓶、帽子を入れる箱、松葉杖。屋根裏に売れるものが何もないとは信じられず、そこら中を引っくりかえす。古い聖人画くらいはあるかと思ったがそれすらもない。正真正銘何も残っていない。部屋には何もなく壁には何も掛かっていない。三年前には壁という壁には何かしら掛かっていて隙間もなかったのに今では何も掛かっていない。壁に何が掛かっていたか、今でもありありと思い浮かべることができる。額縁の跡だってまだ残っている。今の石灰工場の壁には何もない。何もかも取り去られ、売り払われてしまった。二束三文だよ、とフローに言っていたとのことだ。一見売れそうにないものまで売ってしまったから、何もかも売ってしまって部屋にはもう何も残っていないことはわかっていたが、それでも本当にもう何も残っていないのか、百回でも千回でも確認せずにはいられないといった調子で何度も部屋をチェックして回る。からっぽの部屋が一階にあるとより一層嫌な感じがするものだ、とフローに言っていたとのことだ。天井の高いからっぽの部屋というものは足を踏み入れる者にとってはどこか恐ろしい。改めて石灰工場の部屋を一つ残らず見て回った。別館にも行き、そして別館にも売るものが何もないことを確かめた、とフローに言っていたとのことだ。妻の部屋のものも何か黙って売ってしまおうと思ったが、それが一番難しい。私の部屋に残っているのはフランシス・ベーコンだけだがベーコンを売るわけにはいかない。この絵からは離れられないんだ。もしかしたら気づかれることなく妻の部屋から何か売れるものを持ち出すことができるかもしれない、と言っていたとのことだ。銀行もすっからかんになっていることが頭をよぎった、と言っていたとのことだ。銀行では既にこれが最後ですからね、と言われていた。けれどもどんなに欲がなくたって金は必要だ。そうじゃなかったら一体、どうやって生きていけばいい?と思ったらしい。そして何か売るものがないかチェックしようと妻の部屋に足を踏み入

11　フランシス・ベーコン（一九〇九－一九九二）。イギリス人の画家。なお経験論を唱えた同名の哲学者（一五六一－一六二六）も存在するが、その思想は実験を繰り返すコンラートの姿勢とも重なると前出のランガーは指摘している。

れたが、すぐに妻の部屋には何も売るものがないことに気づいた。壁に掛かっているものといえばがらくたばかりだ、とフローに言っていたらしい。生まれてこの方、妻はどうでもいいものしか自分の周りには置こうとしなかった。実際には高価なものもたくさん持っていたのだが、高価なものに囲まれていると気詰まりなのだろう。石灰工場に入居する時にも部屋に置きたがらなかったんだ、とフローにコンラート。妻の部屋には売るものが何もないことを確かめながら、そのことを思い出した。妻の部屋にあるものは趣味が悪いがらくたばかりだが、だからといって私の妻は趣味が悪いとか、価値がわからないとか思われたくはない！と言っていたとのことだ。妻の部屋の壁には悪趣味なものばかりぶら下がっている、ということをその時否応なく感じた。クッションを直してやり、足置き台を足元に持っていってやりながら、がらくたで溢れ、センスの欠片《かけら》もないこの部屋は、世界でもトップクラスに趣味が悪い、と思ったということだ。妻の部屋を見渡せば見渡すほど、趣味の悪さが目につくように思われた。そうではないのは母方の祖母の遺品である砂糖壺だけだった。砂糖壺、砂糖壺、砂糖壺だけだ、と何度も思った。けれども砂糖壺を売るというアイディア、なんらかの理由をつけて砂糖壺を部屋から持ち出し、売り払うというアイディアはナンセンスなものとしか思えなかった。砂糖壺は掘り出し物には違いないと思ったが、売り払ったところで何にもならない。砂糖壺を売ってもそれに見合うだけの額にはならないと思ったんだ、とフローに言っていたとのことだ。砂糖壺を売ることを考えるなんてどうかしている。くたくたになり、そして石灰工場には売って金にできるようなものはもう何も残っていないということをまざまざと感じながら、またごく小額で売れるものすらもなく、フェクラブルックの骨董屋とは向こうの悪辣なやり口に気づいて以来、長いこと付き合いを断ってしまっていることなどにも思いをめぐらしながら、金がまったくないと思うことにもくたびれてしまってその場の椅子にへたり込んだんだ、とフロー。向かいには妻の腰掛けている安楽椅子があった。妻はこの何十年の間に習い性となってしまった浅い眠りの中を漂っている。フローによれば、コンラートは椅子にへたり込み、浅い眠りの中を漂っている真正面の妻を眺めながら、フランシス・ベーコンは売るまい、と何度も思った、とのことだ。フランシス・ベーコンは売るまい。フランシス・ベーコンは売るまい。銀行員がやって来ても隠してしまおう。隠す、隠さなくちゃいけない、と何度も思ったんだ。そのうちに八時になり夕食の時間になる。私たちは向かい合ったまま何かを食べたりも飲んだりもすることもなく、時が過ぎるのに任せた。いつものように夜が更けていく。私は子供の頃は誰よりも病弱だったんだが、妻の方は事故に遭うまで風邪を引いたことすらもなかった。私は熱が出たり、何かと体が痛かったりして子供の頃はとにかくベッドに寝てなくちゃいけなかったのだが、その間も弟や妹たちが窓の外の公園で笑ったり、遊んだりしている。健康だからなんでも好きなことができるし、してもらえる。風邪を引きやすい季節になると必ず風邪を引いた。冷たい飲み物を飲むだけで風邪を引いた。子供時代はほとんどいつも、いわゆる小児性頭痛に悩まされていた。その後ギムナジウムに入ると小児性頭痛はすっぱりと止んだとのことだが、とフローは言う。高校時代も病気がちで大体いつも体調が悪かった。どうして体調が悪いのかわかった医者は一人もいなかった。二十二歳から二十八歳にかけて体調はみるみる悪化していったが、その体調の悪さの原因をつきとめた医者は一人もいなかったんだ。それもこれも法外な謝礼を両親からもらっていたのに、誰一人として体調不良の原因を解明しようとしなかったからだ、とフローに言っていたということだ。医者はいつもまったく未知の病気に接したかのように病気の症状に驚いていたが、そのくせ原因を解明しようとはしない。病気なら原因を解明できるはずなのに、とフローに言っていたということだ。あらゆる病気は解明され得る。医者の手にかかればあらゆる病気の原因は解明され得るはずなのに、医者たちは何一つ解明することもなく、結局どんな場合でも結局無関心と怠惰からくる驚きに身を任せているだけなのだ。どんな病気でもそうだ。実際のところ本当に努力すれば病気の原因を解明することなんて医者には造作もない。すべての病気の原因を一つずつ解明することができるはずだ、とフローに言った。けれどもそのためには数百年はかかるだろうし、次から次へと新しい病気が生まれるので医者があらゆる病気の原因を解明したとしても、結局すべての病気の原因を解明することはできない。こういったことを言ってはコンラートは悦に入っていた。子供の頃も、十代、二十代の頃も、さらにはその後も何一つとして私の手に負えないんだよ、ともフローに言っていたらしい。たとえば弟や妹が水の中ではしゃぎ回っているとする。気持ちいいんだろうが水を覗き込んでみようという気にすらならない。考えるだけでも寒気がする。水を見るだけで風邪を引きそうになるんだよ。子供の頃も、十代、二十代の頃も、私はいつも心配性だった。何かが怖いというわけじゃない。ただ心配で仕方がないんだ。妹と弟のフランツはたったの一歳しか離れていない同年代で、二人がいつも一緒にいたことも悩みの種だった。私一人だけ歳をとっており、そのくせずっと虚弱でもあったのだが、彼らと私との間の数年間の隔たりが私には苦しくて仕方がなかった。数年間の破壊的な隔たりによって弟とも妹とも仲良くなることができず、たった一人で生きざるを得なかったのだ。いつだって一人だった。弟や妹は私のことをはるか年長の兄として自分たちから遠ざけていたし、なんとも残酷なことだが、私のことをことあるごとに自然と除け者にしていたのだ。そのせいで私は屈折しますます孤独になっていった。そしてどうしようもなく心を弱らせてますます孤立していった。妹よりも六歳年上で弟のフランツよりも七歳年上である、という不幸な状況のせいでいつも一人でいなければならなかったんだ、とフローに言っていたとのことだ。この絶対的に奇妙な孤立から抜け出そうと、身体的にも精神的にもあらゆる労力を費やしてきた。少なくとも三十年間、つまりあれと結婚するまでの間ずっとそうだったのだ。子供の頃は家族があまりにも私の性格を毛嫌いするものだから、弟や妹、それどころか家族全員との縁を切られてしまうんじゃないかと怖くて仕方がなかった。こんなふうに孤立していたら正気でいられない、と思ったほどだ。弟や妹、両親、親戚、とにかくありとあらゆる人々から遠ざけられていたんだから。まったくのひとりぼっちでいると、敵ばかりだと感じずにはいられない。両親は私や弟、妹をまったく何の考えもなしに教育した。といってもこういう場合にも教育という言葉を使ってもよいならばではあるが。結局親というものは一番初めに生まれた子を、ひたすら周りがうんざりするような子に育ててしまうものなのだ。そして反感を買い、しまいに元気を失って落ちぶれ、最後には破滅するように仕向ける、とフローに言っていたとのことだ。こういった不当な扱いと手を切ろうと思ったら、どれほど大変なことだろう、と言っていたとのことだ。軽率な教育の及ぼす深刻かつ陰鬱な影響から抜け出そうと思ったら。厚顔無恥と呼ぶほかない教育を受けてきたが、その教育のせいで、紆余曲折ありつつも二十年にわたってきわめて精力的に取り組んできた研究を書き上げられないでいる、とフローに言っていたとのことだ。いつも書き上げる一歩手前までいくんだが書き上げることができない。それもこうした厚顔無恥な教育の成果なんだよ、とフローに言っていたとのことだ。子供の頃の経験のせいで何もかもが執筆の邪魔になる。子供の頃のことを思い出しても悲惨なことしか思い出せない。その時の経験が今になって論文の執筆の邪魔をしているんだ、とフローに言っていたとのことだ。子供時代を覗き込もうと思ったら、どこから覗き込んでも薄気味悪い記憶しかない。わざわざ口に出して言うことでもないかもしれないがそう思っていることは否めない。子供時代を振り返っても薄気味悪いことしか思い浮かばない。まるで地獄を覗き込んでいるかのようだ。子供時代に通じる扉はいつ何時でも開くことができるが、結局もっとも暗い暗闇に通じる扉を開いてしまうんだから。寒く酷薄な記憶が蘇ってくるだけなのだ。真っ暗な記憶の中でも両親の無関心と表面的にだけ取り繕われた心の冷たさだけはよく覚えている。幼少期の頃から孤独に耐えることばかり学んできた。孤独を絶えず研究してきたんだよ、とフローに言っていたとのことだ。最大級の孤独の正反対のものを必要としているまさにその時を狙って最大級の孤独が襲ってくる。なんの勉強をするのか決めないといけない年齢になっても、そう思うだけで生きた心地がしないほどに心細くなってしまった。それで結局両親の希望通りに、学問の道には進まなかった。大学にも行かず、正規の国家試験を受けることもなかった。両親の意に反して自然科学の勉強や医学の勉強を続ける意志の強さがなかったんだ。自分の意志を貫けるようになったのは後々になって、つまり壮年になってようやくのことだ。子供の頃や青年の頃にはちょっとしたことでも自分の気持ちを表に出せなかった。自然科学や医学を勉強したかったことについてもそうで、この二つの分野にはずっと昔から興味があったが、そんな話をしたところで、両親は私の大学進学には反対しただろうし、自然科学の勉強も、医学の勉強も許してもらえなかっただろう。どちらかといえば父も修了したウィーン農科大学に進学するとでも言った方が賛成してもらえたかもしれない。私に関して両親はなんらかの高等教育を受けさせようとはこれっぽっちも考えてはおらず、あくまでも私のことは資産の相続人としてしか見ていなかったのだ。第一次大戦とそのショックの後のいわゆる混乱期を経ても領地は残っていたしそれ以外にも何かとあったものだから。人生の最盛期にあれやこれやの莫大な資産を相続し、それ以降の人生は遺産を管理して過ごすものと両親は思っていたし、それ以外の可能性は一切考えていなかったのだ。もしかしたら両親が大学進学に反対したせいでひねくれて育ってしまい、何もかもどうでもいいと荒《すさ》んだ精神状態で生きてきたことが私の無力感の原因なのではないか。おまけに妻の病気もどんどん重くなり、ますます無力感が募っていく。そのせいで論文もどんどん書けなくなっていく。幼少期にはもう何をしていても疲労感がついて回った。今こうして石灰工場に暮らしていても何もかもが論文の邪魔になると感じる、とフローに言っていたとのことだ。石灰工場こそが論文に必要なんだとずっと思ってきたんだけどね。フローによれば、コンラートは自分が書けないことをジッキンク周辺のあらゆる病気のせいにしていた。ここでは誰一人歳をとってはいない。それなのに誰も彼もが年寄りの顔をしている。ジッキンクでは年寄りに会うだけだ、と言っていたとのことだ。よく見れば子供たちでさえも年寄りくさい嫌味な態度を取っている。ここでは生きているとすぐに何十万とある分類不能の重篤な病気のどれかにかかり、そしてこの分類不能の重篤な病気に生活を支配され身動きがとれなくなり、やがて破滅する。そんなことばかり見てきた。こうした病気に名前をつけはするが、表面的にしか付き合わず、真剣に向き合おうとはしないので、いつも間違った名前のつけ方をしてしまう。石灰工場周りの土地こそがありとあらゆる病気にありとあらゆるものを感染させる強力な感染源なのだ。こうした病気については今日に至るまで何一つ、そう何一つ解明されていないが、それなのに研究し尽くされたと思われている、と言っていたとのことだ。けれども厳密に言えば今日に至るまで何一つ解明されていないんだよ。医学ほどに知的レベルの低い学問はなく、医者ほどに知的レベルの低い連中もいない。とにかく良心が欠けている。救いの手が差し伸べられることもなく、病人は病気のもとに取り残され、屈辱感を味わいながらだんだん自閉していくことになる。それ以外の選択肢もない。そして破滅していくことになる。いつも人を騙すようなことしか言わない医者に囲まれながら。妻がまさにそうだった。妻の病気については何もわかっていないということしかわかっていないくせに、かくかくしかじかの病気にかかっていると言われる、と言っていたとのことだ。たとえば医者が肺病について話しているとする。けれども肺病だということになっているその肺病は、実際には肺病ではない。また心臓病について話しているとする。けれども心臓病だと言われているその病気は実際には心臓病ではない。医者たちが話題にしている病気は実際にはまったく別の病気だと相場は決まっているのだ、と言っていたとのことだ。ある人物が頭の病気もちだと言われ、彼の病気は頭の病気だと診断されたとする。

そしてしかじかの病名が挙げられたとしても、実際には病気については何もわかっていないし、その病気が本当に頭の病気なのかすらわかっていないのだ。ある人物が足を引きずっているということがあったとしても、足を引きずっている原因はわからない。肝臓がどうの、腎臓がどうの、と医者は言うかもしれないが、医者が問題にしている当の病気は、患者本人の肝臓とも腎臓ともなんの関係もない。こうした病気は基本的に漏れなくいわゆる心因性の病気であって、単に器質性だと思われているだけなんだ。いわゆる器質性疾患というものはそもそも存在しない。いわゆる心因性疾患があるだけだ、とコンラートは言っていたとのことだ。あらゆる心因性疾患、こうした疾患は誰もが知っている疾患ではあるが、誰もが知っているからといって解明された疾患であるというわけではなく、それでも結局はいわゆる心因性疾患であるわけだが、医者たちに定見がなく、そして定見がないので注意力がなく、定見がないので傲慢であり、定見がないので邪悪で残酷でさえあるのだが、その医者たちによって結局器質性疾患ということにされてしまうのだ。いわゆる器質性疾患に関しては医者の責任だが、いわゆる心因性疾患に関しては自然に責任がある。お好みならばそのように創造されたのだ、と言うことだってできるかもしれない、と言っていたとのことだ。まず何よりも自然や神による創造のまずさに病気の責任があると言うべきだが、ついで医者にも責任がある。心因性疾患が、あるいはより正確には心因性疾患と言われている疾患が話題に上る時も、結局まったく間違ったことしか話されていない。そして同じように器質性疾患、あるいはより正確には器質性疾患と言われている疾患が話題に上る時も、結局まったく間違ったことしか話されていない。ジッキンク近郊では、それが言い過ぎだったらジッキンク近郊の半径五メートルの地域ではいつも早死にが問題になっている、とフローに言っていたとのことだ。ここで死ぬ人間はみんな早死になんだ。これまでこの地域で死んだ人間はひとり残らず早死にだと言われている。つまりここでは誰もが寿命よりも早く死ぬんだよ。天候と医者のせいだ。間違いなく天候と医者だ。いずれにせよ病因も死因も公式のものはいつも間違っている。ヴィーザーによればコンラートは、研究にとりかかれると思った瞬間に突然ヘラーが薪割りをする音が聞こえてくるんだ、と言っていたとのことだ。飛び上がり窓辺に行き外を見やる。当然何も見えないんだが音だけはするんだよ。論文を書く気になり、そして研究に専念できる条件が揃ったかと思うとヘラーが薪割りをはじめるんだ。まるで私の論文の邪魔をしようと陰謀がはりめぐらされているかのようだ、と言っていたとのことだ。昨日は建設監督官だった。今日はヘラーだ。何千、何万というつまらない出来事が研究をまとめる邪魔をしてくるんだ。それだけならまだしも耳が痛いと妻が言ってくる。きっとウルバンチッチュ式訓練法のせいだろう。ウルバンチッチュ式訓練法は妻に対して過酷になる一方だったが、徹底的かつ複雑にしていこうと決心してもいたので、そのせいで私と妻の仲はますます険悪になっている。それでも実験を途中でやめるわけにはいかない、とヴィーザーに言っていたらしい。ウルバンチッチュ式訓練法を施していった結果、妻には殉教者の苦しみを舐めさせることになってしまった。殉教者の苦しみという言葉をコンラートは使ったという。どんな方法を取るにせよ、妻の絶対的な聴力が発達しなければ意味がない。絶対的な聴力という言葉をコンラートは使っていたという。あとは実験の仕上げをし、そっくり頭の中に入っている論文を仕上げればいいところまでこぎつけた。それなのに昨日は建設監督官がやってきてすべてを台無しにしたんだ、とヴィーザーに言っていたらしい。今日は今日でヘラーが薪割りを始める。その瞬間論文のことが何一つできなくなってしまう。研究のような精神的労働の刑を自らに科すということは、つまり生涯にわたって精神的労働に従事するということでもあるわけだが、それはつまり今ある世界、さらにはあり得るかもしれない可能性としての世界をも含め、とにかくありとあらゆる事柄を巻き込んだ陰謀の餌食になるということなんじゃないかと思うよ、とヴィーザーに言っていたとのことだ。すべては精神的労働に従事する人間に対する、つまりは精神的労働に対する途方もない陰謀なんだよ。抗うことはできない。ただひたすら自分が衰えていくことを感じることしかできないんだ。けれどもそのことを認識することによって、ただそうすることによってのみ人間の限界を超えて精神的労働に打ち込み、いついかなる時にでもあらゆる事柄の本質を見抜き、思いもかけぬ結びつきを発見することが可能となる。最終的に人は脳の自動反応によってのみ可能となるような、きわめて高度な技術を得ることになるだろうし、こうした技術によってはじめて人は苦難から逃れ、生きる目的を得たいと思い、そして見出し、最終的には自ら生み出すことができるようになる。世界、とりわけ世間というものは人文科学の領域で行われている事柄を、いつも決まって世界や世間に対する途方もない暴挙として受け止めるものだ。こうした途方もない企てを本当の意味で行おうと思ったら、周囲とつるむことなく生きていかなければならないのに、人々は大衆にこそその可能性があると思っている。だからこそ周囲とつるまずに、個人主義的に生きる人間は大衆から徹底的に憎まれる。しかし大衆の犯罪性に向き合うことによってはじめて大衆の世界においては禁じられ、生涯にわたって拒絶されるような思考や行動を自分の頭で考えコントロールし、そして完遂することが可能となる。大衆は個人にのみ可能で大衆には不可能なことがあるのを個人には許さないし、個人は大衆にのみ可能なことがあるのを許さない。個人は大衆のことを気にかけないが、自らの利益を気にかけることで結局大衆の利益となり、大衆は個人のことを気にかけないことで、結局個人の利益となる。大衆は個人を抹殺することによってその業績を認め、個人は大衆を抹殺することによって大衆を認めるのだ云々かんぬんと言っていたとのことだ。ある時は建設監督官が、またある時は森林監督官がやって来る。さらにはヘラーやパン屋、煙突掃除屋やヴィーザー、君もそうだし、もちろん妻も含めてとにかくありとあらゆる人々がやって来る。けれども好き勝手させるつもりはない。降りて行ってヘラーに薪割りをやめさせる。私が働いている時、ヘラーは薪を割らなくていい。つまり私が働いている時ヘラーは働かなくていいし、反対にヘラーが働いている時、私は働かない。私が許可した時だけヘラーは働いてもいい。つまり薪を割ったりなんだりしてもいい。そう伝えるとヘラーはすぐに薪割りをやめて別館へと帰っていった。音のしない仕事をヘラーに依頼したんだよ。三日前別館に運んだぼろぼろの屑かごを直しておくようにって。それにしても別館にある屑かごを直しておくように、とあまりにも威圧的な調子で言ってしまった、とヴィーザーにコンラート。だからヘラーが別館に消えていくと今度は自分の口調のことで自分を非難したよ。ヘラーにはいつも丁寧な口調で話しかけるようにしているのに、どうしてあんなふうに威圧的でぶっきらぼうでいらいらした口調で当たってしまったんだろう。どうしてヘラーを前にして自分の声の、そして自分自身のコントロールを失ってしまったのか、といつまでも考え込んでしまった、とヴィーザーに言っていたとのことだ。自分が話しかけているまさにその相手とは関係ないことにいらいらしていたから、あまりにもきつい口調になってしまったんだろう、とヴィーザーに言っていたとのことだ。愕然とし、深くショックを受けている人間にあまりにもきつい口調で何かを言うと、相手の機嫌を損ね、良好だった関係も振り出しに戻ってしまう。私とヘラーのように。いや、ヘラーにはそれほどきつい口調では話していない、と自分の部屋に戻りながら思った、とヴィーザーに言っていたとのことだ。気持ちが落ち着いてきたので仕事にまたとりかかることができた。そして机に向かったんだ。そうすれば書き出しの文章がするすると思い浮かぶだろう、そしたらそれを書きつけるんだ、と思っていた。そういう文章がいくつも思い浮かぶだろう、それを書いていけば自然と研究は書き上がっている、そう思っていたんだよ。似たようなことを何百回、何千回も考えてきた、とヴィーザーに言っていたとのことだ。二行か三行文章を書きさえすればいい。そうすれば自然とすべての文章を書き上げることができる。何千回もそう思ってきたんだよ。何千回もそう思い、そうしようと試みてきたんだが、書き出しの文章をいくつか書くと、途端にもう書けなくなってしまうんだ。何千回も、とコンラートは言っていた。アウクスブルクにいたときも書き出しの文章をいくつか書けば一気に研究を書き上げることができると思っていた。アウクスブルクでもインスブルックでもパリでもアシャッフェンブルクでもシュヴァインフルトでもボーツェンでもメラーノでもローマでもロンドンでもウィーンでもフィレンツェでもコペンハーゲンでもハンブルクでもフランクフルトでもケルンでもブリュッセルでもラーヴェンスブルクでもラッテンベルクでもトーブラッハでもノイレンバッハでもコルノイブルクでもゲンゼルンドルフでもカレーでもクーフシュタインでもミュンヘンでもプリーンでもミュルツツーシュラークでもタールガウでもプフォルツハイムでもマンハイムでも。いつもその場限りの書き出しの文章とアイディアがあるだけなんだ、とヴィーザーに言っていたとのことだ。さらにコンラートはヴィーザーに続ける。すると突然、階下でノックの音がしたんだ。ノックを無視し続けてもいられなかった。ノックが止まないんだから。それで結局起き上がって降りていくはめになる。そして玄関にたどり着く頃には研究の書き出しが雲散霧消しているんだ。扉を開けるとそこには森林監督官が立っている。やあ、どうしましたか、と声をかける。ああ、あなたでしたか！と言う。そして森林監督官はいつも間の悪いときにやって来る、と思う。それでもさあ、入ってくださいよ、と言うんだ。もちろんそんなこと思ってないんだけどね、とヴィーザーに言っていたとのことだ。そしてさあ、入ってくださいよ、と言う。すると森林監督官が上がり込んでくる。コンラートと森林監督官は二人して玄関を入って右側にある、いわゆる木目調の部屋へと入っていく。この部屋にはまだ応接用の家具が一式残っていて、世に言うところのウィーン・バロック様式のものだった。ところでこのソファはとっても座り心地がいいんですよ。どうぞお掛けになってください、と森林監督官に言ったんだ。いわゆる木目調の部屋は寒いかもしれないけど、コートをお脱ぎになってどっしりとお掛けください、私は寒さには慣れてますから、とコンラートは森林監督官に言った、とヴィーザーは言う。わざとコンラートは森林監督官を氷のように冷たい部屋へと連れていったんだ。凍えさせて帰らせようと思ったんだね。凍えさせて、とコンラートはこれでもかと強調していた。けれども森林監督官は帰らなかった、とヴィーザーは言う。コンラートはさらに板張りの部屋の温度は三度しかないんですよと言ったが、森林監督官には大して効かなかった。それどころか森林監督官はいわゆる木目調の部屋をまったく寒いとは思っていなくて、いかにも長居しそうな様子でウィーン・バロック様式のソファにもたれかかったという。私の部屋はダメなんです、とコンラートは森林監督官に言ったそうだよ。机の上は紙と本ばっかり。ご存じの通り論文を書いているものですから。森林監督官とはまるで口をききたくなかったし、自分の部屋に帰り、研究にとりかかりたくて仕方なかったけれども、それでも我慢して森林監督官に飲むものを持っていった。お仕事のお邪魔じゃないですか、と聞かれてもいいえと言ったらしい。ちなみにコンラートによれば実際にはお仕事ではなく、あなたの論文と森林監督官は言ったとのことだ。いえいえ、と言った。つまりは嘘をついた。嘘こそがほとんど誰にでも通用する連絡手段だ、とコンラートは思ったとのことだ。ご用件は何でしょうか、と森林監督官に言い、森林監督官は道の敷設について話したのだが、それに対してご存じのように私は論文を書いているんです、その論文については何度もお話ししていると思いますが、とコンラート自身によれば、訊かれもしないのに言ったとのことだ。私が取り組んでいる研究は結局愚行でしかないんですよ、とも言ったらしい。わかりますか、愚行ですよ。それに私は自分のすべてを捧げてるんです。人生を、自分自身を捧げて、ほかには何も顧みない。精神的愚行とはそういうものです、と言ったらしい、とヴィーザー。聴力についてなんです、とコンラートは森林監督官に言ったとのことだ。森林監督官もそう言っている。ご存じの通り脳についてはたくさん書かれてはいますが、聴力についてはほとんど何もないのです。正確に言えば価値ある研究は一つもない。すでに二十年間も（！）聴力に取り組んできたんです、と森林監督官に言ったとのことだ。はじめのうちはゆっくりと、それからだんだんと集中力を上げながらくたくたになるまで実験し、それから結果をまとめ、また結果をまとめ、さらに結果をまとめるんです、と森林監督官に言ったとのことだ。そしてまた実験し、追試をし、結果をまとめ、さらに結果をまとめ、結果をまとめる、といったことの繰り返しです。何度も実験し、一通り実験したらさらにまた一通り実験する、と森林監督官に言ったとのことだよ、とヴィーザーは言う。それなのにいつもめちゃくちゃになってしまう。集中力の頂点でいつもめちゃくちゃになってしまうんです。今ではもう随分以前から完璧なデータが頭に入っています。聴力に関する細部に至るまで完璧かつ想像もつかないほどに膨大な、ありとあらゆるデータがです、と森林監督官に言っていたとのことだ。それなのに頂点に達したかと思うとまためちゃくちゃになってしまう、と言っていたらしい。今だ、と思う。けれどもその瞬間にはもうめちゃくちゃになってしまっている。長いこと頭の中にすべてが入っている。何年も前から頭の中にすべてが完璧に入っている。後はいつ頭の中に揃っているものを紙に移すか、それだけなんです、その瞬間を待っているんです、と森林監督官に言っていたとのことだ。コンラートはその瞬間がやって来たんだ、と何度もヴィーザーに言っていたし、その瞬間がやって来たんだ、と私の知る限りフローにも言っていたのだが、森林監督官にはその瞬間は毎日のようにやって来るんです、と言っていたとのことだ。今なら論文を完成させられる、そう思える瞬間がない日はありません。それなのに机に向かうやいなや邪魔が入るんです、と森林監督官に言っていたとのことだ。前にも言ったかもしれませんが、ある時はパン屋が、ある時は煙突掃除屋が、ある時は建設監督官がやって来ます。ヘラーのこともあるし、妻のこともある。森林監督官さんが来ることもあるし、騒音がひどいことだってあるんです。そんなことばっかりです。石灰工場の扉をノックする音がしても降りていかないでいること、そして扉を開けないでいること、それがどうしてもできないんです。石灰工場の扉のノックを無視すること、それができないんです、と森林監督官に言っていたとのことだ。誰かが扉をノックしてもそのままにしておくこと、そんなことをしていたら一発で気が変になってしまうので、どうしてもできないんです。邪魔だとわかっていても人々はノックをやめない。そして私の仕事の邪魔をする。論文を台無しにしてしまうことだってあります。とにかく私のすべてを台無しにしてしまうんです。論文をうっちゃって立ち上がり、階段を降り、扉を開けてようやくノックをやめるんですから、と森林監督官に言っていたとのことだ、とヴィーザーは言う。論文を台無しにするのはいつだってどうしようもなく下らないことなんです。下らないことのせいで論文が台無しになるんです。いつも思うことなのですが、私たちは二人とも、つまり私も妻も石灰工場で人付き合いをすることもなく完全に孤立して暮らしています。石灰工場にいれば脳髄のそこかしこを休みなく刺激し、最終的かつ決定的にダメにしてしまういわゆる消費社会という装置とは関わらないでいられると思っていたし、石灰工場に引っ越すことでひたすら興奮の度合いを高め神経を刺激してくるいわゆる消費社会からは逃げ出したつもりでいたのですが、それでもなお人付き合いがついて回るのです。ノックする人に対して扉を開けないでいる度胸がないんです、とヴィーザーに言っていたとのことだ。開けないでいる度胸がない、という単にそれだけの理由で扉を開けてしまうんです、と言っていたとのことだ。他人に対して友好的だからではないし、他人に対して几帳面だからでもないんです。そんなことではさらさらない。反対に几帳面なものは嫌で仕方がない。何十年も生きているうちに几帳面さを嫌うようになったんです。形式的なこともとにかく嫌いです。他人に対して親切にすることだって嫌で仕方がない。コンラートに言わせれば情けなくなるほどに度胸がない。ただそれだけの理由で降りて行って扉を開けてしまう。そして研究をダメにしてしまう。私の研究は何十年にもわたる苦闘の果てにようやくたどり着いた成果なのですが、そのような貴重な研究が、パン屋や煙突掃除屋、建設監督官のせいでダメになってしまう。これ以上に悲惨なことがこの世にあるでしょうか、と言っていたらしい。どうしようもなくつまらないことのせいで研究がダメになる。人類の進歩はここまで来たのかと驚かされます。上の階にいる妻がクッションを真っ直ぐにしてほしいとか、何か飲みたいだとか、『青い花』[12]を読んでほしいだとか、カーテンを開けたいだとか閉めたいだとか、さまざまなことを言い出すし、パンを切ってやったり、髪にリボンを結んでやったり、靴下を止めてやったりしなくちゃならない。おまけに砂糖壺の補充をしたり、メガネをかけさせたり、メリッサエキスを背中に塗ってやったりもしなくちゃならない。さらにヘラーが薪を割ったり、フローが来たり、製材工が来たり、さらにあなた、ヴィーザーさんが来たりするんだから。ノックが続いているうちに実際にはずっと同じくらいの音量、同じくらいの力であるにもかかわらず、頭の中でだんだんと恐ろしいほどにノックの音がうるさくなっていって、ほとんど頭がおかしくなりそうになる、と疲れ切った調子でヴィーザーに言っていたとのことだ。ノックの音がするたびに立ち上がって研究を中断し、下に降りて行って鍵を開け、扉を開いてノックをやめさせる。感じ悪くしたってなんにもならない、だってノックされた時点でもう勝負は決まっているんだから、と言っていたとのことだ。とにかくどう考えても私は感じがいい。私の感じのよさが発揮されるたびに、どうして私はこんなに感じがいいんだろうと自分でも考え込んでしまうほどだ。ノックされるとそれだけで一日が終わり、頭の中身はわちゃくちゃになってしまう。そしてお入りになってくださいだとか、いいからお入りくださいだとか、どうぞこちらへ、お元気ですか、いやーだとか、そうですだとか、なるほどなるほどといった吐き気がするような慇懃《いんぎん》無礼な言葉しか口にできなくなってしまう。論文の作業をしたかったのに台無しですよ、とコンラートは建設監督官に言った、とヴィーザーは言う。はじめて真実を口にしたんだ。ヘラーが薪割りを始めたので、私は階下に降りていってヘラーに薪割りをしないように伝え、ズダボロになった屑かごを直しておくように伝えました。それから部屋に戻り机に向かったんです。これで研究は大丈夫だと思ったものです。実のところ、ヘラーは私の計画を台無しにするほどの邪魔ではなかったわけですからね、と建設監督官に言ったらしい、とヴィーザーは言う。それなのに建設監督官さんがノックをしてすべてを台無しにしてしまったんです。一研究を行うのに間隔をあけずに二度も邪魔されるなんていうことはあってはならないんです。一回目のヘラーの邪魔があっても研究を続けることはできましたが、二回目の建設監督官さんの邪魔の後では研究を続けることはもう不可能です。こういうふうにあけすけに話すからといってど

12 ノヴァーリス（一七七二－一八〇一）の長編小説。ドイツ・ロマン主義の代表作とされる。

うか悪く取らないでいただきたいのですが、と建設監督官に言ったとのことだ。ヘラーによる一回目の邪魔はどうにかなっても、建設監督官さんの二回目の邪魔は取り返しがつかない。ヘラーのような男が邪魔をするのと建設監督官さんのような方が邪魔をするのでは全然違うんです、と言ったとのことだ。ヘラーのような純朴なやつとあなたのようなしち面倒くさい方とではね！とコンラートは声を荒らげながらシュナップスを差し出したが建設監督官は断った。というより一旦断ってから受け取った。いつも最初は断るけど結局受け取りますよね、とコンラートは言った。こういうタイプの方はよく知っています。はじめは断るけど結局受け取る、決まってそうなんです、と言ったとのことだ。ええ、聴力についてはいい本がないんです、とコンラートは建設監督官に言った、とヴィーザーは言う。唯一信頼でき、いくらか読む価値のある著作は三百年も前のものですし、それ以外ときたらひどいものです。ものを書くこと、それも聴力についての論文を書くこと、その計画がずっと私の心を捉えてきたんです。もちろんすぐにそうなったわけじゃありません。三十歳でもそうじゃなかった。三十歳から四十歳の間もそうじゃない。けれども四十歳を過ぎると聴力のことしか考えられなくなっていたんです。絶対に成し遂げるんだ、という決意はより一層固くなりほかのことは一切考えられなくなっていたのです。実際、思想家というものは三十歳になる頃にはもう自分自身のテーマをもっているものなのです。そして四十歳を過ぎる頃にはそのテーマの虜《とりこ》になっている。けれども四十歳を過ぎてからそうしたテーマに取り組むようになる思想家というのはほとんどいません。大抵の思想家は二十五歳くらいからそうしたテーマに色目を使いつつ研究を進めはするのですが、遅くとも三十五歳か四十歳を過ぎる頃にはなんらかの社会的な立場に、あるいはもっとシンプルに裕福な暮らしだのに落ち着いてしまうものなのです。こうして何百、何千という重要な研究が失われていったわけですが、何とも残念なことです。存在していれば世界の暗闇を照らす重要な著作となったことでしょう。聴力についての著作はあったとしても表面的なものばかりです。医者が書いているものは間違いだらけだし、哲学者が書いているものも間違いだらけです。医者が聴力について書いたものには何の価値もありませんし、哲学者が書いたものにも何の価値もありません。聴力のような事柄を研究し、解明しようと思うなら、医者であるだけでは十分ではなく、哲学者であるだけでも十分ではない。数学者や物理学者でもある必要があるのです。つまりは完全無欠の自然科学者でなければならず、おまけに預言者であり芸術家である必要もあり、そしてこれらの領域のすべてにおいて一流でなければならないんです。聴力についての研究をまとめるためには医者であればいいとか、哲学者であればいいとか、そういう単純な話ではないんですよ。また時として観想学がわかりさえすればいいと言われることがあるのもご存じのことと思いますが、それは物事の取り違えというものです。私は徹頭徹尾啓発的な論文を書こうとしているのですから、とコンラートは言ったとのことだ。この論文によってこれまでの研究にピリオドを打つのです。当然のことながら、一旦ピリオドが打たれてしまえば、それ以降ピリオドが打たれることはありません。こうしたことは先刻ご承知だと思いますので話を続けたいと思うのですが、一旦打たれたピリオドは更なる終わりのピリオドのためのはじまりのピリオドでもあるわけです、と言っていたらしいとヴィーザーは言う。しかしともかくも物事はすべて人々が思っているよりもずっと単純で、そのため実際にははるかに複雑なのです。そのせいで何一つ明確にすることができない。事柄へのいわゆる接近を試みたところで何にもならない。自らの精神を全的に投入しなければ何も伝えることはできないのです。変革の時は近い。そう言ってからさらにもう一度意味深な表情で、後戻りがきかないほどの変革の時です、と建設監督官に言ったという。そして私の発言を興味津々で聞いていらっしゃるようですが、大事なことを聞き漏らしていらっしゃいますよ、と建設監督官に言ったとのことだ、とヴィーザーは言う。建設監督官さんでも肝心なことを聞き漏らしていらっしゃるんです。もっともどんな人でも一番肝心なこととか、そうでなくともほかよりも一層肝心なことを聞き漏らすものです。そもそも肝心な発言などはなく、より一層肝心なことだってあるわけでもない。そもそも肝心なことなんて何一つないわけですが云々かんぬんとコンラートは付け加えたとのことだ。わざとでもわざとじゃなくても多くのことが聞き漏らされている。そして結局何もかも聞き漏らされるんです云々かんぬん。わざとじゃないことはわざとだし、一番わざとじゃないことが一番わざとなんです云々かんぬん。研究にとりかかっていない時はまったくもって穏やかです。石灰工場は石灰工場特有の穏やかさの中にすっぽりと包《くる》まっています。建設監督官さんもこの穏やかさをご存じでしょう。研究にとりかかっている時はまったく穏やかじゃない。行ったり来たり、上ったり下りたりしながら、考え込んでいるんです。考え込んでいる時は働いていないというとであり、ということはつまり考え込んでいる時は本当の意味で働いているということでもあるわけですが、つまるところ考えがまとまってようやく本当の意味で働くことができるのですから、と言っていたとのことだ。働きはじめる、すると穏やかな時間が終わるんです。ヘラーが薪を割りはじめたり、パン屋がやってきたりする。煙突掃除屋が来る。仕立屋が、製材所の人間が、そしてあなたがやって来る。ヴィーザーも来る、フローも来る。呼び鈴が鳴り、妻が何かをしてもらおうとする。私のこの医学的かつ音楽的かつ哲学的かつ数学的な論文をまとめるのはとてつもなく困難で、いつダメになってもおかしくないんです！　腰掛けて思考をめぐらす。そうしているると論文を頭から終わりまで一気に書き上げることができそうな瞬間がやってくる。けれどもその途端に誰かがノックしたり、妻が靴下をとってと呼び鈴を鳴らしたりするのです。それでも妻はやさしい女ですから、とコンラートは言っていた。実際、ラースカではロ々にコンラート夫人はやさしいと言われていたし、ラナーでも、コンラート夫人はやさしい人だと話題になっていた。たとえばシュティーグラーでの昨日の出来事だが、コンラートほどにやさしくないやつもいないと話題に上るとすぐに、だけどコンラート夫人ほどやさしい人はいない、というふうに話題に上っていたものだ。二十年前はとにかくひっそりと研究を進めようとしたものです。妻にも隠れてです。ところがこの妻に隠れての愚行にそれ以来取り憑かれてしまった。はじめのうちの何年間かは妻にも隠しておくことができた。研究にかまけていることがバレて面倒くさいことになるのが嫌だったんです。研究のことを嗅ぎつけたら、いつものようにやめさせようと粘るに決まっています。きっと研究が終わるまで続くことでしょう。だから研究のことは何年も秘密にしておいたんです。妻に対してはもちろんそれ以外のどんな相手に対してもです。アウクスブルクでは妻はもちろん誰にも研究について話しませんでした。アシャッフェンブルクでも、ボーツェンでもメラーノでもミュンヘンでもです。ですがパリで突然、といってもびっくりさせようとしたわけではなく、ごく当然のことのように研究に夢中なんだと妻に打ち明けてしまったんです。聴力についての文章を書いているんだよ、聴力については有益な文献が存在しないんだ、と話したんです。それまで私は妻にとってのすべてだったんだが、その瞬間かつての夫はもうこの世にはいない、ということを妻は悟ったんだ。実際には研究をしようと決心を固めた時、つまり私がこころひそかに妻のもとを去った時から、四年、五年、それこそ六年ほど経ってから、かつての私はもういないんだと妻は理解したんだ、と以前コンラートはヴィーザーに言っていたらしい。ありとあらゆる人々が、ありとあらゆるテーマについてありとあらゆるすぐれた論文や、博士論文を書いていますが、聴力についてはすぐれた論文も、すぐれた博士論文も書かれていない。ちょっと気の利いた論考すらもないいんです、と建設監督官に言っていたとのことだ。実に驚くべきことですが、二度とないとまでは言わないにしろ貴重なチャンスであるとは思ったんです。聴力を基準に物事を考えるならば、脳よりも聴力が重要なことは明白な事実でしょう。こうしたことを考えるにあたって脳を基準に据えるということだけはしてはいけないんです。建設監督官はこうした内容を理解できなかったようだ、とヴィーザーは言う。聴力については中途半端で素人に毛が生えた程度の博士論文がたくさんあるものです。しかしながら博士論文ディレッタンティズムこそがこの世の中でもっとも情けないディレッタンティズムであることは言うまでもありません、とコンラートは建設監督官に言った、とヴィーザーは言う。専門家ディレッタンティズムこそがもっとも情けないディレッタンティズムであり、際限のないディレッタンティズムこそが専門家と呼ばれている人々の恐ろしいところなのです。聴力についての博士論文を一人で二百ほど検討しましたが、率直に言って聴力についてなんらかの見解を表明できているものは一つとしてありませんでした、と言っていたとのことだ。思考というものが根本的に欠如しているんです。所詮は学者の顔をした反芻《はんすう》動物でしかないんですから、と言っていたとのことだ。本来思索するべき頭をもった人間がもはや思索をしていない、ということこそが現代の特徴なんです。結局学問や歴史の見習い工が群れをなしているだけなんです。けれどもこんなことを言っても発狂したと言われるのがオチでしょう。耳がよくても、目がよくても、結局は狂人の烙印を押されるだけなんです。耳がよい人は必要とされていないし、目がよい人も必要とされていない。ある人の耳がよかったり、目がよかったりしても除け者にされるだけです。監禁され、隔離されることでしょう。そして監禁され、隔離されることによって、社会的生命を失うことになるのです。社会はいわゆる精神病患者を遠ざけることによって、精神の煌めきからも遠ざかるのです。社会の目的とはただぼんやりと無気力に生きていくことであり、それだけのことでしかありません。安穏に暮らすということこそが人々の願いであり、聴力や頭脳をこれ以上ないほどに憎んでいるのです。聴力や頭脳を一切もたない大衆となることこそが理想なので、すぐれた聴力をもつ人や、すぐれた頭脳をもつ人が現れるやいなやその場で撃たれてしまうのです。すぐれた頭脳が現れた、と噂が立つと撃たれ、すぐれた聴力が現れた、と噂が立つと撃たれる。有史以来、人類は聴力と頭脳に対してとてつもない軍事作戦を敢行しているのです。そのせいで日ごとに費用が嵩んでいきます。それこそが真実です、とコンラートにヴィーザー。すぐれた聴力をもつ人やすぐれた頭脳をもつ人が現れても結局死へと追い立てられ、撃ち殺されてきた。歴史がはっきりとそのことを示しています。どこを見ても目に入ってくるのは聴力殺しや頭脳殺しばかりです、とヴィーザーに言っていたとのことだ。すぐれた聴力やすぐれた頭脳の持ち主は必ずと言っていいほど憎悪の対象となる。すぐれた聴力をもつ人がいるところには、すぐれた聴力に対する陰謀があり、すぐれた頭脳をもつ人がいるところには、すぐれた頭脳に対する陰謀がある。それだけが真実です。ヨーロッパでは絶滅寸前の鳥は保護されるのに、絶滅寸前の頭脳や絶滅寸前の聴力は保護されないのですから、と言っていたとのことだ。とはいえこんなことを言ってもしょうがない。そもそも何を言ってもしょうがないんだから、と言っていたとのことだ。何かを言っても結局下らない結果にしかならないんだから。何を言ったってそうです。何を読んでも下らないし、何を聞いても下らない。何を信じても下らない、とにかく下らないことばかり。口を開くと下らなさの塊が飛び出してくる。気まずくて下らないし、下らなくって気まずい。ヴィーザーによればそれからコンラートはお寒くないですか?と言ったらしい。建設監督官さんは寒いんじゃないかと思ったものですから。私は毛皮を着ているので寒くはないんです。コートの下に毛皮を一枚羽織っていますね。石灰工場ではコートの下に毛皮を羽織らなきゃやってられません。おまけに私は慣れてますから。石灰工場はこんな有様ですからおかげで慣れましたよ。石灰工場はとにかく寒いんです。それこそこの二十年間というもの、厳密に言えば生まれてこの方ずっと聴力のことが気になって仕方がなかったんです、と言ったらしい。今はまだ私の論文は頭の中にあるだけで学問的なレベルに収まっていますが、完成の暁には芸術作品というにふさわしいものになるでしょう。聴力はすべてを可能にします。わかってない連中には全部戯言《ざれごと》にしか聞こえないかもしれませんが。可能なら私の論文の最重要の章を読んでいただきたいくらいです。ぜひとも読んでいただきたい。そして知っていただきたい。ですがそれができないんです、と建設監督官に言ったとのことだ。説明を始めるとすぐにナンセンスでしかないことがわかるんです。何をどう説明しても、結局まったく間違った結論に導かれる。説明できないものは何一つとしてないが、結局いつも間違った形で説明されるので、結局どんな説明であってもあべこべの結論にたどり着くだけなんです。そのことで誰もが苦しんでいます。ところで私の研究は九つの章に分かれています。九という数字は私の研究においてもっとも重要な役割を担っており、すべては九に解消され、すべては九から導き出される。建設監督官さんはご存じないかもしれませんが、九は七より重要なんです。聴力においては九こそがもっとも重要だと言うことすらできるでしょう。第一章は続くすべての章への導入であって、第九章は先行するすべての章の説明です、と建設監督官に言ったとのことだ。第二章では当然脳と聴力、聴力と脳といった主題が扱われます云々かんぬん。第六章では副聴覚、とくにいわゆる聴覚性構語障害について紙幅を費やして分析され、第七章では聞くことと見ることについて扱います。聴力こそがあらゆる感覚器官の中でもっとも哲学的なものなのです、と建設監督官に言ったとのことだ、とヴィーザー。けれどもどの章も頭の中にあるだけなんです。何十年というもの頭の中にある。以前頭の中で論文のすべての章を書き上げたんです。完成した研究を何十年も頭の中に保管しているのですが気苦労が絶えません。書き上げる瞬間を逃したら、あっという間にばらばらになり、努力が無駄になってしまうのではないかと不安で仕方ないんです。研究の第一章を仕上げるだけで二年かかったものです。それから十八年間、残りの章を発展させ磨き上げてきたのです。そんなことばかりしているとすぐに、それもびっくりするほどにあっという間に、いかれてしまっただの、錯乱しているだのといった疑いや悪評を立てられる。もう治りっこないと言われているのを実際に聞きもしました。九つの章のうち一番難しかったのが第五章です。いまだに章題をつけることすらできていません。本当に錯乱してしまっていたら物事はずっと簡単だったでしょうが、錯乱するくらいなら研究していたい、と言っていたとのことだ。きれいさっぱり錯乱してしまってストレスから解放されたらどんなにいいでしょう。錯乱することができたら。前触れもなしにいきなり錯乱することができたら。書き上げない限り論文なんて無意味です。頭の中にあるだけで文字にされない論文なんて無意味だと妻には毎日のように言っているんです。そうすると妻はどうして書き上げてしまわないの、と返してきます。何年もずっと同じ口調でそう言うんですよ、と言っていたとのことだ。何年も、私の覚えている限りではそれこそ何十年もの間、紙に書くこともなく論文を頭の中に保管しておくことができる、ということが妻にはいまだに理解できないんです。こういう不思議なことが理解できない、という点ではどの女も似たようなもんです。とにかく不思議なことを受け入れるということができない。何十年も受け入れることができないんですから。頭の中だけにあって文字になっていない論文など存在しないも同然です、と建設監督官に言ったとのことだ、とヴィーザーは言う。書くこと、とにかく書いてしまうこと、そういつも思っているんです。今ではもうとにかく書いてしまおう、机に向かって書き上げてしまうんだ、ということばかり考えて生きています。思い悩むこともありません。とにかく書き上げること。一気呵成に書き上げることばかり考えているんですから。

ですがこうした考えに取り憑かれれば取り憑かれるほど論文を書き上げるのが難しくなっていくんです。何かを頭の中に保管しておくこと自体は難しいことではない。実際誰だってとんでもないアイディアを持ち歩いているものです。それこそ死ぬまで持ち歩いているものですが、問題はこうしたアイディアを頭から取り出し、紙の上に吐き出すことなんです。頭の中ではなんでも考えることができるし、実際頭の中ではなんでもかんでも考えているものですが、紙に何かを書くところまでたどり着くことはほとんどないのです、と建設監督官に言っていたとのことだ、とヴィーザーは言う。誰であっても頭の中にはとんでもないアイディアが眠っているものですが、紙の上にはみじめで滑稽で情けなくなるようなものしか残らない。私の論文が想像できる限りもっとも繊細なバランスのもとに成り立つ脳髄の抽出液でなかったらよかったのですが、残念なことにあまりにも繊細な脳髄に何十年にもわたって負荷をかけることで生み出される繊細微妙な抽出液こそが私の論文なのです、と言っていたということだ。石灰工場であれば、つまり完全に外界を遮断した石灰工場のような環境であれば、一気に論文を書くことができるだろうとずっと思ってきました。頭脳から外界を完全に遮断すれば、外界、つまりは社会に頭脳をがんじがらめにされている時よりも論文が捗《はかど》るだろうと思っていたんです。普通は頭脳を外界から、つまりは社会から完全に遮断することもなく、私の頭脳のような頭脳で私の研究のような研究を行い頭の中に保存する必要があるわけですが、そんなことをしようと思ったらどれほどの集中力が要求されることでしょうか、と建設監督官に言っていたとのことだ、とヴィーザーは言う。頭脳というものは紛れもなく社会的なものである人格に縛り付けられています。頭脳と人格はまさにご存じの通り強制的に一つにされているのです。そのため頭脳と人格はどうしようもなく互いに結びついているわけですが、私の考えでは陰惨なほどに互いを蝕んでもいるのです。したがって自然ならびに自然の陰謀を記述することはまさに重要な課題であると言えるでしょう、と建設監督官に言っていたとのことだ。そうした研究を行う上で石灰工場には大きな可能性があると思うのです。他人のことを思いやっていたら何もできません。私の妻だってそう言いますよ、とコンラートは言ったとのことだ。妻には思いやりがあると至るところで言われていますが、私にはぜんぜん思いやりがないと方々で言われています。私ももちろん知っています。もちろん知ってはいますが、そんなことでショックを受けたりはしません。もしそんなことでショックを受けたりしていたら、とっくの昔に死んでいるでしょう、と建設監督官に言っていたとのことだ。何を聞いてももうショックを受けることなんてない。それどころか誰が何を言っていても、とにかく何を言っていたとしても当然私を攻撃しようと待ち構えているわけですが、そのおかげで私は前に進み続けることができるのです。目的を達成するためにはどんなひどいことがあっても受け入れないといけない。それこそ個々人に向けられた犯罪であっても、いわゆる人類全体に向けられた犯罪であっても、と言っていたとのことだ。私に関して言えば、研究のためならばなんでもするつもりでいる。それはつまりすべてを犠牲にする、ということだ、とコンラートはヴィーザーに言ったとのことだ。冷酷でなければ何もできない、と建設監督官には言ったのだが、研究に関わるということは、どうしようもなく冷酷になる、ということでもある。大抵の場合、一緒に暮らしている人間、ごく身近に暮らしている人間こそが一番の犠牲者になる。してみると妻は犠牲者第一号だが、そんなことには構っていられない。この犠牲者はまったくの無力だが、そんなことはわかっている。こういう恐ろしい考え方をしなければ恐ろしいほどの業績を上げることはできないわけだし、恐ろしいほどの業績を上げないと研究をする意味もないからね。そして実際には気がふれていないどころか、その正反対ですらあるのに、気がふれていると思われることになる。そしてバカにされ続けるんだよ。終わることのない嘲弄裁判が始まる。一緒に歩いてくれるよう他人に無理強いしない限り、たとえば女に無理強いするとかしない限り、一緒に歩いてくれる人なんているもんじゃない。そうでもしなけりゃ誰も一緒に歩いてなんてくれやしない。けれども誰かと一緒に歩いたとしても実際にはひとりぼっちなんだ、とコンラートは言っていたとのことだ。ひとりぼっちで歩いている、そして日増しに深くなる孤独へと嵌まり込んでいく。ますます濃くなる闇の中へとひとりぼっち。思索する者は日々濃くなる闇の中へとひとりぼっちで迷い込んでいくんだ。とにかくこの論文だけは！　逃げ場はないんだぞ！と自分に言い聞かせる。それでもいつも邪魔が入る。石灰工場にはほとんど何もないはずなのに。またコンラートは実際のところ友達などというものは存在しない、と言っていたとのことだ。真の友達というものは望むべくもない。単なる出歯亀や他人の不幸を見たがるやつらがいるばかりで友達なんてものは存在しない。結局敵がいるだけだし、なかでも自分こそがもっとも手強い。ともあれいつも邪魔され続けるようなことにこそ、人類の進歩はかかっているものだし、何もしないことこそが決定的な影響を及ぼすこともある。そもそも何もしないことは何もしないことの反対の何かをすることよりも決定的な影響を及ぼすものなんだから。何かをしないこと、そして何かをしないことによって何かをすることこそが大切なんだと言っていたとのことだ。やっておくこともできたようなこと、それどころかやっておかなくちゃいけなかったと（四方八方から！）言われるようなことをやらないでおくこと、それこそが進歩なんだ。そのうちにダメになってしまうかもしれないが、私は錯乱したりはしないつもりだ、と言っていたとのことだ。私の研究は孤独な決断そのものとして始まり、やがてこれ以上ないほどに孤独な労働になっていった。誰も助けてくれない、と言っていたらしい。厳密かつ精妙な計画だ。私としてはこの厳密かつ精妙な計画のせいで私の頭がダメになるんじゃないか、あるいはその逆もあるんじゃないかと不安で仕方がない。何もかもダメになってしまうんじゃないかと思う。私のような人間は保護を求めても、結局見つけることができない。保護されているものなど一つもない。何もかも私を滅ぼそうと待ち構えている。私のような人間はどこに行こうが、どこにたどり着こうが、結局いらいらしていらいらいらするばかり。何もかもがどうしようもなく滑稽でだからこそどうにか堪《こら》えることができるんだが、それもこれも何もかもが滑稽だからなんだよ。この世には喜劇しかなく、望むことはなんでもできるが喜劇から抜け出すことだけはできない。喜劇を悲劇にしようと何千年にもわたって試みられてきたが、言うまでもなくいつも失敗に終わってきた、と言っていたとのことだ。石灰工場だって喜劇でしかない、と建設監督官に言っていたとのことだ。喜劇に耐えようと思ったら、時々は脳を空っぽにしなくちゃいけません。脳の中身を放出するんです。膀胱の中身を放出するみたいに。そうすれば万事ＯＫです。親愛なる建設監督官殿。膀胱も脳も空っぽにする、つまりは用を足すことです。脳や膀胱とともにトイレへと駆け込むのが何よりも大切なんです。脳を精神の肺に喩えることもできるでしょう、親愛なる建設監督官殿と言っていたとのことだ。そのうちにコンラートは建設監督官をぐでんぐでんに酔っ払わせてしまった。そして妨害こそが研究には必要なのかもしれない、と言った。フローには私の言うことはすべて無意味だと言い、私には無意味、何もかも無意味と言い、ヴィーザーには当然のことながらすべて無意味だ、と言っていた。フローが言うにはコンラートは窓を開け松の枝の音を聞いたり、湖面に突き出した窓を開け水の音を聴いたりしていたとのことだ。松の動きが見えたり、水の動きが見えたりすることはなかったが、それでも松や水の音に耳を澄ませていた。さらには止むことのない空気の動き。水面上にはちょっとした動きも見てとれなかったが、それでもなお水面の動きに耳を澄ませていた。湖底の動きや湖底の動きが立てるざわめきにも。一番深いところの動きでも聞き分けることができた。フローだけでなく、ヴィーザーにも次のように言っていたとのことだ。知っての通り窓の下が一番深いところなんだ。窓の下が一番深いとまるで見てきたみたいだろう。湖の一番深いところの音を聞き分けるように訓練してきたから、一番深いところのざわめきを聞き分けることができるんだ。私の実験相手は誰一人として聞き分けられなかった。誰かれとなく一緒に窓辺に立ち、そして湖底の音が聞こえるかね、と聞くんだが、決まっていいえという答えが返ってくる。何も聞いちゃいない。もちろん私は湖底の音だけではなく、何千というざわめきを聞き分けることができる。窓辺に立つと聞こえる湖底の何千というざわめきについてだけでノートを何十冊も使ってきた、とフローに言っていたとのことだ。このノートには大いに興味がある、とフロー。どこにあるかがわかりコンラートが保管を任せてくれれば、いつか実際に手に取ることもできるだろう。私も研究しようかと思っていたんだよ、と。窓辺に立つと聞こえてくる湖底のざわめきを観察するというコンラートの観察に興味があるんだ。コンラートが許可してくれるなら、ヴェルスの地裁で行われている公判の結果を待つ必要もない。コンラートに対する判決も待たないつもりだよ。コンラートのノートに一刻も早くたどり着くことが間違いなく一番大切なんだからね。ヴェルスの地裁に湖底の一番深いところのざわめきについてのノートを保管させてもらえるように頼もうかと思っているんだ。コンラートはきっと私がノートを保管することに同意してくれるんじゃないかと思うよ。だけど興味があるのはノートだけじゃない。コンラートが残したそれ以外の記録にも興味がある。とくに論文には興味がある。けれども結局コンラートは書き残さなかった、とフローは言う。そしてこれからも書き残すことはないだろう。ほぼ間違いなくコンラートはガルステン[13]の刑務所に収監されることになるだろうし、きっと死ぬまでそこにいることになる。あるいは責任能力が欠如している者が送られるニーダーンハルト[14]で死ぬまで過ごすことになるかもしれない。いずれにしろどこに収監されるのであっても、研究についての何十年にもわたる記録がなければ論文を書くことはできない。コンラートは結局論文を書くことができなかった。それもフローに言わせれば頭がショートして奥さんを殺してしまったせいで決定的に不可能になってしまった。今日のうちにもコンラートに手紙を送って、湖底のざわめきについてのノートを譲ってもらえるように頼むつもりだ、とフローは言っていた。私の実験にも好意的だった今は亡き森林監督官のような知的な人でも、一緒に窓辺に立ち湖底の音が何か聞こえませんかと訊ねても結局何も聞こえていなかった、とフローに言っていたとのことだ。訓練をしていないと窓辺にいて水面の音さえ聞き取ることができない。ましてや湖の一番深いところの音なんて、とコンラートは十月の終わりにフローに言っていたとのことだ。いろいろな人を相手に実験してきたが結局何も聞こえてやしない、と言っていたとのことだ。茂みに覆われた窓辺に被験者を連れていっても同じだ。何も見えないし、何も聞こえないと被験者が告白して終わる。もちろんそんなに簡単なことではない。どうしたら観察力を手に入れることができるのか、ということだってうまく説明できない。そもそもどうして説明する必要があるのかとフローに言っていたらしい。森林監督官や建設監督官、ヘラー、ヴィーザー、フロー、パン屋、仕立屋といった被験者の忍耐強さには驚かされるばかりだが、それでも結局その無能さにがっかりして終わるので、なぜだろうといつも思っている。第一被験者である妻は、私のためにつまりは私の研究、私の試験や実験のためにいつも最大限我慢してくれている。コンラート自身が第一被験者、という言い方をしていたとフローは言う。実験はどんどん過激になっていくが、それでも妻は我慢してくれているんだ、とコンラートは十月の時点でフローに言っていたとのことだ。妻に実験を行いながら、いわゆるウルバンチッチュ式訓練法を究極的な完成形にまで高めていった。あまりにも過激にしてしまったので、もう今ではウルバンチッチュ式訓練法とも言えないほどだ。ウルバンチッチュ式訓練法のせいで妻は毎日くたびれ果てている。早朝に実験をはじめた日には夕方まで、午後に始めた日には深夜まで実験は続き、結局妻

13 上オーストリア州の都市。修道院を改装した著名な刑務所がある。
14 上オーストリア州に存在する著名な精神科病院。

はくたびれ果てる。どういう実験かといえば短いイの音を伴う文をいくつも妻に聞かせるといったものだ。たとえばイン川には何もないといった文章。百回ほどゆっくり聞かせてから、もう百回ほど速く聞かせる。そして仕上げに二百回ほど速く聞かせる。それも途切れ途切れになるほどに速く、可能な限り速く聞かせるんだ。それが終わると読み聞かせた文章が聴力や脳にどんな効果があったかをその場で言わせ、それから分析に入る、とフローに言っていたとのことだ。実験が大体二時間ほど続くと、後どれくらい続くのと妻が聞いてくる。とくに冬場にはどんどん耳が痛くなると文句を垂れる。だからすぐ終わるとか、三、四時間だとか、まだまだ続く、六、七時間だといった調子で、実験が後どのくらい続くのかを言ってやることにしている。ウルバンチッチュ式訓練法による実験は私にとっては何よりも大切で、実験なしには一日だって暮らせない。たとえば短いイの音の実験は随分してないねとか、短いオや短いアや短いウの音の実験は随分してないねとか言って実験を始める。イン川には何もないといった文章を妻の左耳に吹き込む、それから右耳、交代で右と左といった調子で実験を進めていくと一時間の間に大体二ページ分くらいのメモになるが、そのメモはすぐにその場で破いてしまう。メモが見つかってどういうふうに仕事しているのかがバレると困るんだよ。訓練の最中に硬いイの音と柔らかいイの音を区別しなさい、と言うこともある。妻は私の言っていることを理解できても行動に移すことができない。だから私は二倍努力しないといけないし、大体いつも二倍がっかりさせられる。彼女が（つまりコンラート夫人が）こちらの言ったことを守ってくれない時なんかは訓練しても意味がないね、と言うこともある。（ごく簡単なことでも）理解できるようになるまでに三十分かかることだって珍しくない。もちろんウルバンチッチュ式訓練法絡みの実験は妻にとって負担が大きすぎるんだが、それでも実験は休みなく、妻が倒れるまで続けようと思っている。大体いつも妻は微動だにせず椅子に座っているよ。じっと目を閉じている。もっとも何年もウルバンチッチュ式訓練法をしてきたもんだから、今ではその形式には慣れてしまったみたいだ。たとえばイン川には何もないといった文章を何週間もの間、手を上げて終わりだ、という合図を送るまで毎日のように何百回となく聞かせる。フローが言うにはコンラートはイン川には何もないという文章を訓練でよく使っていたらしい。私が文章を読み上げると妻がすぐさまコメントする。読み上げる速度が高まるにつれ、コメントの速度も高まる、とフローに言っていたとのことだ。実験が長すぎる、という非難は何千回も聞いたがそのうちに聞き飽きてしまった。そしてそのうちに聞き飽きることにも慣れてしまった。それでも妻に実験し、ウルバンチッチュ式訓練法を施すことは、論文のためにはとにかく絶対に必要なことだ。実験が終わりに近づくとそろそろ終わりにしようか、とコンラートは言うらしい。そして続けてレコードを聞くかね、と訊ねるのだが、それに答えて妻がお気に入りのレコード、モーツァルトのハフナー交響曲をかけてほしいと頼む。そうすると妻は落ち着く。いつも同じレコード。何年も同じレコードだ、と思いはするが反対はしない。ハフナー交響曲が聞きたいなら聞けばいいと自分に言い聞かせている。ハフナー交響曲をかける頃には大抵、疲れ切ってしまってうとうとしてしまう。石灰工場にいるせいで歳をとるのが早いんだよ。歳をとる前に、つまりどうしようもなく老いぼれてしまって研究を書き上げるのが不可能になってしまう前に、論文を書き上げることができたら、とフローにもヴィーザーにも言っていたとのことだ。部屋に入るとすぐに横になるのが習慣なんだ。だけど外の世界があまりにも静かで穏やかだと、心の中は穏やかならざる気持ちになって疲労困憊しているのに寝付けない。それで石灰工場中を歩き回る。何度も歩き回った挙句に横になったまままんじりともせず朝を迎える。疲労の域を超えて過労になる瞬間を逃すと、どんなに頑張っても眠れなくなってしまう。眠りたい、どうにか眠りにつきたいと願っても叶わない。結局眠りにつくことができない。外の世界が静かで穏やかなうちにどうにかしたいと思うのだが、実際には正反対の状況に陥ってしまう。落ち着くことができず、ますます穏やかならざる状況になる。穏やかならざる状況はどんどん高じていき、最終的に外の世界の静かで穏やかな状況に反抗したり、打ち破ったり、外の世界にも穏やかならざる状況を持ち込んだりすることになる。実際のところ、石灰工場に引っ越してくる前は外の世界が静かで穏やかなら、精神的にも穏やかでいられるだろうと思っていたし、外の世界が静かで穏やかであることに惹かれてここに引っ越してきたけれど、それが間違いであり、根本的な誤りであることがすぐにわかった。すぐに間違いだったことに気づいたがその頃にはもう遅すぎたんだ。以前から訪問していたおかげで、ジッキンクが静かで穏やかな環境であることを知っていたし、だからこそジッキンクに、つまり石灰工場にやって来たけれど、静かで穏やかな土地だからといって精神的にも静かで穏やかでいられるわけではないということがわかっていなかったので、絶望と失望を味わうはめになった。だからこそ石灰工場の、さらにはその周辺の特徴でもある静けさ、それもきわめつけの静けさを巧みにコントロールし、それどころか自分の目的、つまりは論文のために利用するメカニズムを作らなければならなかった、とフローに言った。こうしたメカニズムのおかげでいつだって、自然にというわけではないが頭脳を働かせることによって、つまりはこうしたメカニズムを巧みに利用することによって周辺環境の静けさから内的な静けさを生み出すことができるようになったんだよ。周囲の静けさ、きわめつけの周囲の静けさを利用し、内的に静かな状態において内的な静けさへと変換すること、それこそは神経を制御するほかの技術とは比べものにならないほどに高度な技術であり、こうした技術を私はきわめて高いレベルで使いこなしてはいるが、それでもいつだって使いこなせるわけではない。（論文に）集中しているつもりでも、気がつくと（論文に）Ａタイプの集中をしてしまっていることもある、と言っていたとのことだ。つまり内的な静けさを生み出せない時には外の静けさ、極限的なほどの外の静けさをその場で打ち破ることができないといけない。外的な静けさは決して内的な静けさを生み出し続けることはできないんだから。それもごく短い時間、精神的な目的にとっては短すぎるほどに短い時間しかできないんだ。そしてほかの多くの事柄同様、こうした事柄においても天候がきわめて大きな役割を果たす。たとえばフェーン現象の時などだが、そんな時は石灰工場の中を右へ左へ、上へ下へと歩き回り、そして歩き回れば歩き回るほどますます内的な不安は大きくなっていく。内的な静けさを生み出すメカニズムをもはや使いこなすことができないからなんだ。うまく機能してくれないメカニズムの代わりにいろいろな方法や、補助的な手段を試すこともある。クロポトキン[15]を読むこともあれば『青い花』を読むこともある。結局あれにとって本と言えるものは『青い花』以外にはないんだからね。でも『青い花』を読んでも気持ちを落ち着けたりはできない。座っては立ち上がりまた座る。クロポトキンと『青い花』のページを交互に捲る。部屋の中をあちらの方向へ、そしてこちらの方向へと歩く。書類を整理したと思ったらぐちゃぐちゃにする。戸棚を開ける、戸棚を閉める。引出しをいくつも引き抜く。何度も何度も同じ引出しを。計算書やらメモ書きやらを積み上げ、そこから何枚かを引き抜き、上から下まで目を通すとまた積み上げる。窓のそばにある椅子を扉のそばに持ってきて、扉のそばにある椅子を窓のそばに持っていく。灯りをつける、灯りを消す。壁に貼られた地図上の直線の一本を追い、二本を追い、何本も追う。台所の薪を部屋に持ってこようと台所に行く。けれどもどうにもならない。灰皿やゴミバケツを空にしてもどうにもならないし、あれやこれやを思い出してもどうにもならない。さらには考えていることや感じていることを口に出す。文を―文という言葉をフローに対して使っていたとのことだが―即興で作ったり、まったく意味のない文をとりあえず口に出してみたりする。ほかにもコンラートがフローに語ったところでは、ウルバンチッチュ式訓練法による実験の素材として使った文を口に出すこともある、とのことだ。どうしても気持ちが落ち着かなくて石灰工場中を歩き回ることもある、とフローに言っていたとのことだ。それでも妻の部屋にだけは立ち入らない。私の落ち着かない気持ちのせいでこれ以上妻をうんざりさせたくはないんだよ。ただでさえもう長いこと気がふさいでいる、それももうずっとそんな状態なんだから、と言っていたとのことだ。妻も私と一緒で安らかならざる時間が、やがて安らかな時間に変わると無理矢理自分を納得させているんだよ。実際には安らぎが訪れることなんてあるわけがない。私たち二人は反目し合いながら生きているわけだけれども、それでも嘘をつき続けるという点に関しては似たもの同士なんだ。妻は自分に嘘をついていて、私も自分に嘘をついている。

さらにはお互いを嘘で欺く。私が妻に、妻が私に、性懲りもなく妻が私に、私が妻に、という具合だ。大体そもそものはじめから石灰工場でも生活していける、耐えていけると、二人して嘘をつきながら暮らしてきたんだ、とフローに言っていたとのことだ。そして日ごとに耐えがたい生活へと搦め捕られていった。けれども石灰工場の生活にも耐えて生きていけると自分たちを欺いていなかったら、石灰工場の耐えがたさには耐えられなかっただろう、と言っていたとのことだ。耐えがたい状態が続いている時は耐えられるふりをし続けることが唯一の生きる道なんだ、とフローに言っていたとのことだ。似たようなことはヴィーザーにも言っていたし、私にも耐えられるふりをすることで、耐えがたさを耐えられるようになることについて話していた。同じような言葉で、同じような目立たない仕草で話していたのを覚えている。たしか森で会った時のことだ。そういう精神状態の、そういう日には無限にも思える石灰工場の中を端から端まで歩き回るんだ、とフローに言っていた。石灰工場の端まで行こうとするんだが、端まではたどり着けない。だって石灰工場をくまなく歩くこともくまなく走ることもくまなく這いずり回ることもできるけれど、端まで行くことはできないんだから。恥ずべき状態が頂点に達すると壁、つまりは氷のように冷たい壁や氷のように冷たい扉の桟、さらには氷のように冷たい屋根裏の鉄の扉や窓ガラス、石灰工場に残っている数少ない家具の氷のように冷たい木の部分に手をかけ、目をつむって落ち着け、

15 （87ページ）ピョートル・クロポトキン（一八四二－一九二一）。ロシアの作家・地理学者・革命家。本作でコンラートが読んでいるのはクロポトキンの自叙伝『ある革命家の思い出』であると考えられる。

落ち着け、落ち着け、と自分に言い聞かせる。石灰工場は楽園なんかじゃないよ、とヴィーザーには言っていたとのことだ。それなのになんの疑いもなく石灰工場が楽園だと思い込む人がどれほど多いことか。石灰工場の話となると表面的な判断を下して改めようともしないんだから。石灰工場の周辺地域とは違って石灰工場は楽園ではないのだけれど、表面的な判断サディズムや判断マゾヒズムによって判断するせいで石灰工場を楽園だと思い込んでしまう。石灰工場にやって来る人は石灰工場に足を踏み入れる時、それどころか石灰工場の近くに来ただけであっても、楽園にやって来たと思う。夏に来るにせよ冬に来るにせよ、のどかなところに行くつもりで、石灰工場に行こうと思うのだが、実際には楽園とはほど遠いところに行こうと決断しているのであり、実際にはまったくの自覚なしに、石灰工場の方角へ行こうと決意した段階でどうしようもない過ちを犯しているのだ。楽園に行けると思って、とコンラートはヴィーザーに言っていたとのことだが、藪をかいくぐる。楽園だと思い込んでノックする。藪に入る前からもう藪に入った後のような気持ちでいて藪の向こうは楽園に違いないと思い込んでいる。そんな気持ちでいるもんだから藪を抜けるとぎょっとして踵を返すことになるし、石灰工場に足を踏み入れたとしても、ぎょっとして裸足で駆け出すことになる。藪を抜けるやいなや踵を返して駆け出す者もいれば、石灰工場まで来てから踵を返す者もいる。部屋の中までたどり着くのはごく僅かで、それでも部屋まで来たらすぐに帰ってしまう。動物的な本能が働いていない。人類は本能を捨て去ってしまったんだよ、とヴィーザーに言っていたとのことだ。コンラート夫妻は楽園に引っ越した、と世間の人々は言うかもしれないが、実際には石灰工場に引っ越すことで楽園とは正反対の環境に引っ越したんだ、とヴィーザーに言っていたとのことだ。楽園への帰還と世間の人々は思うだろう。けれども石灰工場に比べればどんな環境でも楽園だよ、とフローに言っていたとのことだ。ロンドンだって石灰工場に比べれば楽園だし、ヴッパータールだって楽園だ。どんなに醜くうるさく臭かったとしても石灰工場に比べれば楽園なんだ。石灰工場の周辺一帯も、誰かが嘘をついたせいで楽園だということになっている。けれども当たり前のことだが、まともな理性を備えていれば、石灰工場のある地域にやって来ただけですぐさま石灰工場が楽園なんかではない、ということに気づく。けれどもおわかりの通り、とヴィーザーに言っていたとのことだが、人と関わることはあっても、理性的な人と関わることなんてほとんどない。理性的なふりをしていても本当に理性的だったためしがない。何かを知っているふりをしていても何も知らない。結局ふりをしているだけなんだから。間抜けなやつは何も気づかない。藪を抜けることはできても何にも気づかないんだ。石灰工場に入るというのはほぼ間違いなく罠にかかることだというのに。またヴィーザーには次のように言っていたらしい。秋にはまだ妻は私の助けがなくても服を着れたし、身支度ができたんだが、冬にはもう一人で服を着ることも、一人で身支度することもできなくなっていた。だから私は自分の部屋のストーブに火をおこすと、妻の部屋のストーブにも火をおこしてやり、さらには服を着せてやり、身支度をしてやらないといけないんだ。おかげで私の論文はめちゃくちゃだよ。人間にとって一人で着替えられなくなってしまうということほど気が滅入ることはない。後どれくらいこういう生活が続くんだろう、とヴィーザーに言っていたとのことだ。そのうちに介助なしでは食事もできなくなる。ものを噛むことすらできなくなるだろう。今はまだ一人で食べることはできる。私は肉を切ってやったり、パンをちぎってやったりしているが、それ以上は妻の方で嫌がる。でもそのうち介助を嫌がるわけにもいかなくなるだろう、とヴィーザーに言っていた。今はまだ嫌がっているが、そのうちに嫌がることもなくなる。そしたら肉を細かく切ってちょっとずつ口に運んでやったり、オートミールをスプーンで食べさせてやったり、ミルクをスプーンで飲ませてやったりしなければならない。もはや屈むこともできず、体いっぱいに伸びをすることもできないのを目の当たりにすると、靴下をはくのにもどれほど苦労しなきゃいけないんだろう、と思ってしまうよ。立ち上がっても真っ直ぐには立てず、歩いても真っ直ぐには歩けない。横になっても真っ直ぐには横になれないんだ。背中はどうしようもなく曲がっているし、その上に頭が重りのようにぶら下がっているんだから。何もかもが痛みの原因になるんだよ。何が痛みの原因なのか、体なのか、頭なのか、言うこともできないし、頭の痛みと闘うべきなのか、体の痛みと闘うべきなのか、それすらもわからない。もうずっと前から体と頭の痛み以外の感覚がなくなってしまっていて、痛みを通じてどうにか自分が生きていることを確認している有様だ。クリスマスの一ヶ月前に、つまりむごたらしい死を遂げる一ヶ月前に、コンラート夫人は頭も体もそこかしこが痛い、それしかもうわからない、とコンラートに言っていたらしい。コンラートはと言えば、妻との生活にはもううんざりだ、と逮捕の際言っていたとのことだ。そしてそれ以外のことは何も言わなかった。裁判所にはなんの責任能力もない、とヴィーザーは言う。コンラートがもっとも軽い刑に処されるのか、それとも最高刑に処されるのか、あるいは心神喪失と判断されるのかは裁判所、つまりは陪審員たちのその時の気分次第なんだからね。裁判の最後の瞬間までどう転ぶかはわからない。裁判所が毎日どんなことをしているかを見ればそんなのは明らかだろう。結局のところ裁判所という所はほかのどんな所よりも無節操で、判決はいつだって気分だとか天気だとか、好意だとか悪意だとかに左右されるんだから。なかでも陪審員裁判ほど無節操なものはない。ちょっと変わった状況があるとすぐに判決が左右される。コンラート夫人は痛みだけが自分がまだ（生きて）存在していることの証なんです、と建設監督官に言っていたとのことだ。妻が窓辺に行こうとしても行けず、起き上がろうとしても起き上がれず、何歩か歩こうとしても歩けない様子が目に入ってくるし、寒くても自分では毛布を引き上げることができない様子が目に入ってくる。それで結局私が毛布を引き上げてやる。私が汚らしい上着を着ていること、ぼろぼろのズボンを穿いていることも、私には見えるが妻には見えていない。もう何ヶ月間も荒んだ生活をしていることも妻には見えていない。石灰工場は上から下まで汚れてしまっているが、そのことだって見えていないとヴィーザーに言っていたとのことだ。何ヶ月も交換していない寝具がひどく汚れてしまっている。けれどもそれも妻には見えていないんだ。私には寝具をきれいにすることもできないし、そもそもそうする能力もない。半年前だったらあなたは忙しいからと言って、医療用安楽椅子に座りながら寝具やらなんやらのことはどうにかしてくれていた。ヘラーに洗濯を頼んだりもしていた。けれども今ではそういうこともできなくなってしまった。痛みに耐えるのに精一杯で家全体のことを見渡すことができないんだよ、とヴィーザーに言っていたとのことだ。部屋から出ようとしても出られないのがわかる。森へ行こうとしてもできない、村へ行こうとしてもできない。旅行したいと思ってもできないし、人付き合いがしたいと思ってもできない。他人と付き合ったりなんていうことはもう無理なんだ、とヴィーザーに言っていたとのことだ。何年も前から人付き合いはしていない。つまり気の合う人と話したりなんていうことは一切していないんだ。もっとも気の合う人なんていないんだけれどもね。これは地球上にはどこを探したって本当の意味で他人と気の合う人間なんて存在しないんだよ。これはきわめてコンラート的なものの言い方だ。ある時期から訪ねて来なくなった連中、つまり十月の終わりくらいまでは訪ねて来ていた連中はいわゆる気の合う仲間ということになるんだろうが、それでも本当の意味で気の合う仲間ではなかった。覗き趣味か、遺産狙いか、なんにせよ腹に一物あるやつばかりだよ、と言っていたとのことだ。建設監督官や煙突掃除屋、ヘラーや、ヴィーザーさんやフローさんだったら、今言ったような世間的には気が合うということになっている連中よりはよっぽど気が合うんだけれどもね。それにしても私たちと付き合うなんてアナクロニズムの極みじゃないかね。ともあれ一緒にいてくれる人がいなければ人間は生きていけないものだからね、とコンラートは言っていたとのことだ。誰もが何度も言ってきたようなことだが、照れることなく何度でも言おう。馬鹿げていてナイーブで陳腐なことかもしれないが。とにかくそういうことを言う時にはちゃんと自覚的に言うようにしているんだ。私じゃなかったら自覚的には言わないようなことでもそうだ。そこが違うんだ。ヴィーザーさんもご存じの通り、誰がどういうふうに言うか、ということが大切なんだよ。真面目な人、より正確な言い方をすれば真面目だと思われている人は言いたいことをいとも簡単に言ってしまう。それで後になってから陳腐なことを言ったとか、平凡なことを言ったとか、あるいは当たり前だと思われていることを言ってしまったとか悩んだりはしない。だって真面目な人、より正確な言い方をすれば真面目だと思われている人は、そういうことを言ったとしても決して陳腐なことや平凡なこと、いわゆる愚にもつかないことを言ったということにはならないんだから。もう長いこと人付き合いはしていない。パン屋とかヘラーとか仕立屋とかは生活のために必要な人々であって、彼らとの付き合いは人付き合いとは呼べない。必要な人々であって、人付き合いではないんだ。妻は周りにいてほしい人のこと、つまりは友達とか親戚のことばかり考えている。友人や親戚のことは諦めた方がいいと言ったって耳を貸さない。そもそも友達なんてこの世に存在しない。親戚なんて信用するな。親戚なんて欺瞞でしかない。自己欺瞞だ、錯誤でしかないと言ったって聞きゃしないんだ。引っ越してきた頃はまだ友人や親戚がこぞって遊びに来ていた。チロルやケルンテン、さらにはスイスからもズリィート家の人間が一人残らず山を越えてやって来ていた。北方に住む親戚もやって来た。たとえば東フリースラントの親戚だ。どいつもこいつも他人のおこぼれにあずかろうと死ぬまで陰謀をめぐらしている、そんなやつらばかりだったよ、とヴィーザーにコンラート。だけど今じゃこういう連中もやって来なくなったね。石灰工場はだんだん親戚という名の汚物からは自由になっていったんだ。こういう連中と付き合う必要なんかないんだよ、と妻には何度も言ったものだ。こういう連中が一人も来なくなり、手紙で連絡して来ることすらなくなるまでそう言い続けたんだ。はじめのうちはこういう連中と縁を切るように説き伏せ、最後にはこうした連中の信用がなくなるようなことを喋りまくった。連中と付き合うことなしに自分たちだけの力で生きていかなくちゃならないと説明したんだが、わかってもらえるようになるまでに、つまりもう何十年も連絡をとってない私の親戚はもちろんのこと、妻の親戚ともすっぱり縁を切ってしまうまでに何年もかかった。はじめのうちは妻のために自分を犠牲にしてきた。それこそ何十年というもの妻のため、妻の障害のためにね、とある時フローに言っていたとのことだ。今度は妻が私のために身を捧げる番なんだ。研究を行うためには妻がすべてを研究に捧げる必要がある。やましくなんかありはしないよ。私たちは二十年もの間ずっと旅行していた。あらゆる国、あらゆる大陸を巡ってきたがいつも苦しかった。不具そのものみたいな女と何年も世界中を旅すること、それが簡単じゃないことくらいちょっと考えればわかるだろう。それはつまり、体がまるで動かない女を街から街へ、美術館から美術館へ、名所から名所へ、有名人のもとから有名人のもとへと引きずって歩くということだし、体が動かない女のために最低限度の生活で我慢するということなんだから。しかもその女が、障害者というものはとかくそういうものだがとにかくなんでも目新しいものを欲しがる。手に入るものも、手に入らないものもなんでも欲しがる。とてつもなく貪欲なんだ。おまけにその頃は何かと注文の多い性格（！）をしていて一緒にいて持て余すほどだった。けれども私が研究に勤しむようになると妻としても自分の要求を引っ込めるようになった。少しずつ我慢を覚えて、私の言うことや、二人で暮らしていく上での私の考えにも従うようになっていったんだよ。屈辱的なこの変化、つまり妻ではなく私こそがあらゆる事柄を決定する、という変化には妻もはじめのうちは戸惑っていたが、それから何年もかけて、ある種のトラウマのせいで自暴自棄に陥っていたこともあり、妻としても私とともに生きるというよりかは私の傍で私に従属しながら生き、最終的には私のために私と妥協するようになっていった、とのことだ。

見るべきものはすべて見て、知り合うべき人間ともすべて知り合った人間、それらもすべて一人の男のひたむきな献身のおかげであり、そんなふうに人生の大切な時期を、それこそもっとも大切な二十年間、つまり三十歳から五十歳までの間の大切な時期を喜んで差し出させるなんていうことは、普通は望むべくもないし望むべきでもない。そしてこう言うからといってそれはもちろん感謝してほしいとか、罪滅ぼしに感謝の意を表してほしいとかそういうことではなく、そうやって他人を犠牲にしてきた人間に、今度は自分が犠牲になる番だと要求しているだけなのだ。妻が何かにつけ旅行したいと言っていなければ、当然私の研究はとっくの昔に書き上がっていたはずなんだ。十年前にはもう書き上がっていただろう。ロンドンかパリかアシャッフェンブルクにいた頃にはもう書き上がっていたはずだし、それが無理でも遅くともバーゼルにいた頃には書き上がっていたはずだ、とヴィーザーに言っていたとのことだ。フローには次のように言っていた。ちゃんと洗ったシャツを着ているかと毎日のように妻が聞いてくる。ちゃんと洗ったシャツを着てるよ、と答えるんだが、実際には一週間か二週間は同じシャツを着ているんだよ。妻にはもうわからないからね。汚れがもう見えないんだよ。汚れだけじゃない。とにかくもう妻はダメなんだ。『青い花』を朗読してもらいたがってるな、と思う。そんな時にはクロポトキンを朗読してやる。そうやっていらいらさせるんだよ。妻のもっている『青い花』を読む代わりに私のもっているクロポトキンを読む。それが何よりの罰なんだ。ウルバンチッチュ式訓練法の実験をしている間の不注意や、それに限らずとにかくありとあらゆる不注意、そしてありとあらゆる反抗的な態度へのお返しとしてクロポトキンを読むことで罰を与えるんだ。もちろんせがまれれば『青い花』を読むこともある、とフローに言っていたとのことだ。どうしてもって言う時には『青い花』を読んでやらんこともない。言うまでもなく妻はクロポトキンの本に書いてあることは一つ残らず憎んでいる。そして反対に『青い花』を愛している。だからある時は『青い花』を、ある時はクロポトキンを読むのが正解なんだ。『青い花』だけじゃなくてね、とフローに言っていたとのことだ。クロポトキンの一部を読みながら、今クロポトキンの何を読んだんでしょう、と訊ねることが今でもよくあるんだが、あれには答えることができない。クロポトキンを読んでいる間、ぼんやりと聞いているだけ、もしくはそもそも何も聞いてないに違いない。『青い花』を読んでやると注意力の塊になるっていうのにさ。今読んでいたのは何でしょう、と不意打ちで訊ねることもあるが、当然答えることができない。そうじゃなくってもせいぜい途方に暮れて見当違いの答えを返してくるだけだ。それでも最近ではクロポトキンを読んでいる間、注意散漫になるなんていうことはなくなってきた。脅しが怖いんだろう。いつも実行に移してきたんだよ。食事を禁止したり、ウルバンチッチュ式訓練法の時間を増やしたり、部屋の換気をしばらくやらなかったり、かと思えば突然部屋を換気したりね。そうすれば氷のように冷たい空気から身を守れないだろう。あとはクロポトキンの朗読量を二倍にするぞ、と脅したこともあった。そんな調子だよ。クロポトキンを朗読していると妻が聞いているのか聞いていないのかわからないことが珍しくない。『青い花』を朗読している時はそんなことはないんだけどね。それにわざと聞いてなかったのか、わざとではなく聞いていなかったのか、わからないこともよくあった。わざと聞いていないようにも、わざとではなく聞いていないようにも思えるんだ。どっちなのかがわからないこともあったし、不当に罰してしまうこともあった。それは申し訳なかったと思っている。そんな時には『青い花』から少し多めに読むんだ。苦痛で仕方がないけどね、とコンラートは言っていた。しかしクロポトキンの朗読中はたいていわざと聞いてなかった。『青い花』を朗読してやるとその内容については些細な点に至るまで申し分なく覚えているのだが、クロポトキンについてはコンラートが訊ねても何の答えも返ってこないらしい。また、毎日違う服を着せるように要求してくるんだ、ともフローに言っていた、とのことだ。毎日違う服を着せるのは断っているんだよ。妻は一人では着替えられないんだが、それでも週に二回以上は手伝わないようにしている。週に一回手伝えばいいんじゃないかと思う。一週間同じ服を着ている人だっているだろう。服を着せるのも面倒だからね、とコンラートは言っていた。妻の手伝いをしているといらいらしてしまうんだよ。コンラート夫人の着替えの場に居合わせたこともあるパン屋によれば、着替えている間、コンラートは奥さんを傷つけるようなことを散々口にしていたらしい。どういう服を着るのか、という点についても奥さんの言う通りにいつもしているわけではなく、奥さんではなく自分がよしとする服を着せることも珍しくなかった。コンラートが着てほしい服を着るのか、それとも妻が着たい服なのか、という点に関して、とても繰り返せないような言葉のやりとり（建設監督官）が何時間も続くことも珍しくなかったらしい。それでもコンラートは大体自分の意見を通していた。奥さんがくたくたになった時を狙って説得するのだという。どうして妻が服を替えたがるのか、自分はもうずっと同じ服で過ごしていることを思うと不思議で仕方がなかったし、ずっと同じ格好で、ずっと同じ椅子に座ったまま何年もいてくれないかと思うんだよ、とフローに言っていたとのことだ。妻は今でも大量の服をもっている。妻には大量の服があり、私には大量の靴があるんだが、私はもう長いこと同じ靴しか履いていないのに、どうして妻は同じ服を着ようとはしないんだろう、とコンラートはよく思っていたとのことだ。妻が新鮮な空気を吸いたいとなれば部屋の換気をつきっきりでしなくちゃならない。何度も窓を開けたり閉めたりする。論文を書けないでいることが頭に重くのしかかっているんだが、それでも妻には絶対服従、私の意思なんてないも同然。妻はしたいことができるし、復讐も自由自在。たとえば髪を梳かしてほしいと要求してくる。何時間も髪を梳かせようとしてくるんだよ。フローによればそんな時の彼らはいかにも夫婦らしく終始無言だったとのことだ。実際、妻の部屋はよく嫌な臭いがしているんだ。頭に来ることがあったらしばらく換気してやらないからね。換気したそばから換気してほしいと言ってくるし、窓を閉めたそばから窓を開けてほしいと言ってくるんだよ。そうやって嫌がらせをしてくるんだ。扉から吹き込んでくるの、と日に何度も妻は言う。それもちょうどいらいらするようなタイミングで言ってくるんだ。コンラートが言うには、風が吹き込んでくる、と言うことでコンラート夫人は夫に対する怒りを表明するらしい。実際には一回だって風が吹き込んだことなんてないのに何度も吹き込んでくる、と言ってくる。窓も扉も閉まっているんだから吹き込んでくるはずもないのに。吹き込んできてないのに、吹き込んでくる、と言う。それが私に嫌がらせをするための妻の武器なんだよ。あんまりしつこいので、吹き込んでくる、とそう何度も言うんだったら窓も扉も全部開けっ放しにして、出ていってやるからな、それで一晩中戻ってこない。翌朝お前がどうなっているか楽しみだな、と言ってしまったことが一回や二回ではないらしい。そんな時にはコンラート夫人は決まって、そんなら窓や扉を全部朝まで開けておきなさいよ、凍え死んでおけばそれでいいんでしょう、と答えたとのことだ。ともあれ自分でも最後にはおかしくなってしまうようなこうした脅しを結局コンラートは実行には移さなかった。妻が私に従ったかと思えば、今度は私が妻に従う。当然私が妻に従うよりも、妻が私に従うことの方が多い。そもそも私が妻に従うというのは正しくない。妻の希望を叶えてやっていただけなんだから。まずは何日も妻の思い通りにしてやる。そうしておいてある日突然妻が何を言っても拒否するんだ。そうすると妻としてはただひたすら私に従わざるを得なくなる。そうなったらもう妻の希望は一切叶えてやらない、とヴィーザーに言っていたとのことだ。論文を書くためには私だけが全身全霊を捧げるんじゃ足りないんだ。妻にも全身全霊を捧げてもらわないと困るんだよ。私たちは一緒にいる時は大体ずっとウルバンチッチュ式訓練法にかかりっきりになっている。妻にとっては何週間も自分を律していないといけない、ということでもある。当然反抗の余地なんてない。もうこれ以上椅子に座っていられない、となることだってある。そうしたら半狂乱になっちゃうんだよ。大体二、三週間に一回くらいはそういうことがある。一番多いのは週末だね。どうしてそうなのかはわからないけど何を聞いても、突然答えられなくなってしまう。二回も三回も四回も聞くんだけど答えられない。妻が答えないと研究が進まないのに答えないんだよ。そんな時には窓まで歩いて行って、新鮮な空気を入れてやるんだ。実際、ウルバンチッチュ式訓練法を何時間もやった後だと部屋の空気が濁っていたりするからね。だけど新鮮な空気に入れ替えても妻は口を開かないし、答えてくれない。部屋が冷え切るまで換気しても答えてくれないんだ。

それで再び窓を閉め、クロポトキンの朗読を始める。クロポトキンを読めば妻が口を開くだろうと思った。嫌がったり、抗議したりするんじゃないかと思ったのだが、クロポトキンを普段より長く読んでも、一向に口を開く気配がない。妻の嫌いな本を読んでも、沈黙がよりひどくなるだけなんだ、と言っていたとのことだ。本を閉じ、立ち上がり、そして部屋を行ったり来たりする、とヴィーザーは言う。どんどん速く、どんどん速く。そしてなにやら呟くが、何を言うべきなのかはわかってはいない。座る。そして再び立ち上がる。『青い花』を読んでもいいな、と思う。けれども『青い花』の朗読はしない。なんだか負けたみたいじゃないか、とヴィーザーに言っていたとのことだ。フローには次のように言っていたらしい。イ音の訓練をどうしてもやらなくちゃならなかったから、方向転換して自分の部屋に帰るわけにもいかなかった。その日の訓練があまりにも少なかったからね。それからふと、食べ物を何か持ってこようか、と訊いてみようと思った。それでも妻は何も答えなかった。どこか痛いのかい?と聞いても何も答えなかった。もし痛いならどうにかしなくちゃ、とも、痛み止めはどうだね、とも聞いたらしいが、痛くない、いらないと答えが返ってくるだけだった。そこで『青い花』を朗読して、妻のかつてよりの願いを叶えてやろうと決心したまさにその時、立って歩きたい、窓辺まで行って戻って来たいと合図してきたんだ、とフローに言っていたとのことだ。そこで妻を助け起こして、窓辺まで一緒に何歩か行っては戻り、もう一度行っては戻り、もう一度行っては戻りした。そうするとコンラート夫人は疲れ切ってしまって、椅子に座らせるやいなや、椅子の内側でくずおれてしまった。もう少しがんばればいいんだけどねぇ、と言っていたらしい。がんばればねぇ、でもがんばれないのよ。コンラートは奥さんの言ったことを繰り返しながら、それこそ声色を真似たりもしながら、フローに対して何度もがんばれればねぇ、がんばれればねぇと繰り返していたとのことだ。がんばりが利かなくなってしまったの！と言っていたらしい。それから『青い花』を朗読した。普段よりも長い分量を、抑揚をつけることもなく、ずっと同じ音量でずっと同じ強さで。こういう読み方を単調だと言ってもいいだろうな。徹底的に単調な読み方で最大限の効果を上げるんだよ、とコンラートはフローに言っていたとのことだ。一時間朗読してようやくまた深夜までウルバンチッチュ式訓練法ができるくらいまで回復するらしい。『青い花』を朗読している間、手をしっかりと握っていたので奥さんの気持ちもだんだん落ち着いてきた。けれども一週間か、一週間半くらいでまた同じ状態になってしまう。コンラートが言うには当然どんどん間隔は短くなっていった、とフローは言う。もちろん実験の間妻の耳がずっと冴えているわけじゃない。たとえば「力があろうがなかろうが関係ない」といった言葉を大きな声で口にしても理解できない。同じ言葉をできるだけはっきり言ったりもするが理解できない。「力があろうがなかろうが関係ない」といった言葉をできるだけ小さな声で言ったり、できるだけぼそぼそと言ったりもする。そうしてようやく理解できる。妻の聴力がいつまでも責任能力を欠いているのは注目に値する。たとえば「歩くのにどれだけ骨が折れるか」と言う。それも声を張り上げてはっきりと言う。けれども理解できない。その後で蚊の鳴くような声で「歩くのにどれだけ骨が折れるか」と言うとすぐに理解できる。そんな調子だよ。天気の影響はあるだろう。天候が急に変わると体が痛いようで人が変わったみたいになってしまう。とはいえ基本的にはウルバンチッチュ式訓練法に励めば励むだけ目覚ましい成果が得られる。長いこと子音を実験し、子音の実験に飽きてしまうと母音の実験に切り替える。そして不意に子音の実験に戻ったりする。そんな具合だよ。突然実験を続けられないと妻が言い出したら、窓から外を眺めればいい。それだけで実験が続けられない理由がわかる。天候が急変しそうだと空気が教えてくれるんだ。文章にならない単語や、そもそも文章を作れない単語から始めて出来上がった文章による実験へと移り、それでも結局最後には出来上がった文章から、文章になりようがないいくつかの単語による実験へと戻っていく。聴力というものは、とくに妻の聴力はわずかでも天候の急変にさらされると途端に調子を崩してしまうんだ。天候の急変はどんなにとるに足らないものであっても絶えず起こっているからね、とヴィーザーに言っていたとのことだ。いつ何時でも天候は急変するし、いつ何時でも天気は変わる、と言っていたとのことだ。私には次のようにも言っていた。木を見れば天候が急変する予兆がある。岩鼻を眺める。湖を眺める。さらには壁を眺める。とにかくどこにでも天候が急変する予兆があるんだ。突然母音の実験を切り上げ、文章の実験に移ることもあった、とフローは述べている。「誰かが誰かを殺した時の正義」という文章をコンラートは言う。するとコンラートはその文章をひどくぼんやりと奥さんの左耳へと囁いたのにもかかわらず、一言一句間違いなく聞き取ったのだった。「殺し」という言葉の中のIの音がおよそ八秒間、耳に残っていたと妻は言っていたよ。まあそうだろうと思うね、とコンラートは言っていたとのことだ。朝になると窓の外を眺める。そうすると閃くことがあるんだ。今日はとにかく母音の実験をとか、今日はとにかく子音をとか。今日はUの音が入った文章をとか、Eの音が入った文章をとか、Oの音が入った文章をとか、ごく短い文章をとかね。窓から外を眺め、深く息を吸い込むと今日はなんの実験をするべきかが見えてくることもある。またある時には窓辺に立った途端にどうするべきかが閃いて、妻の部屋へと駆け上がって行ったりもする。そして「鳥の群れ、鳥の群れが数を増していき公園を黒く染め上げる」という文章を聞かせてやる。そうやって文章を口にするとすぐにコメントを返してくるんだ云々かんぬんと言っていたとのことだ。クリスマス・イブ、つまりはコンラート夫人が凄惨な死を遂げるちょうど一年前、夕方の五時頃に妻の部屋へと行き、「人間と関わっても汚れるだけだ」という文章を何度も話したこともある。左耳、右耳と交互にね。この文章をコンラートは大体八十回か九十回は囁いたとのことだ。「人間と関わっても汚れるだけだ」と何度も言ったのだ。そのたびに妻はコメントし、最後には椅子にへたり込んでしまった。十一時頃になってようやくクリスマス・イブだと気づいたんだよ。ウルバンチッチュ式訓練法に集中していたこともあって、妻もすっかり忘れてしまっていた。妻には思い出させないようにして、少し早く一時くらいに床についた。もちろんクリスマス・イブだということは言わないでおいた。そして翌朝、今日はクリスマス・イブだよ。本当は昨日クリスマス・イブだったけど僕らにとっては今日がクリスマス・イブだ、と言ったらしい。もちろんクリスマス・イブだって昨日のうちにわかってはいたけどね、ともコンラートは奥さんに言ったとのことだ。だけど実験のせいでクリスマス・イブだってことにかまけている余裕がなかったんだよ。だから僕らにとっては今日がクリスマス・イブだ、と言ったらしい。それに対して奥さんは恐ろしい人！と答えたとのことだ。この恐ろしい人という言葉を奥さんの口調を真似ながら、コンラートはヴィーザーに何度も繰り返した。しばらく実験はおやすみかな、と妻が思っている時でも私は絶えず実験しているんだ、とヴィーザーに言っていたらしい。おはようとかおやすみとか言っている時も私はひそかに実験している。別の服に着替えるかい?とか、髪を梳かそうか?とか何か食べるか?と訊ねることすら実験の一環なんだよ。『青い花』の朗読をしようか、と訊ねる。そして結局は実験に持ち込んだ。立ち上がったり、腰掛けたり、行ったり来たりしたり、沈黙したりしながら、その間も実験しているんだよ。彼女といることとそれ自体がもうどうしようもなく実験なのかもしれないね、とフローに言っていたとのことだ。妻が死ぬまでウルバンチッチュ式訓練法を続けるつもりです、とも建設監督官に言っていたらしい。当然妻の耳痛はひどくなる。そのうち頭全体に広がることにもなるだろうね。実験の強度は上げていっているし、訓練はどんどん過酷になっているんだから、とフローに言っていたとのことだ。実験相手の誰一人として、というのも誰彼となく実験するからだが、実験相手の誰一人として自分が実験されていることに気づかないでいてくれるのが一番なんだよ。一緒にいる時はもちろんそうじゃない時もね。一年間ずっと、引っ掻く音が聴力に及ぼす影響を追求してきた。ほかにも打つ音や、ほじくる音、滴る音、さらにはブンブンいう音や、ビュンビュンいう音、ビュービューいう音についても研究してきたんだ。息を吹く音を試したこともあった。こする音なんて何百回、何千回と試したね。妻が十二音技法にも理解ある耳の持ち主で助かったよ。ヴェーベルンのオーケストラ曲や、シェーンベルクの『モーゼとアロン』、それに何よりベラ・バルトークの弦楽四重奏とかね。とにかくいつだって研究全体のことを考えるのが大事なんだよ。素人はすぐに細かいことにこだわって、時間を浪費した挙句細部に溺れるものだからね、と言っていたとのことだ。聴力の研究に関して、その全体を見渡そうと思ったら超人的な努力が必要とされる。いろいろな動物の聴力を研究するだけで二年はかかったよ。実験を開始しても最初の一時間は妻には自分が被験者だと気取らせないようにするんだ。それで一時間くらい経った頃に突然、実験してるんだよ、聴覚実験Iの始まりだ、と宣言するんだ。そして続けざまに「色欲」、「悪徳」、「ほっとく」と言う。いわゆる聴覚音色コントロールだよ。そしてOの音は陰鬱かね、と訊ねるんだ。Uの音は陰鬱かね、Oの音は陰鬱かね、ってね。その後で「せせらぎ」という言葉の実験をする。世界で一番清浄な言葉だよ。「せせらぎ」という単語だけでもう十年は実験してきた、とヴィーザーに言っていたとのことだ。フローが言うにはこうした経過を毎日のように繰り返していたらしい。奥さんの部屋に行き、何かを言う。そして言ったことに対するコメントを求める。コンラートは言い逃れを許さない。奥さんが時々、今やっていることは実験なのか、それとも実験じゃないのか、と聞くこともある。はいとかいいえとか言って答えるんだが、私がずっと実験していること、私にとってはすべてが実験だということが妻にはわかっていないんだよ。だから実験している時もあれば実験していない時もあると思い込んでいるんだ。論文は頭の中ですでに完成しているが、もっと実験をして頭の中ですでに完成している論文をブラッシュアップして完成させようと思っているよ。本当はいつだって完成させることはできるんだけどね。論文を一気呵成に書き上げることができると思えば、頭の中の論文が消えてしまうかもしれない、という不安に怯えなくてもいい。論文を一気呵成に書き上げるその時まで実験を続ける。いつかそうなる日が来ると固く信じてこれまでやって来たんだよ。けれども研究をすると決めてから、ウルバンチッチュ式訓練法がやめられなくなってしまった、とフローに言っていたとのことだ。こういう実験を長くやっていると簡単にはやめられなくなってしまうんだよ。そして何もかもダメにしてしまう。全身全霊で尽くしてくれる妻がいなかったらこの研究は考えられない。妻のおかげでいつでもどんな時でも研究ができるんだ。実証、実証、妻のおかげで実証を積み上げられるからこそ研究ができている。研究者というものは実験をしないでは生きていけないんだよ。今ではどうして実験をするんだろう、と考えることもなくなった。死ぬまで実験を続ける。それだけさ。短い文章で実験をすればもっと簡単なんだ、と言っていたとのことだ。一語で完結する単語が一番簡単で、母音だけで構成されている単語はそれよりも簡単だ。こみいっていて厄介なのは、つまり妻にとって一番難しいのは長い文章、それも文章が何重にも重なったどうしようもなく長い文章だ。けれどもそういう文章で実験するのが一番興味深い。たとえば「君も知っての通り、その関係とは関係しないが、その関係とは関係しない関係の諸関係ともっとも鋭敏に関係する諸関係」といった文章だね。こういった実験は変だというのは簡単だし、実際変だと言わずにはいられないし、実際変なのだが変だとあえて言う者もいない。誰々は変だと言う人自身が一番変だと誰もが思うものだからね。そのうちに自然と非難も収まっていく。だんだん収まっていくんだよ、とコンラートは言っていたとのことだ。人は（そして人類は）、（最悪の）矛盾によって存続している。私にとっては実験のための文章しか残っていない、と言っていたとのことだ。私には実験しか残っていないんじゃないかと思うんだよ。すべてが実験だし、全世界が実験で、とにかく何もかもが実験なんだ。文章は長くなくたっていいし、文章は（あるいは単語は）短くなくたっていい。A、O、I、Uといった母音だけが重要なんじゃない、とにかくすべてが大切なんだ、と言っていたとのことだ。ふと窓辺に立ってみる。けれども何も見えない。聞こえるけど見えないんだ。何もね、とフローに言っていた。弱視だと思うね。どんどん弱視がひどくなっていく。目をつむって窓辺に立つ。長いことそうしてから目を開くとようやく見えるようになる。さらに冬場に暖房する苦労についても話していたらしい。ヘラーには暖房させないんだよ。あいつは暖房する時にやたらうるさくするし、周りを汚すからね。ヘラーが暖房すると大体二、三時間は実験する時間がなくなるんだよ。もっとも自分の力で暖房しようと思ったら大いなる決断が必要なんだけれどね、とコンラートは言う。うちの暖炉は使い物にならない。炉の部分が使い物にならないんだよ、と言っていたとのことだ。だから何度も炉の中を確認したり、薪をくべ足したりしないといけない。それでも運がいいことに石灰工場の炉は廊下にいながら、火をつけることができる。もっとも石灰工場の暖炉の使い方がわかるのに何年もかかったんだけどね。あらゆる暖炉にはそれにふさわしい使い方があるんだよ。これはもう学問と呼んでしまってもいいだろうね。そう、まさに学問なんだ！と言っていたとのことだ。弱視はどんどんひどくなる。本当はもっと昔に医者のところに行っておくべきだったんだろうが行かなかった。一年前には三、四週間に一回、目の調子がおかしいことがある程度だったけれど、今じゃ目の調子がおかしくない日がないくらいだよ、とヴィーザーに言っていたとのことだ。もちろん私の研究とも関係があるだろう。私みたいに目を酷使する人間はこの手の弱視は覚悟しておかなくちゃいけない。妻には弱視はなかった。妻の目は最初から悪かったからね。妻の視力は最初から弱っていたので、何年経っても弱い視力がさらに弱くなることはなかったんだ。私にはこれ以上ないほどに鋭く、研ぎ澄まされた目が生まれつき備わっている、とヴィーザーに言っていたとのことだ。それに傑出した聴力もね。この手の弱視が進むと何も見えなくなってしまうことも珍しくない、と言っていたとのことだ。私の知っている限りでも、近親に同じような弱視になり突然何も見えなくなってしまった人がいる。それが怖いんだ。弱視はいつかよくなると思っていても、よくなることはないし、ある日突然、まったく見えなくなってしまう。どんな手を尽くしても、なんの役にも立たないんだよ。いわゆる凶行の二日前にはフローに次のように言っていたらしい。引っ越してきた時、床板をほとんど張り替えたことを思い出してたんだよ。妻の真向かいにある椅子に腰掛ける。そうすると妻からは私がクロポトキンを読んでいるように見える。だけど実際にはクロポトキンを読んではいない。集中できなかったんだ。クロポトキンを開いてはいたし、クロポトキンを一行一行目で追ってはいたけれど、まったく別のことを考えていた。引っ越してきた時、床板をほとんど張り替えたことを思い出していたんだよ。カラマツの床やカラマツの板はだんだん黒ずんでくる。だからできるだけ幅広の、不揃いの板に張り替えさせた。とにかく仕事ができる職人に頼んだんだ。妻の故郷であるトーブラッハからジッキンクへとやってきた職人だ。本を読むふりをしながらそうやって板に板を継ぎ、凹に凸、凸に凹を継いでいったことを思い出していた。三階は窓の桟を全部取り替えさせた。四階では窓枠を全部、一階と二階でも扉の枠を全部。二階は天井を新しくしなくちゃいけなかった、とそんなことを思い出しながら、妻の真向かいに腰掛け、クロポトキンを読むふりをする。読んでいるふりをしながらページをめくる。はじめのうちは何一つ新しくする必要はないと思っていたが結局随分と改装することになった。この地域の職人たちは腕は確かでも、あてにならないことで有名なんだが、それでも石灰工場の改装をあっという間にとても上手にやってくれた。こんなに上手なら、下の広間の天井も化粧漆喰を全部新しくしたらどうかとその時思ったんだ。それで下の広間の天井も化粧漆喰を全部新しくしたんだよ。化粧漆喰はあんまり新しく見えない方がいいんだよ、とフローには言っていたとのことだ。職人が私の言ったことを理解してくれたから広間の天井の化粧漆喰が新しくなったことには誰も気づかない。クロポトキンを読むふりをしながら、まったく素晴らしい漆喰だ、と思っていたんだ、とフローに言っていたとのことだ。化粧漆喰を新しくしようと思ったら、目立たないようにすることが何よりも大事なんだが、職人たちは化粧漆喰が目立たないような形で広間を改修してくれた。世の中には未熟な職人の手で改修されたせいでめちゃくちゃにされた化粧漆喰が山ほどある、とフローに言っていたとのことだ。ほとんどありとあらゆる部屋に新しい暖炉を設置した。それまで暖房したことがなかったところにも全部ね、とコンラートはフローに言ったとのことだ。引っ越してきて石灰工場に足を踏み入れた時、何もかもめちゃくちゃ！　めちゃくちゃでぐちゃぐちゃだ！と思わず叫んでしまった。私がクロポトキンを読んでいると妻が思い込んでいる間、石灰工場が荒廃してめちゃくちゃになっていた様子を思い出していた、とフローに言っていたとのことだ。もっともめちゃくちゃになっているといってもあくまでも一見そうなっているという話で、荒廃しているといってもあくまでも一見そうなっているということでしかなかった、とフローに言っていたとのことだ。なんて頑丈なレンガ造りだろう！　その気になれば石灰工場に暮らしながら、人類の歴史を四、五百年分頭から勉強していって隅々まで精通することだってできるだろう。それくらい丈夫なんだよ、とフローに言っていたとのことだ。クロポトキンを読みながら全然別のこと、クロポトキンとは正反対のことを考える無意味さにもうんざりしてクロポトキンのページを閉じる。すると本ばかり読んでいると目が悪くなりますよ、とクロポトキンのページを閉じたまさにその瞬間に妻が言う、とフローに言っていたとのことだ。クロポトキンばかり読んでいるから、どんどん目が悪くなっていくんですよって言うんだよ、とフローに言ったとのことだ。妻は本を読むから、とは言わなかった。クロポトキンを読むから、と言ったんだ。立ち上がって窓辺に行く。すると窓の下をヘラーが通り過ぎる。いつもこの時間にヘラーは窓の下を通り過ぎる。いつもこの時間に青い上着を羽織り、斧を振る。ヘラーとおしゃべりするのが大好きなんだ。ヘラーとしゃべっていると落ち着く。ヘラーとしゃべろう、と思う。風について、天気について。そうすれば自然と気持ちも落ち着くだろう。ヘラーの生活のことはよく知っているし、私たちの生活もヘラーには一切秘密にしていない。ヘラーとしても石灰工場には何年も前から旦那さんと障害のある奥さんが暮らしている、と思っているんだと思うよ、とフローに言っていたとのことだ。（森の中で）私たちがはじめて会った時、コンラートは次のように言っていた。いわゆる名誉毀損で十一回目か十二回目の有罪判決を受けた後、この国ではとにかく用心しないといけないと思っていたし、そもそももう意見を言わないのが一番だと思っているのですが、それでも意見を言ってしまうし、意見を言うという間違いを毎日のように犯しているのです。何を言ったとしても、考えを表に出すといわゆる名誉毀損の構成要件を満たしてしまうのですから。正確に言えばまったくと言っていいほど人間味がなく、無責任で、そのため刻々と不気味さを増していくこの国では何を言ったとしてもいわゆる名誉毀損になってしまうものですし、偏見まみれの裁判所に呼び出されて有罪判決を受ける可能性がきわめて高いのです。いつだってそうなる可能性があります。名誉毀損、さらには私が負わせた重かったり軽かったりする傷害のせいで、いつだって訴えられ中傷される危険、さらには訴えられ有罪にされる危険があるのです。なんでも言ったり口に出したりしてもよいのですが、人々の耳には結局いわゆる名誉毀損として響くことになるわけですし、私が毎日のように訴えられていないのは単なる偶然にすぎないのです。だって私は毎日のように人の集まるところに顔を出していますし、そうすると当然（コンラートとしては）言いたいことも出てくるわけですが、そういうことも我慢せず口に出しているわけですから。つまり真理を認識し、そして真理を口に出しているのです。私が口にする意見や真理は徹頭徹尾口に出す価値もあれば、聴く価値もあるのですが、言われている当の本人からしたら、とくに猜疑心が手ぐすねを引いて待ち構えているこの腐敗した祖国にしてみれば、どうしたって裁判所行きになってしまいます。つまり訴えたり、判決を下したりするための論拠になってしまうのです。私は性格的には付き合いやすいわけでもないですし、それでもどうにか付き合おうと思ったらいつも精神的にも身体的にも万全の状態でいなければならず、精神的にも身体的にも緊張していなければならないのです。言わずにいられないことを我慢できない性格なので、いつもトラブルを惹き起こす。こんなこと止めにしたいんですが止められないんです。名誉毀損で訴えられることがある世界、めいめいが自分の名誉を主張し、実際にはどう頑張ってみても名誉など存在しない、正確に言えば名誉らしきものすらあったためしがない世界。そんな世界は単にギョッとしてゾッとするというだけではなく、滑稽なものですらあるのです、とコンラートは言った。ですがギョッとしてゾッとするというだけではなく、滑稽ですらある世界に暮らしているということと誰もが折り合いをつけている。どれほど多くの人々が折り合いをつけてきたことでしょう。きっと何十万、何百万にも及ぶでしょう。なんといってもこの国はギョッとしてゾッとする滑稽な国なのですから。我が祖国はどうしようもなく滑稽でどうしようもなく恐ろしい国なのです。この国、この祖国で生きていこうとすると、たった一日でも長生きしようとすると、決して真実を口にすることはできない。誰に対しても何に対しても何についても。この国では嘘だけが原動力なのです。ありとあらゆる嘘と美辞麗句と歪曲と脅しをともなった嘘。この国では嘘こそがすべてであり、真実を述べたところで告発され、有罪になり、罵詈雑言を浴びせられるだけなのです。国民は嘘の中に逃げ込んでいるわけですが、そのことを黙っているわけにはいきません。真実を言うことによって人は処罰されるか、笑いものになる。大衆や法廷が処罰するか笑いものにするか、それとも処罰して笑いものにするかを決める。真実を語る者は処罰されなければ笑いものになり、笑いものにならなければ処罰される。この国では真実を口にする者は処罰されるか笑いものになる運命なのですから。自分から笑いものにされたがったり、処罰されたがったりする人なんていませんし、個々人にとって有罪になること以上に恐ろしいこともありません。重い罰金刑や、自由刑、禁固刑などとても耐えられるものではなく、そのせいで誰もが嘘をつくか、沈黙を選ぶのです。結局黙っていられない私のような性質の人間がいるだけです。時が経つとともに我に返り真実を追求する。そうなればもう黙っていることもできず、意見を言わずにはいられなくなり、そして結局処罰されるか笑いものになるか、処罰された上で笑いものになるかです。現行の刑法が続く限り、ますます処罰されやすくなるでしょうし、現行の社会秩序が続く限りますます笑いものになるでしょう。本当だったら性格を根本的に変えるべきだったのですが、性格というのは変えられるものではなく、実際に性格を変える者もいないわけです。だから新たに訴えられるのを避けるために石灰工場に閉じ籠ったんです。二十一日前から石灰工場に閉じ籠り、誰一人石灰工場に入れなかった。今日は二十一日ぶりに石灰工場から出てきてこの森を散策しているんです。正直申し上げまして私はいつも人と話したいと思っている落着きのない人間ですから、二十一日間というもの石灰工場から出ていきたくて仕方がなかった。ですが石灰工場からは出ていかなかったし、民宿まで行くことも製材所まで行くこともありませんでした。ヘラーだったら告発される心配もないだろう、と何度も自分に言い聞かせたのですが、それでも別館に行く気にすらなれなかった。もちろん石灰工場にやって来る人もいますが、決して入れないんです、とコンラートは言った。扉を開ける、するともう訴えられる可能性があるわけですから、と言った。そこに突然建設監督官がやって来たり、村長がやって来たりするのです。私としては開けないわけにはいきません。お役人ですから。村会議員だとか管区長だとか、渓流の護岸工事の班長だったら開けないわけにはいきません。誰も彼もが仕事の都合でやって来るのです。そうなると入れないわけにはいきません。本当に仕事だったり、仕事のふりをしているだけだったりするわけですが、もし私が入れてやらなかったりすると職権を使って無理矢理にでも入ってくるでしょう。そうなったらまた何か余計なことを言ってしまって、訴えられるんじゃないかと不安で仕方ないんです。訴えられ、判決を下され、収監されたりするかもしれない。だって前科がある以上、いわゆる名誉毀損で訴えられるだけでも収監されることを覚悟しておかなくてはいけないわけですし、だからこそ石灰工場から出ていかないようにしているというわけです。もっともいわゆる公人、森林監督官や建設監督官もそこに含まれるわけですが、いわゆる公人の皆さんとお話ししたりすることもあります。余計なことを言わないように気をつけながら。フローには二年前次のように言っていたらしい。朝食の間、私は黙っている。妻は話をする。黙っているのが習慣だから、私は黙っているが、妻にとっては話すのが習慣だから話している（朝食の時の話）。朝食を食べている間も休みなく話す。そうでもしないと妻にとっては誰かと話す機会もない。研究のことを考えながら目を覚ますが、研究を書き上げる、という考えはすぐに捨てて、朝食が終わり次第、聴力の訓練に取り掛かろうと思う。たとえば妻の部屋の東の端からUで始まる言葉を呼びかけよう、とか思うんだよ。ウラル、裏方、裏金、占い、ウリエル、売り家、ウルグアイ、上履きなどなど。それからOで始まる言葉。オイル、オアシス、オランダ、おふくろ、桜桃、王冠、応急処置などなど。Kで始まる言葉。カタストロフ、カード、カバラ、カカーニエン、カブール、鎌鼬《かまいたち》、カタルシス、蚊柱、家族会議などなど。それからEで始まる言葉。エステル、エストラゴン、エスパーニャ、エスキモー、絵空事、エチュードなどなど。さらにAで始まる言葉。嵐、アルバニア、甘党、あぶく銭、アスファルト、杏、アロワナ、アルカリ性などなど。朝食の間も聴力の訓練をしよう、と布団の中で思うんだ。朝食の間のおしゃべり（さらには沈黙）も訓練の一部にしようとね。聞き耳を立てることと聞くことが、厳密にはどう違うのかを妻に話してやる。まずは聞き耳を立てることについて説明し、それから聞くことについて話す。それから聞き入れることや聞き取ること、聞き合わせることや聞きつけることについて話し、さらに聞き逃すことや聞き漏らすことについて話すといった具合だ。聞き質すことや、聞き漏らすこと、聞き違えること、と話題を変えていった後で突然、聞き流すという言葉を何度か口にする。さらには聞き入ること、と言う。夜のうちにはもう二人分の朝食を用意しておいて、翌朝部屋に運べばいいだけになっている。一緒に暮らすようになったその日から、二人で朝食をとっているんだ。妻の部屋に上がっていくと論文やウルバンチッチュ式訓練法にまつわるいいアイディアを思いつくんだよ。お盆を抱えながら、中廊下の暗闇をくぐり抜け、慎重に階段を上る。二階、三階、そして妻の部屋へとたどり着く。ノックもしないで入っていくんだ。机の上にお盆を置こうと思い、机の上にお盆を置く。妻がこっちを見ているな、と思う。そしてまた服を着たり、体を洗ったり、髪を梳かしたり、体を伸ばしたり、そういったことがまたできなかったんだ、とも思う。妻の顔にそう書いてあるんだ。それはもう情けない顔をしているんだよ。体を洗って、服をとにかく何がなんでも髪を洗ってやらないと、と思う。髪を梳かしてやる。体を洗ってやりながら、着せて、髪を梳かしてやろうと思って、体を伸ばせるようにしてやっているとますますその思いは強くなっていく。けれども髪を梳かしてやりながら、自分自身は四週間というもの髪を洗っていないことに思い当たるんだ。せかせかと手を動かして髪を梳かしながら、お盆の上の食器を机に移さないと、と思う。そしてお盆を机に載せる。まず薬罐《やかん》を火にかける。それから大急ぎでパンにバターかマーガリンを塗る。もちろん最近はもっぱらマーガリンだけどね。そうしていると眠れた？と妻が訊ねてくる。眠れた？と私も訊ねる。妻が答え、私が答える。もちろんダメだった、と妻が答え、私ももちろんダメ、と答える。それから紅茶用のお湯が沸いたことを確かめると急須にお湯を注ぐ。そして後二分と言う、とフローに言っていたとのことだ。それから二人とも向き合い黙りこくったまま、訓練がいつ始まるのかと考えている。だから紅茶を注いでやりながら、訓練（ウルバンチッチュ式訓練法の応用編）をいつ始めるかを決めたりする。ウムラウトの言葉だな、と言う。もっとも朝食の間も訓練は行われていたことに妻は気づいていたようでもある。私が（妻に）言ったり、言わなかったりすることに対するあれの反応を私が窺ったり、コントロールしようとしたりしていることを見逃すはずはないからね。どんなに些細なことでも妻の反応が気になってしまって、反応をコントロールしちゃうんだ。たとえば昨日は全然訓練ができなかった。予定よりも二時間早く訓練をやめてしまったから、今日はとにかく真面目に訓練をしよう。訓練を中断するわけにはいかないのにいつも中断してばかりなんだから、と言ったりする。妻は私の言うことを聞きながらも黙っている。とにかくひたすら食べている、とフローにコンラート。朝食が始まるとすぐに、もう十分に食べたね、と私は言う。というのも私は朝食はさっさと済ませたいんだが、妻は時間をかけたいんだ。だから紅茶を飲み干すとこれで十分だ、と言い、まずは自分の、それから妻の朝食の食器を片付ける。長すぎる朝食は創造の敵だ、とコンラートは言っていたらしい。カップは戸棚に、パンはパンの袋に。そしてウムラウトの訓練が始まる。十一時か十一時半まで実験は続く。そうすると妻は数時間しか経ってないのにもう、へラーが民宿から持ってくる食事や私が台所から持ってくる食事のことが気になっていてもたってもいられなくなってくる。毎度のことながら妻の食事待望論にはいらいらさせられるよ。どうしていいのかわからなくなってしまう。だから怒鳴りつけて集中するように言うんだ。いいから集中しろ、とコンラートは何度も、それこそ何十万回と言ってきたとのことだった。私はぎりぎりまで集中しているのに、まったく集中していないじゃないか。夕飯のことばっかり考えて。ヘラーはいつ夕飯を持ってくるだろう。肉かな、キャベツかな、それとも甘い物かしらってそればっかりだ。私はウルバンチッチュ式訓練法に身も心も捧げてるっていうのに。私はウルバンチッチュ式訓練法に身も心も捧げているんだから、妻にもウルバンチッチュ式訓練法に身も心も捧げてほしいんだが、妻ときたらあっという間に疲れ果ててしまう。答えはいつまでも返ってこないし、一文ごとに、一言ごとに観察力が落ちていく。そもそも何も聞いていないことだって珍しくない。ようやく聞いていたと思ってもほとんどわかってない。まず右耳に向かって、次に左耳に向かって叫ぶ。それでも何にも聞いちゃいないんだ。ここ半年の訓練も大体そうだったんだが、この訓練も惨めな結果に終わる。ひどい、何もかもがひどい、最低だ、と言って立ち上がり、行ったり来たりしているうちに、私自身もヘラーが夕飯を運んでくるのが待ち遠しくなる。それでも夕飯が始まる頃には十二時半になっている。どうしてこんなに遅いのかはわからない。もしかしたら民宿で結婚式があるのかもしれない。それで妻のことを忘れてしまったんだ。あの宿の人たちときたら結婚式のことしか頭にないんだから、と思うこともある。そしてヘラーが階下でノックするとコンラートはまたたく間に妻の部屋を飛び出すんだ、とフロー。そして玄関を行ったり来たりしながら、まずはヘラーに食事を持ってくるのが遅れた原因を問い質そう、釈明を求めよう、と思ったり、釈明を求めるのはやめて問い質すだけにしようと思ったり、やっぱり釈明を求めようと思ったりした挙句に、扉を開ける頃にはヘラーに釈明を求めようと思っていたことは忘れてしまうのだった。ノックする音が聞こえると妻に食事が来たぞ、ヘラーが下に来てるぞ、と言う。すると妻がぱっと顔を輝かせる。そして妻が穏やかになったのを見ながらそのまま下へと降りていくんだ。玄関へと降りていきながら、料理は冷めてしまっただろうな、料理を抱えたまま、氷のような寒さの森や岸辺にずっといたんだから、と思う。そして扉を開き、湯気を立てている弁当箱を見ると料理はまだあったかい、今日はあったかい料理が食べられるんだ、と思う。台所まで持っていって温め直したりしないでもいい。すぐに妻のもとへと持っていける。そして即座に配膳を済ませる。私の配膳の速さといったら妻をびっくりさせるほどだ。けれども妻が一番びっくりするのは弁当箱の中に炒めたレバーが入っていること、さらにレタスのサラダまで添えてあり、一番下の段には私たち二人の大好物であるセモリーナ粉のスフレがあることに気づいた時だ。食事が終わったら、すぐに訓練を再開しよう、大好物を食べた後だったら集中力も上がるだろう、と思う。けれども食事が終わってもすぐには訓練を始めたがらない。大好物を食べたんだからすぐ訓練してもいいと思っているんでしょう、と言うんだよ、とフローに言っていたとのことだ。そういったやりとりがあってようやく訓練が始まる。その時には妻も協力してくれる。部屋の隅っこの窓辺から迷宮という言葉を妻に向けて繰り返す。はじめのうちは間髪入れず十回（妻にその場でコメントさせる）、それから間隔を徐々にあけながら、迷宮という言葉を繰り返す（妻にコメントさせない)。夕方の四時半頃になると部屋に戻る。休んでいなさい。論文のアイディアを思いついたから部屋に帰るよ、と妻には言っておく。けれども部屋に足を踏み入れる時にはもうアイディアはどこかにいってしまっているんだよ。思いつくままにあれこれ考える。けれどもどこかにいってしまっている。あれこれ考える。けれどもどこかにいってしまっているんだ。気持ちを落ち着かせようと思って、机に向かう。そしてクロポトキンを読みはじめる。夜になったら妻に『青い花』を読まないといけなくなるから、今のうちにクロポトキンを読んでおかないといけない。『青い花』を読んでやると約束してしまったんだから、と思う。それで時間の許す限りクロポトキンを読むんだ。そしてちょうど「よい方への変化」の章に差し掛かったところでノックの音が響く。私の対処法はいつも一緒だよ。ノックの音がしてもすぐには降りていかない。そのうちに止むだろう、と思っておくことにしている、とフローに言っていたらしい。それでもノックの音が止まないとなってはじめて降りていく。すると建設監督官が扉の前に立っていて、こないだ来た時に巻尺を忘れたみたいでね、と言うんだ。わかりませんなぁ、その辺にありませんか、と言ってやったよ、とフローにコンラート。後少しだけノックを無視しておけば、建設監督官は帰っただろうに、と思う。もっともそう思う頃には建設監督官は玄関に入り込んでいて、二人で巻尺を探さなくちゃならなくなっていた。巻尺は見つからなかった。ここにあるはずなんだが、と建設監督官は言う。一体どこに、とコンラート。建設監督官は身をかがめる。コンラートも身をかがめる。二人して巻尺を探すが見つからない、とフローは言う。もしかして巻尺は二階にあるんじゃないかね?と建設監督官はコンラートに言ったらしい。二階に上がったことなんてないじゃないですか、と即座にコンラートが返す。ああ、そうだね。二階には上がったことがなかった。巻尺が二階にあるはずないな、と建設監督官。一階の木目調の部屋を中心に二人は探し続ける。民宿か製材所でなくしたってことはないですか。そこにも絶対顔を出したでしょう、とコンラートは訊ねる、とフローは言う。しかし建設監督官はいや、石灰工場でなくしたんだ、と言って譲らない。さらに次のように続ける。いやでも石灰工場じゃないのかな？　もしかしたら現場でなくしたのかな？　事務所に置きっぱなしだとか？　いいや、違う。巻尺をもって石灰工場に入っていったのをよく覚えている。石灰工場のどこかに巻尺を置いたんだ。一階のどこかに。誰かが持っていっちゃったなんてことはないかな？と建設監督官が訊ねる、とフローは言う。それに対して石灰工場に一人で暮らしているんですよ、と間髪入れずにコンラートが答える。安楽椅子に座りっぱなしの妻は問題にはならないでしょう。安楽椅子から立ち上がることができないんですから。そもそも私は巻尺を見た覚えがないんですが、とコンラートははっきりと建設監督官に言ったらしい。建設監督官さんの巻尺がどんなものなのかすらわかりません。新しい巻尺だと仰っていますが、そもそも新しい巻尺を見た覚えがないんです。古い巻尺でしたら緑色のケースに入っているのを見ました。緑色の革のケースです、とコンラートは建設監督官に言ったらしい。緑色のケースに入った古い巻尺はたしかに見ましたが、新しい巻尺を見た覚えはありません。そして二人で一時間以上巻尺を探したが見つからなかった。玄関がこう暗くては見つかるはずもないよ、と建設監督官はコンラートに言ったらしい。結局二人して玄関の床に寝転がった。どうしようもなく疲れていたんだ。すると突然建設監督官が、あ、巻尺！と叫んだんだ。そして本当に建設監督官は巻尺を見つけた。外向きにつけられた大きな胸ポケットに入っていたのだった。胸ポケットに巻尺を入れていたことをすっかり忘れていたよ。一時間以上も探したのに結局胸ポケットにあったなんて！と建設監督官は叫んだとのことだ。そしてさらに、お仕事の邪魔をしてしまったんじゃないかね、申し訳ない、と言った。それに対してコンラートは邪魔なんかじゃありませんよ、と答える。そして続けて次のように言った。建設監督官さんは、私の研究の邪魔なんてしていらっしゃいません。私はまるで研究に身が入らなかったのです。どんなに条件がよくたって、どれほど人道的な条件が揃っていたってダメな時はダメなんですよ、とフローによるとコンラートは繰り返していたらしい。当然研究の進捗だってゼロです。今日は研究にまるで身が入らないんですから、建設監督官さんが研究の邪魔だったなんてことがあるわけないじゃないですか。なにがあっても仕事や論文の邪魔になるわけですから、建設監督官さんがいらっしゃったくらいでは邪魔のうちには入らないんです云々かんぬん。そう言いながら自分でも嘘八百だ、と思っていた。そして建設監督官を呪ったね。いつもみたいにシュナップスを勧めたりもしない。そもそも木目調の部屋に誘いすらしていない。一言声をかけてあの一番寒い部屋に誘うなんてことは一切していないんだよ。気がつくと建設監督官はもう外に出ていた。扉越しに耳を澄ませて建設監督官が去っていくのを聞いていたよ。雪の中で建設監督官は肩を落としながらいつもより も十倍はゆっくりと歩いていた、とフローに言っていたらしい。建設監督官はようやく見つけた巻尺を力一杯雪の中に放り投げたり、巻き戻したりしていた。その様子をコンラートは鍵穴越しに眺めていたらしい。私の前で弱みを見せたことが悔しくて仕方がなかったんだ。巻尺は本当は胸ポケットに入っているのに玄関の床に這いつくばるなんてそうそうないからね。建設監督官が雪の中を歩いていくのを眺めながら、コンプレックスの塊なんだな、とコンラートは思ったらしい。鍵穴から外を見ようと思ったらどうしても取らざるを得ない不格好な体勢で。もっともそのうちその体勢にも慣れてしまった、とフローに言っていたらしい。建設監督官が茂みに消えていくとすぐに部屋に戻ってクロポトキンの読書を続けた。といっても結局「よい方への変化」を何度も読み返していたんだよ。そして二ページも読み終わらないうちに呼び鈴が鳴った。それも上の階から。妻が呼んでいたんだ。それでまたすぐに飛んでいくことになる。わかるかね、フローくん、とフローにコンラート。私が君に話したり、物語ったり、仄めかしたりしていることは全部、毎日のように起こるんだよ。ここで起こることは全部毎日のように起こるんだ。どうしようもなく馬鹿げたことだし、だからこそ恐ろしいことでもある。それが毎日だ。こうした一連の出来事についてはフローの証言もヴィーザーの証言も一致していた。建設監督官はヴィーザーやフローの証言は本当だと認めており、二人もまた建設監督官の証言を認めている。結局のところ誰かが誰かの証言を認めており、誰もが誰もの証言を認めている。奥さんの部屋に入っていき、なんだい?とコンラートは訊ねる。クロポトキンを読んでいたんだよ。論文のことはもうしていなかった。建設監督官が邪魔をしてきたけれど、ようやくまたクロポトキンを読めるようになったんだ。すると君がベルを鳴らす。するとこうやって来なくちゃいけない。でも非難するわけじゃないんだ。今日の分の実験はもう終わっているんだから、非難するつもりもないよ、と言ったとのことだ。コンラートが部屋に入ってくるやいなや、奥さんは朗読して、と言ったらしい。そして『青い花』を朗読しなければならなかった。またヴィーザーには次のように言っていたとのことだ。何日というものあれの瞼が腫れぼったいのが気になっていたんだ。けれどもそう思っていることについては何も言わなかった。日中飽きるほどに何度も鏡を覗き込んでいるので、瞼が腫れぼったいことにも当然気づいているだろうと思ったんだよ。時には一時間もその場に座ったまま鏡を覗き込んでいた。だから瞼が腫れぼったいことにも気づいていると思ったんだよ、とヴィーザーにコンラート。空気が乾燥していることや一人でいることや歳をとったことが原因だろう。けれどもそう思っていることについては何も言わなかった。妻の病気には触れたくなかったんだ。新しい症状にもあえて注意を向けたいとは思わなかった。たとえば腰一つとってもあまりにも曲がってしまっていたので、安楽椅子の背後に掛けてある精巧な肖像画よりも四センチか五センチは小さくなってしまっていた。この半年のことだ、とヴィーザーに言っていたとのことだ。半年前は背筋が伸びていたので、安楽椅子に座っていても、妻と向かい合うと父方の祖母を描いたその肖像画は目に入ってこなかった。けれども今では肖像画をほとんどまるごと見ることができる、とヴィーザーに言っていたとのことだ。向かい合って座っていると一週間ごとに肖像画の見える範囲が広くなっていったらしい。はじめのうちは錯覚だと思っていたし、それこそ何週間もそう思っていたが、最終的に錯覚ではないことがわかった。妻がだんだんとくずおれていってしまっているのだ。それに対してこう言ってよければ、肖像画は上へ上へと上がっていっている。肖像画の全体をいつ拝めるのか計算できるな、とすら思ったよ。実際に計算したりはしなかったけど、正確な日時を計算できるな、とは思った。助け起こして少しばかり一緒に歩こうとするのだが、歩幅は半年前の半分くらいしかない、ともフローに言っていたとのことだ。そのうちに窓辺まで行くこともできなくなるだろうし、部屋の真ん中まで行くことだって無理になるに違いない。そして起き上がることもできなくなるんだ。きっとその時が来るんだろうな、とコンラートは思ったらしい。もう起き上がることもできない、といずれ気がつく日がやって来る。その時共同生活は新しい段階に移行するんだ。『青い花』を朗読してやるんだが、何段落かまるごと理解できていないことも珍しくない、とフローには言っていたらしい。ちゃんと聞いていた?と訊ねるとちゃんと聞いていた、全部わかったわけじゃないけど、と答える。『青い花』に悩まされている私と違って、妻は『青い花』が好きなので全部わかってても不思議じゃないんだが、それでも『青い花』がいわゆる難読書の部類に入ることを思えば当然のことなのかもしれない。ちなみに私がいわば罰として自分の好きなクロポトキンを朗読すると、その半分すらも理解しようとしない。耳を傾けているのに理解しない。それは『青い花』に関して言えばごまかしのない態度だが、クロポトキンに関して言えばごまかしなんだ。ラースカの店で私は今日、生命保険の契約をまた一件獲得したのだが、そのラースカでは石灰工場には障害者がいると噂になっていた。つまりはコンラート夫人のことだが、彼女は民宿では単に「あの女性」とだけ呼ばれており、この障害者は石灰工場のオーナーである夫、つまりはコンラートに介護されているとも、虐げられているとも言われていたのだ。つまりコンラートはどうしようもない鬼畜だが親切であり、サディスティックだが面倒見がいいというのがもっぱらの評判だった。妻のために民宿まで食事を調達しに来ることが評判になっている一方で、いわゆるウルバンチッチュ式訓練法にいれこんだ挙句、妻を廃人同然にしたことが悪評の原因になってもいた。もちろんウルバンチッチュ式訓練法のことなど誰も知らなかったが、何年にもわたってウルバンチッチュ式訓練法を観察していたヘラーが面白おかしく話していたらしい。コンラートはあの哀れな人、コンラート夫人はいつもそう呼ばれていたのだが、その哀れな人に自分が吹き込む文章について意識がなくなるまでコメントさせるという虐待をしている。訳のわからない文章をあの男は大きな声で読み上げたり、小さな声で囁いたりしながら、ある時は短く、ある時は長く、炎症を起こして爛《ただ》れ切った左右の耳に交互に吹き込んでいるのだ。夫が何を言っても反応できなくなるくらいコンラート夫人がくたくたになることも珍しくない。夫の方が妻を放っておくことはなく、妻が疲れ果てており、無感覚になっていても構わずにそのウルバンチッチュ式訓練法とかいうやつを朝の四時になるまで何時間も続けることもしばしばだった、などなどとラースカの店では噂されていた。昔は大金持ちだったけれども、お金のことでしくじってしまって、とくにいわゆる学問的な仕事、つまりコンラート言うところの聴力にまつわる研究のせいで、一気に資産を失ったのだ。それでも落ちぶれたとまでは言えないが、石灰工場の差し押さえが目前に迫っているという噂は本当だろう、と人々は話していた。人々の反応から推測するに、彼らはいまだにコンラートを金持ちだと思っているようだ。もっとも労働者に金持ちだと思わせるのは簡単なことだ。ちょっといい服を着ればいい。作業服を着て朝六時に仕事に行かなければ、もうそれだけで十分金持ちなのだ。コンラート自身は多分一度も自分のことを裕福だと自称したことはないだろう。チューリッヒにいた頃や、マンハイムにいた頃だったら、留保に留保を重ねた上で、困ってはいないくらいのことは言ったかもしれない、とヴィーザーは言う。実際、当時ならどんなに疑り深い人が見ても、金持ちだと言えただろう。けれども正味の話、いかにも金持ちでございという面《つら》をしている人たちよりも私は貧しいんだよ。どうしたら私の言っていることが正しいってわかってもらえるだろう、と二年前の時点ですでにフローに言っていたとのことだ。冬の間民宿に入り浸っている樵夫や工場の連中と話をしているのが一番楽しい。人生でこんなに人と話して楽しかったことはない、とヴィーザーには言っていたとのことだ。夫婦二人とも体調が悪かったので、もう何ヶ月というもの民宿には行っていない。今では民宿に行きたいと思うことも少なくなっている。もう何ヶ月も工場の連中や樵夫、猟場の管理人たちとも飲んでないし、何ヶ月というもの森にも行っていない。村にも半年は顔を出していない。村に行くことはあっても銀行に行って金を下ろすためだけだね。銀行に行って生きていくためには少なすぎるが、のたれ死ぬわけでもない額を下ろすんだよ。ヘラーとだってもう何週間も話してない。たしかに薪を割ってほしいとか、薪を割ってほしくないとか、あるいはいっぱいになったお盆を下げてほしいとか、空になったお盆を扉越しに渡してほしいとか言うことはあるが、それは話と呼べるようなものじゃないだろう。この一年の間にヘラーはまったく変わってしまったよ。一本筋の通ったやつだと思って信用していたんだが。理由はわからないが私が最近自分のことをある一定のレベルまで、つまり危険水域まで信用できなくなったのと同じ理由じゃないかと思う。昔はヘラーに何かを訊くと竹で割ったような答えが返ってきた。今では竹で割ったような答えは返ってこない。はぐらかすような答えが返ってくるだけなんだ。私たち二人の間にはお互いを不安にさせるような、それが言い過ぎだとしたらお互いに対する偏見を強めるような不信感だけがある。言葉を交わす時にも核心に触れないようにして過ごしている。ヘラーの親戚、七回か八回にわたって猥褻《わいせつ》罪で捕まっているあの男が、別館に住んでいいかと私に訊ねることもなく、勝手に別館に住みついて以来、ヘラーは私のもとに顔を見せなくなった。料理を運んできたり、薪を割っていいかと訊ねたりはする。けれどもそれ以外の用事で顔を見せることはほとんどない。ヘラーとの交流こそがほかの何にもまして重要だったのだが、それも諦めざるを得なくなった、とヴィーザー。それはまたコンラートが大切にしてきた石灰工場周辺の気取らない人々との付き合いを諦めざるを得なくなった、ということでもある。また別のある時には台所に行って大して美味くもないものを作るよりも、何を食べるかであれこれ頭を悩ませながら、午前を過ごすのが性に合っているんだ、とフローに言っていたとのことだ。病気だとか、薪を割っているとか、倒れた木の幹を運ばないといけないとかいったことでヘラーが民宿まで料理を取りに行けず、私は私で研究にとりかかれないような時の話だがね。そんな時、私と妻は何時間も向かい合って座りながら、ザウアークラウトやキャベツや肉について、さらにはスクランブルエッグやスープについて、そしてソースやサラダやコンポートについていつまでも話し続けるんだよ。そうやって話していても結局何を食べるかが決まることもない。そんなふうにメニューを提案し合ったり、メニューに思いを巡らせたりしているうちに午前中が過ぎてしまうこともあるんだからなんとも恐ろしいことだ。私が三度目に会った時、コンラートは次のように言っていた。二時頃銃声が聞こえたんです。石灰工場の近くのようだった、と思いますが、何も見えなかったんです。窓を開け、外を見回したんですが、何一つ見えなかった。誰かが撃ったのだろう、と自分に言い聞かせる。すると第二、第三の銃声。そしてこの三番目の銃声の後はめっきり静かになりました……私たちが石灰工場に引っ越す前、別館が猟師たちの集会場になっていたんです。猟師も猟も私は軽蔑しています。いずれにしろ死ぬまで狩猟のことしか頭にない。猟師なんでしょう。もしくは森で暮らしている連中です。あいつらは先祖もきっと猟師なんでしょう。猟師なんて結局ノータリンです。狩猟ができるだけのノータリンでしかないのです。狩猟に関心をもったことはありません。私が話しているのは狩猟という名の痴呆状態についてです。石灰工場に引っ越してまず、石灰工場の猟師特権を撤廃したのです。つまり別館に猟師は入れるな、と命じたんです。それ以来猟師は私のことを嫌っています。森を歩いていると、それどころか石灰工場から一歩外に出るといつ猟師に撃たれるのかと、それこそ撃ち殺されるんじゃないかと不安でしょうがないんです。猟師は嫌いなやつを簡単に撃ち殺すことができるんですから、とコンラートは言った。もちろん猟師は法廷で裁かれることになりますが、法廷は猟師を無罪にするし、そうでなくとも執行猶予付きの懲役刑を科すのがせいぜいのところでしょう。人殺しだというのにおかしな話です。猟師というものはいけると思ったらすぐに人を殺す、そして処罰されることもない、とコンラートは言った。そしてさらに続けて私は狩猟が嫌いですが、銃、とくに狩猟用の銃は大好きです、と矛盾したことを言う。ブーツに脂を、それも精製された牛脂を親指の付け根を使って塗り込んでいくんです。ブーツに脂を塗り込むとそれだけでくたくたになってしまうのですが、とにかく親指の付け根を使って塗り込んでいくんだと父が教えてくれたんです。親指の付け根を使って塗り込むんだぞ、とまだ四歳にもならない頃に教えてくれたのを覚えています。ボロ切れは使うもんじゃない。親指の付け根だけを、とにかく親指の付け根だけを使うんだ。脂用のブラシじゃだめだ。とにかく親指の付け根だ。ボロ切れを使うなんて邪道だ、と言っていたものです。内側から外側へと少しずつ強くしながら、親指の付け根を使って塗り込むのが一番革をしなやかにする方法なんです。ポーランドやスロヴァキア製の脂の匂いが好きでした。冬場、ブーツに脂を塗った後の部屋の匂いが大好きだったんです。ほかの季節だったら家の前でやるところですが、冬場は室内で塗り込みますからね。コンラートは冬場のブーツ磨きをいい匂いがするいい仕事だと繰り返し口にしていた。今ではブーツに脂を塗るだけで疲れ切ってしまう。ブーツに脂を塗った日にはもう実験なんてできない。ましてや論文の執筆なんてとんでもない。論文の執筆について考えることすら不可能です。いずれにしてもブーツに脂を塗り込んだ後は、論文について考えようと思ってもいわゆるどうでもいいことしか浮かんでこないのです。最近ではブーツに脂を塗り込んだり、体を酷使する似たような作業をしたりした後はいつも信じられないくらい疲れてしまって、かけ布団の上からベッドに転がり込んでしまうのです。そして深呼吸をしながら天井を眺める、とコンラートは言っていた。コンラートが言うには、そんな時天井はずっと揺れているらしい。そして九章構成からなる論文について考えようとする。けれどもブーツに脂を塗り込んだり、さっきもお話しした通りその類《たぐい》の厄介な仕事をしたりした後は疲れ切ってしまってどうにもうまくいかないんです。論文のことを考えると不安になり、頭がぼんやりとしてしまうのでどうにか他のことを考えようと、論文から離れてそれ以外のことを考えようとする。そうすると一旦はうまくいくのですが、結局むなしくなってしまうのです。論文以外のことを考えても当然むなしくなるだけなのですから。深呼吸をしようと思う。ゆっくり息を吸い、ゆっくり息を吐こうとする。それでも妻がいきなりいわゆるSOSの呼び鈴を鳴らしてまた出ていかなきゃいけなくなるんじゃないか、妻の部屋まで上がっていってまたどうしようもない状態になっているのを見せられるんじゃないかと思うと気が気ではないんです。しかも見にいくたびにどんどん状態がひどくなっており、新たに病気が増えたり、新たに動かない箇所が出てきたりしているのですから。もっとも脂塗りをして疲れ切っているような時に論文のアイディアを思いつくことも珍しくないのです、とコンラートは言う。それもちょっと考えられないような最高のアイディアです。昔、そう二十年昔だったらとても思いつかなかったでしょう。なぜなら典型的な老人のアイディアなのですから。つまり最高のアイディアということです。しかしこうしたアイディアは思いついた瞬間にはもう雲散霧消してしまっています。そしてアイディアが姿を現した瞬間にはもう跡形もなくなってしまっているので、結局こうしたアイディアもまったくの無価値であり、人が思いついたり、考えついたりする中でも最低最悪のアイディアであることがわかるのです。若者にはとても思いつかないでしょう。だって若者はこうしたアイディアを抱くこともないし、こうしたアイディアを理解することもできないでしょうから。いいアイディアを思いついた気がする、と後になって思い出すのがせいぜいのところです。いつだってそうなんです。いいアイディア、優れたアイディア、ほかの何よりも重要なアイディアを思いついた、と後になって思い出すだけなんです。世界を根本から覆すようなアイディアを一度だけ思いついたことがあったとする。それでもどんなアイディアだったのか、時々刻々と思い出せなくなっていく。記憶とはどうしようもなく信用ならないものであり、昔も今も人間を罠にかけるものなのですから。その罠にかかるや、どうしようもなく自分を見失ってしまうことでしょう、とコンラートは言った。記憶は人間を罠に誘い込み、そして見捨てるのです。記憶が人々を罠に、それも一つだけではなく幾つもの、それこそ何千という数の罠へと誘い込み、罠の中で一人置き去りにし、逃げ場のない呆然自失型の絶望へと追いやるといったことがいつだって起きているのです。老化に特有のこうした現象を、恐怖を募らせながら私は毎日観察しているのです。さらにコンラートは新しい記憶は瞬く間に古い記憶になってい く、と言った。何の予告もなく古い記憶になるんです。古くなるという予兆がそこかしこにあり、重要ではない思考回路が衰え動かなくなった挙句に思考建築の橋や通路がぐらぐらになるというわけではないのです。そうではなくあっという間に古びるんです。あっという間に人は老いる。どんなに若い人でも例外なくあっという間に年老いてしまう。いわゆる青春の第二ラウンドがない。それこそがまさに頭脳労働者の特徴です。過渡期がなくあっという間に青春が過ぎていく。そうなれば老いはもうすぐそこです。予告もなく突然に、そして致命的にそうなります。考えたいことがあって古い記憶を後生大事に抱えていても、あっという間に何もわからなくなってしまうのです。最重要かつ最良の考えであってもあっという間にわからなくなってしまう。だからこそ頭の中に抱えている思考はメモを取らなければなりません。そうしないと見失ってしまうのですから。つまりものを考えたいと思っても、歳とってしまうと紙と鉛筆がなければ破滅するしかないのです。若ければ紙も鉛筆も必要ありません。思いつくことは何でも覚えていられます。脳を使って、つまり記憶力を使って何でも思いのままにできる。考えたことを脳に、つまりは記憶のうちに何の苦労もなく溜めておくことだってできる。とても覚えられないようなことであっても何の苦労もなくそっくりそのまま覚えていられる。けれどもあっという間に老いがやってきてダメになってしまう。老人には松葉杖が必要です。それも一本ではなく何本も必要なのです。老人は皆目に見えない松葉杖を何本も持っています、とコンラートは言った。老人は数百万人だろうが数千万人だろうが皆松葉杖を持っている。数百万、数千万、数億、数十億という目に見えない松葉杖を持っているのです。いいですか。この松葉杖は世間一般の人には見えていないのですが、私には見えています。ごく当たり前のことです。数億、数十億に及ぶ目に見えない松葉杖がどうしても目に入ってきてしまう、私はそういう人間なのです。こうした松葉杖がどうしても目に入ってきてしまう、それこそが生まれついての私の性質であり、数億、数十億に及ぶ目に見えない松葉杖が見えないなんていうことは私にはあり得ないのです、とコンラートは言った。数百万というアイディア、それらすべてを私は思いついては忘れてきた、それも一瞬のうちに忘れてきた、とコンラートは言った。これまで私が失ってきた思考の成果を思想という名の巨大都市の隅々に住まわせ、生かしておくことができたならば、全世界は、さらには人類の歴史は私の失われた思考のすべてを糧に発展し続けることでしょう。私の記憶力ときたら実に信用ならないんです!とコンラートは言った。朝目が覚めるとベッドの中で思い浮かんだアイディアをメモしようとする。というのも最高のアイディアをベッドの中で思いついたのですから。しかし毛布を引っかぶる時間も惜しいと思いながら机に向かい、アイディアをメモしているうちに見失ってしまうのです。雲散霧消してしまっている。アイディアは一体どこに行ったのか、と自問自答するのですが、アイディアを見つけることはできない。アイディアはどこかに行ってしまったのです。アイディアを思いついたということ、それもいいアイディア、卓越した、規格外のアイディアを思いついたということは覚えているのですが、当のアイディアはどこにもない。いつだってこの調子です。アイディアを思いつく。間違いなくいいアイディアなのですが、時代を画するアイディアではない。もっともそんなアイディアは思いついたとしても頭から叩き出すべきなんです。というのもそんなアイディアはそもそも存在しないのですから。いわゆる時代を画するアイディアなんていうものは誹謗中傷みたいなもんです、とコンラートは言っていた。つまり使えるアイディアを思いつく。そしてその使えるアイディアをメモしようとするのですが、そうこうしているうちに使えるアイディアはどこかに行ってしまうというわけです。こうした成り行きを喜劇と呼んだっていいでしょう。何もかもが喜劇なんです。そう割り切ることで、どうにか前に進めるんです。まさに前代未聞の発展小説ならぬ発展喜劇というわけです。そうでしょう。とはいえ次から次へと毎日のように喜劇の中へ放り込まれるのも、なかなかしんどい話です。とくに還暦過ぎてからは耐えがたいほどにしんどい。これ以上ないほどにしんどく、これ以上ないほどに苦しく、これ以上ないほどに本意ではない。こんなはずじゃなかったと毎日のように思う。さらにコンラートは次のように言っていた。アイディアをメモしているうちに、アイディアを失う。そんなことを繰り返しているうちにこんな書き散らしの紙なんか投げ捨ててしまえ、と思うようになり、そして実際に投げ捨てたんです。もちろん屑かごにです。私くらいの歳になると、色褪せた、私に言わせれば知恵遅れのアイディアであっても惜しいものです。メモしようと思い立ち、メモしているうちにどこかに行ってしまったアイディア。何千という数のそうしたアイディアが生まれるやいなや失われ、最終的に屑かごのうちに消えていったのですから。なんて素晴らしいアイディアだ、と思っても、文字にするとなんて下らないと思いながらメモすることだって珍しくはない。言葉は考えていることを台無しにするし、紙は考えていることを滑稽にするのです。たとえひどく陳腐だったり、滑稽だったりすることであっても、紙に書きつけている間は楽しいものですが、陳腐だったり、滑稽だったりするこういったことを覚えておくこともできない。それに何より非凡な着想も文字にすると滑稽で瑣末なことになってしまうのですから、とコンラートは言う。そう考えると世界には、より正確に言えば精神の目を通じて眺めた世界にはいつだって陳腐なものや滑稽なものしか存在しない。世界には滑稽なものか陳腐なものだけが存在するのです。言葉とは思考の価値を貶めるために創られたものである。それどころか言葉とは人間に思考をさせないために存在するものであり、こうした目的は百パーセント達成されている、とすら言いたいほどです。いずれにせよ言葉はあらゆる物事の価値を引き下げる。言葉こそが失望を生むのです、とコンラートは言っていた。三年前フローには次のように言っていたとのことだ。天井を眺めていたんだ。そしたら何ということだろう。突然石灰工場中が静けさに包まれたんだ。もう何年も慣れっこになっていたあの不気味な静けさではなく、心地よい静けさだった。誰もおらず、そしてなんの物音もしない。まさに理想的な状態だ。誰もいない。物音もしない。だから怖くて仕方がない、ということもない。心地いいんだよ。昔みたいに何でもできる、そんな稀有な精神状態なんだ、とフローに言っていたとのことだ。何もかもがうまくいく。何でもうまくやれる。

私には可能性があり、力がある。当然私としてはこうした状態をできるだけ長く維持したかったんだけれどすぐに消え去ってしまった。以前だったら当たり前だったこういう状態が戻ってきたと思ったら、また突然終わってしまった。苛立ちのメカニズムの理想的な構成や組み合わせは苛立ちのメカニズムの理想的な構成や組み合わせとは真逆のものでもあったんだよ。昔は何でも考えることができた。私の脳に怖いものはなかった。今ではとにかく私の脳は思考することを恐れている。思考しようとしても顰蹙《ひんしゅく》を買うだけなんだから。そうなったら当然ものを考えることもできなくなってしまう。当たり前のことだ。若い頃はありとあらゆる力をごく自然に振り回すものだが、突然老いがやってきて、ありとあらゆない力をごく不自然に振り回すようになるのだ。以前だったら思考に入り込む時にも無力ということはなかったが、今ではまったく無力な状態で思考の中に入り込むしかない。無防備な状態で。武装はしているが、本質的にはまったく武装できていない状態で。昔だったら武装していなくても無力ということはなかった。今では私の脳も頭も先入観にまみれているし、偏見にまみれている。昔は先入観なんて一切抱いていなかったし、偏見にまみれてもいなかった。今や私の脳も頭もありとあらゆるしがらみや、ありとあらゆるありそうなことやありそうもないことに縛られている。そういう偏見だらけの脳は、ちょうど私の脳が私の頭から退いたように、そういう偏見だらけの頭から退かなければならないんだ。偏見だらけの頭も偏見だらけの脳も世界から退かなければならない。もっとも頭と脳、あるいは脳と頭がある世界から退いたとしても実際には別の世界に入っていくだけなんだが云々かんぬん。つまり自分自身を、ということはすなわち自分自身と等価であるようなあらゆる世界をあらゆる世界から退かせたところで、また別のあらゆる世界へと入っていくだけなんだから。つまり結局のところ完全に世界から退き、隠居することなんてできない相談なんだ云々かんぬん。だからいつも死にたくて仕方がない。人はあらゆる手を尽くして自然の裏をかこうとするものだが、結局自然の前で呆然と立ち尽くすことになる。実際のところ自然に謎は存在しないのだ。頭は、そして頭の中の脳もまた、自分自身から、ということはつまり自然から切り離されることはない。頭も、そして頭の中の脳もまたそれ自体として自然の一部なのだから云々かんぬん。人々が大胆にも哲学者と呼ぶような人々、世の中に害をなす分類だが、こうした人々は賄賂を渡してでも自然を克服しようとする、と私が昨日新たに生命保険の契約をしたフローに対してコンラートは言っていたらしい。人間には何一つ支配できない。せいぜいめちゃくちゃにするのが関の山だ。つまりだ。突然、石灰工場が静けさに包まれることがある。いつか奇妙なことがあったんだ、と言って話したことがあっただろう。だって石灰工場が静かになることなんてあるはずがないんだから。こうした原因不明の奇妙な静けさのうちではるか昔に忘れていたいわゆる青春の思考、まさに青春の思考こそが本物の思考なわけだが、長らく見失っていたそうした本物の思考が、コンラートに言わせれば正当にも高齢のコンラートに戻ってきたらしい。私はベッドに横になっていた。何も聞こえなかった。人もいなければ音もなかった。とにかく何もなかった。そういう時、机に向かって論文を書き始められると思う。そして論文を書き始めるぞと思いながら机に向かう。けれども書き始めることができない。論文を書き始める時、私は数十歳の若返りを経験する。だって論文を書こうと思ったらあらゆる点で若返らないといけないんだから。この論文は決して長いものじゃない、とフローに言っていたらしい。もしかしたらとても短いものかもしれない。けれども書き上げようと思うと途方もなく難しい。最初の一語をどうするか、どんな言葉で始めるのか、ということが難しくて仕方がないんだ。書き出しのその一瞬の難しさといったら大変なものなんだ云々かんぬん。結局物事はすべてはじめの一瞬にかかっているんだから。何ヶ月も何年も、それどころか何十年も、その瞬間を待ち続けているんだよ。けれどもその瞬間を待っているからといって、その瞬間がやって来るとは限らない。そんなこと百も承知だが、それでもその瞬間を待ち続けている。その瞬間を待っていない時にも待っている。そのせいで待っていても待っていなくてもとにかくどうしようもなく疲れ切ってしまう。それはきっと不幸なことなんだろう、とフローに言っていたらしい。だから今は手元のメモをひっきりなしに直したり、書き換えたりしているんだ。そしてこういう書き直しや書き換えがいつまでも続くせいで、つまりいつまでも研究の研究を意固地になってやっているせいで論文を執筆することができない。論文はまるごと頭に入っているのに書き始めることができない。交響曲が頭の中にまるごと入っていても実際には譜面に起こせないのと同じことだよ、とフローに言っていたとのことだ。私の論文も頭の中にまるごと入ってしまっているんだ。けれども諦めない。論文を一気呵成に書き上げようと思ったら、頭の中の論文は一度ご破算にしないといけないんだろう、とフローに言っていたとのことだ。何もかも捨て去らないといけない。そうなってはじめて完全な形の論文が手に入るんだと思うね。それもきっと瞬間的にそうなるんだよ。コンラートとの四度目の遭遇。二十二年前、ブリュッセルに滞在していた時、当時コンラートはごく短期間妻をリューヴェンの病院に預けていたのだが、その時のことについてコンラートは次のように、言葉通りではないがほとんど言葉通りに再現すれば次のように語っていた。部屋にいるのが耐えられなくなるのです。というのも考えることも書くことも読むことも眠ることもできず、それどころかもう何もできない、部屋の中を歩き回ることすらもできないんですから。というのもずっと部屋の中を歩き回っているせいで、部屋の中を歩き回っていると怖くて仕方ないのですが、もう部屋の中を歩き回れなくなるんじゃないかと思うとそれはそれで怖くて仕方がないのです。とにかく怖くて仕方がない。そして実際に歩き回れなくなってしまった。ノックする人がいるんです。つまり私が歩き回ることで邪魔になっているから邪魔だとノックしてくるんですよ。ノックしたり、大声を出したりする。より正確に言えば私はノックしながら大声を出すのを聞いたんですが、それこそが一番耐えがたいことなんです。ノックされたり、大声を出されたり、ノックされながら大声を出されたりするのはとにかく怖くて仕方ない……それで部屋にいられなくなって二階へと降りていき先生の部屋をノックするんです……ノックする。そして先生が私のノックに気づくまで待つ。先生の部屋の扉の前に立ちながら入ってきなさい、と先生が言うのを待つ……先生の部屋の前に立っていると寒い、凍えそうだ、という思いばかりが募る。おまけに十一時なのか、十二時なのか、一時なのかもわからない……部屋をずっと行ったり来たりしていたせいでわけがわからなくなっていたんです。私は待つ。そんな時、つまり先生の部屋の扉の前に立ち、先生が入りなさい、と言い、鍵はかかってないよ！と言うのを待つ時はいつだって扉を開けて中に入っていく自分の姿、そして机に向かっている先生の姿を思い浮かべるんです……そして待ちました。けれども何も聞こえてきません。何一つです。ノックしても何の反応もない。そして引き返そう、部屋に戻ろう。先生は今日は扉を開けてくれない、今日はダメなんだ、とわかるまで待ち続ける。ノックを続けるのです……昨日は開けてくれた、一昨日も開けてくれた。一昨昨日《さきおととい》も。先週は毎日開けてくれた。ノックするといつも開けてくれたんだ……けれども今日は開けてくれないんだ、と思う……ノック、ノック、ノック。耳を澄ますけれども何も聞こえてこない。先生はいないのか？　それともいるけど聞いていないのか？　もしかしたら田舎に帰ってしまったんじゃないのか。先生はしょっちゅう田舎に帰る。気づけばいつだって田舎に帰っている。何百人といる親戚に会いに行っているんだろう。もっと強くノックしたらどうだろう、とも思う。もっと強く？　けれどももう二回も三回も強めにノックしたのに……ノックするんだ！と自分に言い聞かせる。ノックするんだ！　そして実際にこれ以上ないほどに強くノックするんです。この家にいれば絶対聞こえただろうな、と思うほどにです。これまでそんなふうにノックしたことがないほどに強くノックしたんですから……もっと強いノックを！　きっと今の音は誰かが聞いただろう。ここに暮らしている人はみんな耳ざとい。世界で一番耳ざとい、ここに暮らしている人は世界で一番耳ざといんだから……けれども反応はなくもう一度ノックする。より一層強く、今まで試したことがないほどに強く。そして聞き耳を立てる。すると先生の動く音が聞こえる。先生がこちらまでやって来て扉を開ける。けれども半分だけしか開けてくれない。お邪魔するつもりはないんです。たしかにもう遅いですが、けれどもお邪魔するつもりはないんです……先生が人文学のお仕事をされているのはわかっています、とコンラートは言う……形態学だよ！と先生が言う、とコンラートは言う。形態学だよ！……それでお邪魔でしたらすぐに部屋に戻ります、と言ったんです、とコンラートは言う。ですが！と言ったんです。すると先生が形態学だ！と言います。そのうちにどうして先生は扉を半分しか開けてくれないんだろう、という疑問が湧いてきます、とコンラートは言う。頭を突き出して私と話ができるくらいしか開けてくれない。それ以上は開けてくれないんです……ですが聞いてください、お邪魔でしたらすぐに部屋に戻りますから、と言ったんです、とコンラートは言う。もしお邪魔でしたら……すると先生がもう服を脱いでしまっているのが目に入ってきた、とコンラートは言う。何にも着ていなかった。バスローブの下には何にも着てないのが目に入ってきた。それで思わず、もう服を脱いでいらっしゃるんですね！と言ってしまったんです。そして続けて、お邪魔でしたら今すぐ部屋に戻ります。邪魔されたくないとだけ言ってくださったら結構です、とも言ったんです……そしてさらに、ですがお許しいただけるなら、あと一度だけお許しいただけるなら少しだけ先生のもとにいさせていただけないでしょうか、とも言ったんです。そうしたらすぐに戻ります、そもそも今が何時なのかすらわからないんです……今が何時なのか、まったく見当がつきません、と私は言う。部屋の中を行ったり来たり、悩み事を抱えながら行ったり来たりしていると頭がおかしくなりそうになるんです……ご存じのようにもう何日も仕事ができていないんです。何もできないんです、先生。一行書くことすらできない。何もできない。ちょっとした考え事すらもできない。どうしようもなく追い詰められているんです……いいことを思いついたと思うこともあるのですが、実際には何も思いついてないんです。とにかく何一つできないんです、と私は言う……そして考え事をしながら一日中部屋の中を行ったり来たりしているんです。もっとも考え事をしながら部屋を歩いているといっても、考えなどない、何一つ考えなどない、ということを考えているだけなのですが、と私は言う……実際、長いこと考えと呼べるようなものは一切ないのです……だから待っていたわけですし、歩いていたわけです。そうしながらも待っていた。とにかく先生のことを待っていたんです。先生が帰ってこられるのを一日中待っていたんですよ……昨日は一時間半遅れでしたが、今日は二時間遅れで帰ってこられましたね。いえ、より正確には二時間半遅れですが……注意力を研ぎ澄ましているので、先生が帰ってこられる音だってちゃんと聞いていましたよ。建物の扉を開く音も、閉める音もね。建物の玄関に入ってこられる音だって聞いたんです。先生が玄関に入ってこられるのを一日中待っていたんですから……今日は多分買い物を済ませてこられたんでしょう。買わないといけないものがあったんじゃないですか。きっとツケをお支払いになったんでしょう。それと郵便局にもいらっしゃったんじゃないでしょうか……先生が玄関に入ってこられると、これからお部屋の扉をお開けになるんだ、と思うんです。そして先生がお部屋の扉をお開けになっていると、これからお部屋に入っていかれるんだ、と思うんです……今頃はきっとコートや靴を脱いでいらっしゃる。そして今頃はきっと机に向かっていらっしゃる……今頃は何かを召し上がっている。今頃はお手紙をお書きになっている。フランスにいらっしゃるお嬢さんや、ラッテンベルクにいらっしゃる御子息に向けて……それとも単なるお仕事の手紙かもしれない……あるいは形態学の研究に耽ってらっしゃるのかも、とも思います……部屋の扉を開く音が最近ではますますはっきり聞こえるようになってきました。昔よりもすばやく部屋の扉を開けるようになりましたね。そしてすばやく部屋に入り、瞬く間にコートをお脱ぎになるんです……それから先生はきっとベッドに横になるかどうか考えていらっしゃるんだろう、と私は思うんです。服のまま横になるべきかどうか。靴を履いたまま横になるべきかどうか、形態学の仕事を進める前に横になってしまっていいのかどうかといったことを考えていらっしゃるに違いないって……そしてきっとベッドに横になる時か、あるいは横になられた後で、ご自身のお仕事の無意味さが、そしてご自身の生活の無意味さが意識にのぼるんじゃないかと思うんです……そういう無意味さがきっと意識にのぼるに決まっています……惨めな思いをしながら生活費を稼ぎ、惨めな思いをしながら勉強しなければならない。誰もが惨めな思いをしながら生活費を稼ぎ、惨めな思いをしながら勉強しなければならないんだ……どんどん惨めになっていく、と思っていらっしゃるんです……それから先生の周りにはもう誰もいらっしゃらなくなりましたね、と私は先生に言ったような気がする、とコンラートは言う……机に向かっていようがいまいが、ベッドに横になっていようがいまいが、ありとあらゆる不幸のことを、日ごとに大きくなる不幸のことを先生はお考えになる。そうに決まっています……ここまで話したところで、教授はコンラートを部屋に入れたのだった……そして私は即座にベッドへと向かっていき、見たところ布団をめくった痕跡がありますね、と言った、とコンラートは言う。もう布団をめくられたんですね。ひょっとしてもうベッドに入られたんですか、それともひょっとしてもうベッドに入られていたんですか……？　私のことは気にせず、どうぞ横におなりになってください。先生のお部屋を少しばかり行ったり来たりさせていただければいいんです。先生のお部屋を。先生もご存じの通り自分の部屋ではできないものですから……私が自分の部屋を行ったり来たりしようものなら、私が自分の部屋を行ったり来たりしている音が建物にいるみんなに聞こえるんじゃないかと思うんです、と私は言う。先生だって私が自分の部屋で何かを読むと私が何かを読んでいるってわかるし、自分の部屋で考え事をしていると私が考え事をしているってわかるでしょう。自分の部屋で何か書いていると何かを書いていることが先生にはわかるし、私がベッドに横になっていると私が横になっていることが先生にはわかる。それと同じことです……私が思うに私のすることはいつも世の中に知られてしまっているんです、と私は言う……いいですか、私が自分の部屋で考え事をしている時、私が考え事をしていること、つまり研究について考えていることを世の中の人に知られてしまっているんです、と私は言う……そのせいで部屋では考え事ができない。研究のことを考えたりすることができないんです。だからもう長いこと考えをまとめられないでいるんです……自分の部屋で思考できないことがどれほど恐ろしいことか、と思わずにはいられません。自分の部屋で手紙を書けないのがどれほど恐ろしいことかって……そんなこんなで何も読めなくなってしまってから随分経ちます。何一つ考えることができないんです……ですが先生のお部屋でなら行ったり来たりすることがまだできるんです、と私は言う……先生のお部屋を行ったり来たりする。そうすると気持ちが落ち着くんです……ゆっくりとではありますが、時間が経つとより一層深い落ち着きが得られます。そうなったらまた自分の部屋に戻りますから、と私は言う……見てください。今私は心の底から落ち着きを感じています。全身が落ち着いているんです、と私は言う……脳全体にゆっくりと落ち着きが浸透していく、と私は言う。つまり先生のお部屋にいて自分を落ち着けている時、体のみならず脳もまた落ち着いているのです……実のところ、先生のお部屋に入っていけばもうそれだけで十分なんです、と私は言う。それだけでもう落ち着くんです……いつか誰かを訪ねることもできなくなってしまったら、私はどうなってしまうのでしょう……先生のお部屋に入っていく。それだけでもう私は落ち着くことができる……今日は随分と遅いお帰りでしたね、と私は言う。こんな買い物をなさらないといけないとはなんと馬鹿げたことでしょうか、と私は言うんです……毎日のように先生のもとに届く、毎日のように返信しなければいけない郵便の山。まったく馬鹿げたことです。馬鹿げた連中です……私には郵便は来ません。来たとしても返信はしないでしょう……おまけに同じオフィスの鬱陶しい同僚たち、あいつらのことも先生は我慢しないといけない。これから何年も我慢しないといけないなんて……あいつらが鬱陶しく絡むから家に早く帰ってくることができなかったんでしょう、と私は言う……先生が鍵を回す音を聞くと、いつもどうかこの恐ろしい状況からお救いください、と思うんです、と私は言う。どうかご理解いただきたいのですが、私は今にも窒息しそうな気持ちで毎日を過ごしているんです、と私は言う……窒息して自分の人生を締めくくってしまおう。窒息で死ぬとはなんてグロテスクなんでしょう。もちろん窒息で死なないといけないのだとしたらですが、と私は言う……ほかにも買わないといけないものがたくさんあったから、家に帰ってこられるのが遅かったんでしょう……ようやく先生が帰ってくる。その間私はずっと窒息しそうになっている、とコンラートは教授に言う。実際、私は毎日同じ時間に窒息しそうになるんです。先生にはほかにも買わないといけないものがあり、行かないといけないところがある。たとえばおばさんの家事を手伝ってやらないといけないだとか、そういうことがとにかくあるはず、絶対にあるはずなのですが、私としては毎日あまりの馬鹿馬鹿しさに窒息しそうになっているのです……先生が通りを歩く音が聞こえる。足音が聞こえる。さらには家の扉の鍵を回す音、部屋の鍵を回す音が……そうすると気持ちが落ち着くんです、と私は言う。私が落ち着いているのがおわかりでしょう。先生が私を部屋に入れてくださったからです、と私は言う。お邪魔でさえなければ、と私は言う。随分と先生の邪魔をしてしまっているから、と思いはするのですが、と私は言う、とコンラートは言う。ですが後もうちょっとでも一人でいたら窒息してしまう、といつも思うのです、とコンラートは教授に言う……それにしても綺麗な絵を飾ってらっしゃいますね、と私は言う。こんな綺麗な絵は見たことがありません……先生が部屋の扉を開けるのが、そして閉めるのが聞こえる。先生がベッドに横になる。それから机に向かう。そしてまた立ち上がる音が聞こえる……私は百回近く部屋の中を行ったり来たりするのです。いつも行ったり来たりしています。そして自問自答するんです。今なら先生のところに降りていってもいいんじゃないか。今ならいいんじゃないか。けれどもダメだ、まだダメだ！とも思う。それからまた今だ、行こう。降りていこうと思う。さっさと降りていこう、今だ、今だって。そうやってあれこれと考えていつまでもイクベキカイカザルベキカしているとほとんど頭がおかしくなりそうになります……行っていいのか。やめておくべきか……今だ！　今だ！と思ったりもする。そのうちに一時間が経っています。もしかしたら先生は形態学の研究に取り組んでいるのかもしれない、と思ったりもします……実際、先生はついさっきまで形態学に取り組んでいらっしゃいましたね。けれども随分とお疲れのようです、と私は言う、とコンラートは言う……随分お疲れのようです、と私は言う……なんとお忙しいことでしょう！と私は言う。そして机の方へと向かい、先生が形態学に取り組んでいらっしゃるのを見る……先生のところに行くべきか、行かざるべきか、この一時間ほどずっと考えていたんです……はい、もちろんお邪魔でしたら、と私は言う……お邪魔でしたら邪魔だと言っていただければ……もちろん邪魔だと……私が邪魔な時には邪魔だと言っていただければ……もちろん邪魔だと言っていただければ。私はずっと先生の邪魔ばかりしてきたんですから。何年もの間、ずっと先生の邪魔をしてきたんです、と私は言う、とコンラートは言う……先生と同じ建物に暮らすようになってからの何年間というものずっと……私なんてお邪魔でしょうがないでしょうから！……ですが先生、と私は言う、とコンラートは言う。私は二時間待っていたんです。四時間、六時間、それどころか八時間待っていたんです……先生のところに降りていかない方がいい……もう随分長いこと待った。けれども先生のところには降りていかない方がいい、と自分に言い聞かせようとしたんですが……それでも自然と降りていってしまうんです。そして扉をノックしはじめる。先生が扉を開けて、私を中に招き入れるまでノックし続ける……先生のお部屋を行ったり来たり歩き回らせてもらえるようになるまで。そうすればまた気持ちが落ち着くのですから……おかげさまで落ち着きました、と私は言う、そしてさらに次のように言う。もしかしたら今晩、論文を少しばかり先に進められるかもしれません。ほんの少しかもしれませんが……もしかしたらです、と私は言う。そんなふうに毎日自分に言い聞かせているんです。毎日です。今日だって先生が帰ってきたら降りていって、先生の部屋を行ったり来たりさせてもらおう。それから自分の部屋に戻って論文を書き始めるんだ、と自分に言い聞かせていたんです……先生もご存じの通り、そう自分に言い聞かせているんです、とコンラートは言う。今日だって今日こそはと思っていたんです。今日こそは、と自分に言い聞かせる。今日こそは論文を書き始めるぞ、と……お邪魔でさえなければ、と私は先生に言う、とコンラートは言う……落ち着きを求めている人、つまり先生のような人や、私のような人を世間はなんと軽々しく邪魔することか、知らないままでいられたらよかったのですが、と私は言う……ひとりでいることしか望んでいない人を世間は邪魔するのです……ですがひとりでいることができなくなってしまった私と違って、先生はまったくもって興味深いことにすでにご高齢でいらっしゃるにもかかわらず、おひとりになろうとされているのです。もちろん先生はおひとりでいらっしゃるべきです……私が先生のところにやって来るといつだって、ひとりになりたいんだ。ひとりじゃないとダメなんだ、と仰いますね、と私は言う、とコンラートは言う。たとえそう仰らなくとも、たとえそれが事実ではなくとも……たとえ何も仰らなくても、ひとりにしてくれと仰っているのが聞こえるんです……先生、と私は言う。私はもう部屋に帰ろうと思います。もう落ち着きましたから。こうして落ち着きを取り戻したのは何よりも先生のおかげです……ですがそのうち先生のところにいても落ち着きを得られなくなることでしょう。妻と一緒にいても落ち着きを得られなくなってしまったのですから。今では誰といてもどこに行っても、と私は言う……ありがとうございました、ありがとうございました、と私は言う。そして扉へと向かう。先生が扉を開けてくれる。そんなつもりじゃなかったんです、と私は言う。お邪魔するつもりはなかったんです、先生。お邪魔したくなかった、お邪魔したくなかった。そして私は振り返る。先生が部屋に戻っていく音が聞こえる……びっくりするくらいあっという間に自分の部屋に戻ってきてしまった、と思いながら机に向かい書きはじめる。けれども書けない……書けて当然なのに、と思う。けれども書けない……それで立ち上がり、部屋の中をあちらへこちらへと行ったり来たりする。石灰工場の中をあちらへこちらへと行ったり来たりするのと同じように……不幸な星の下に生まれたばっかりに一晩中、部屋の中をあちらへこちらへと行ったり来たりするはめになるのです……一晩中。朝になっても。それどころか先生がとっくに外出してしまった後も私は行ったり来たりしている。こうして行ったり来たりしていると不安になってくる。当時もそうだったし、今でも不安になる。当時ブリュッセルでそうだったように石灰工場に暮らしている今でもこうして行ったり来たりしていると不安でしょうがないんです。行ったり来たりする。つまり歩いては待ち、そして考える。待っては歩く。歩く、歩く、歩く……まだまだ歩く……フローには次のように言っていたとのことだ。私と妻は二人で暮らすようになって以来、これ以上なくお互いなしでは生きていけないほどに一心同体だったのだが、午前中私は集中力を極限まで酷使しながら実験するのが習慣になっており、そうやって実験しているとくたくたになり食事を調達することができないので、ヘラーが代わりに食事を調達していたのだが、そのヘラーが民宿から何を持ってくるのかについてあれこれ予想して過ごしている。肉料理なのかパンやケーキの類なのか、それとも肉料理でもパンでもなく魚なのか。もしかしたらスープやサラダかもしれない。二人ともサラダが大好きなので、肉やパンやスープだったら諦めはつくが、サラダはなんとしても食べたいんだ、とフローに言っていたとのことだ。ほかにもヘラーが民宿から食事を持ってくるのに二十分かかるか、三十分かかるか、はたまた四十分かかるのか、何時間でも話し合っているんだよ。何よりもショッキングなのは（フロー）、ヘラーが途中で誰かに会って話し込み――フローに対してコンラートが言ったという言い方によれば――許容できる尺度を超えて遅れるかもしれない、ということだ。あんまり遅れると論文の執筆に集中することができなくなるからね。論文を書こうと思ったら、もてる力のすべてを動員しなくちゃいけないんだ。気晴らしになりさえすればなんでもいいんだよ。なんでもいい。気晴らしのためであれば、馬鹿げていることなんてないし、無価値なことや意味のないことだって一切ない。不名誉だなんてことは一切ないんだよ。論文の執筆に取り組まなくていいならなんでもいいんだ。朝目が覚めると、論文が書けないことによる良心の呵責が膜のように世界に張り付いている。その膜はいかにもおぞましく、腐った脳のような味がする。そして論文の執筆のことを考えると後頭部が痛くなるんだ。だからもう論文のことを考えたりはしたくないんだよ、とフローに言っていたとのことだ。そのうちに論文について考えるのが怖くて仕方なくなってしまった。それなのにいつだってどんなふうに書いたらいいか、ということばかり考えてしまう。一体、どんなふうに書いたらいいのか。考えたいことを考えることができるし、したいことをすることができる。つまり探求したいことを探求すればいいんだが、結局論文に、つまり論文の執筆に考えは戻ってきてしまう。そのせいで頭の中が真っ暗になるんだよ。まったくもって恥ずかしいことなんだけどね（もっとも何が恥ずかしいのかはコンラート自身にも説明できないらしい）。ザウアークラウトはあるだろうか、ネズミのフライ[16]はあるだろうか、私たちのお気に入りのとろとろになるまで煮込んだ牛肉のロール煮はあるだろうか、サクサクの生地の、もしくはモロっとした生地のアプフェルシュトゥルーデル[17]はどうだろう。もしかしたらカッテージチーズのシュトゥルーデルかもしれない。ベーコン入りのクネーデルだったり、豚肉の塩漬けだったりするかもしれないし、それどころか脾臓入りのスープや細切りパンのスープという可能性だってある。ホースラディッシュをつけて食べる茹で豚や、コケモモのソースがかかったジビエかもしれないぞ、と二人して考えをめぐらせているんだよ。それ以外にもヘラーが政治や農業、それに地元のニュースを民宿から聞いてきてくれるかもしれないだとか、訃報や、結婚式、誰それの洗礼や最近起こった犯罪について知らせてくれるんじゃないか、といったことも話している。いつどこでどんなふうにしてびっくりするような出来事があり、ずっと秘密だったことが秘密じゃなくなったのか。道路の敷設、海岸や、川辺のいわゆる護岸工事はどの程度進んだのか。冬はどれくらい寒いのか。森はどれくらい暗いのか。岩鼻はどれくらい危険なのか。民宿や、製材所、さらには村で、何か噂になっている面白いことはあるだろうか。それはどんな噂だろうか。そして何より自分たちは噂になっているだろうか、なっているとしたらそれはどんな噂だろうか。またその噂はまだ話題になっているのか（建設監督官）。つまり二人の関係についてどの程度正確なことを知っているのか、それとも知らないのか。もう長いこと村には顔を出していないし、森にも一切顔を出していない、製材所や、民宿、銀行にも一切顔を出していないがどう思われているだろうか。市場は賑わっているのか、閑古鳥が鳴いているのか。教区教会の新しい鐘の音についてはどう言われているのか。葬儀費用は上がったのか。新しい大臣は仕事にはもう慣れたのか。鹿の駆除はうまくいっているか。シャモアの駆除はうまくいっているか。何ヶ月も前から本当だと噂されていたことは本当に本当だったのか。何年もの間、本当だと思われていたことは本当は本当じゃなかったのか。これまでずっと疑われていたことは解明されたのか。とにかくすべてを知りたがった、とフローは言う。そしていつも質問になりそうなことや、調べるに値することを見つけ出し、何時間も何時間も、ひたすらこうしたナンセンスな疑問（とフロー）にこだわり、コンラートは自分の研究から、コンラート夫人は自分の病気、つまりは自分の障害から目をそらしていたんだ。ウルバンチッチュ式訓練法の実験に協力してくれることへのお礼として何を読むかという点に関しても二人は話し合っていた。実験の合間の休息はもう何十年も朗読をして過ごしていて、先週もそうだったんだが、クロポトキン、つまりは私の本であったり、『青い花』、つまりは妻の本だったりした。妻が望むならもちろん妻の大好きな『青い花』を朗読する。いつも自分の一番好きな本だと言っていたよ。そして何週間も『青い花』ばかり読むことになる。私はクロポトキンの回想録がほかのどんな本よりも素晴らしいと思っているので、あれが嫌がろうがお構いなしにクロポトキンの回想録を朗読する。妻の部屋で大声で。はじめのうちはクロポトキンの朗読を聞かされるのを嫌がっていたが、妻の拒否反応にも構わず朗読を続け、はじめのうちは毎週のように、そのうちに毎日のように容赦なく大きな声で朗読するようになった。コンラートによれば、奥さんはロシアの本は生理的に受け付けないとずっと言い続けていたらしいが、そ

16　（151ページ）オーストリアの伝統的なお菓子。ドーナッツの生地を揚げて作る。形状からネズミのように見える。

17　オーストリアの伝統なアップルパイ。パイ生地を渦巻状に丸めて作ることからシュトゥルーデル（渦巻）と呼ばれる。

れでもかつてのように毛嫌いすることはなくなっていたらしい。ただそれでも不信感は残っている。基本的にはクロポトキンのことを否定し続けるんだが、実際にはもうずっと以前からクロポトキンのことが気になって仕方がない。そうなるようにと思って陰に陽に工作してきたんだよ。もっとも妻は気づいていなかったようだけどね。ヴィーザーによれば彼らはよく取引をしていたようだ。たとえば一時間『青い花』を読んだから、一時間クロポトキンを読むとか、一時間半『青い花』を読んだから、二時間クロポトキンを読む、といった具合に。反対に一時間半クロポトキンを読んだから、二時間『青い花』を読むといったこともあった。ほかにもクロポトキンは読まなかったんだから『青い花』も読まないだとか、『青い花』を一章か二章読んだから、クロポトキンを一章読むといった具合である。もっともヴィーザーによれば結局いつもコンラート夫人が貧乏くじを引いていたらしい。大抵コンラートが何を読むかを決めていた。朗読のたびに何を読むかについての話し合いがあるんだけど、結局コンラートが言いたいことを言うだけなんだ。奥さんの方じゃなくてね、とヴィーザー。時にはクロポトキンを『青い花』と関連づけて語ることもある。基本的に引き合いに出すのはいわゆる純粋学術的な本で、いわゆる文学青年風の本であることはないのだが、とにかく朗読する本を――ヴィーザーに対してコンラートが言ったところによれば――ありとあらゆる可能性のもとに考察するんだよ。方位方角とは言わないにしてもとにかくいろいろな方向に開かれた読書が一番だよ。とくに二十世紀に書かれた学問的な本や論文だとか、それこそクロポトキンのような本だね。もちろん奥さんの方は十九世紀後半に書かれた作品が好きなんだけどね、とヴィーザー。読んだ後に議論や討論の必要がないような読書、私に言わせれば自己分析すらもない読書、とにかく読み終わってから何らかの批評をしないような読書は嫌なんだ。もちろんこういう読書の仕方にあれを慣れさせるために、何年も血の滲むような努力をしなくちゃならなかった。とにかく我慢、我慢だよ。正直に馬鹿丁寧に話し続ければ、手に負えない人に手に負えない事柄を納得させることもできる。そうすれば最後には私の妻みたいな人だって納得させることができるんだからね、とヴィーザーに言っていたということだ。男には生まれつき備わっていることでも、女には苦労に苦労を重ねて、しばしば絶望的な思いをしながら教え込まないといけない。理性とはともすれば否応なくばらばらになり、こなごなになってしまう歴史や自然を切除したり、縫合したりする道具なんだからね。からっぽの頭脳、せいぜい思弁ゴミが詰まっているだけの頭脳でも、その気になれば思考する頭脳に、つまり形はどうあれ理性的な頭脳にすることができるんだよ。うすのろがこの世に存在するのは理性を備えた人間が怠慢だからなんだ、とヴィーザーに言っていたとのことだ。もっともこの世の一切は無意味で無価値なんだけれども、とコンラートはすぐさま付け加えた。何を考えたって無意味。何をしたって無意味。何かをしたってしなくたって無意味なんだよ。無意味なのは考えることで、無意味なのは行動することなんだから。だから考える頭があるなら放っておくのが一番だ。何がどうなろうが気にしたこっちゃない。理性には、そして男には反骨精神が備わっていないといけない、とコンラートは言っていたとのことだ。意識的に反骨精神を発揮すること、つまり意図的に反骨精神を発揮することで人は男になるんだよ。しかし女がそうすることはない。女は限度を超えるということを知らないからね。理性もなく、そして多くの場合最低限の敬意もなく、自分たちの夫の独立独歩の生き方とは正反対の白痴的で卑俗で未熟な世界に生きているんだ。敬意を払うのに知識やなんらかの歴史意識が必要なわけでもないのにね。もっとも私の妻はいわゆる男らしい存在、つまり自分の夫に対しては生まれつきの反抗心を抱いてはいたけれど、それでも一緒に暮らすようになってからはずっと、百パーセントではないにしても心から私のことを尊敬してくれている、とヴィーザーにコンラートは言っていたらしい。ヴィーザーもフローもそれぞれにコンラートと過ごした午後のことを回顧している。お互いの言うことを補いながら、それぞれのやり方で。ヴィーザーがフローに反論することもあれば、フローがヴィーザーに反論することもある。そしてまたヴィーザーがフローを裏付け、フローがヴィーザーを裏付けるといった具合であり、どちらが先というものでもなかった。フローはコンラート夫人が悲劇的な最期を遂げる一週間半前にコンラートといわゆる木目調の部屋にいたらしい。珍しいことにその日の午後いわゆる木目調の部屋は暖房されていた。コンラートは森林監督官がやって来るのを待っていたんだよ。岩鼻のところの渓流が氾濫しないように工事する件について話す予定だったんだ。コンラートは午前十一時頃からもう森林監督官を待っていたんだが、十二時になっても午後一時になっても現れない。挙句の果てに製材所で働いている樵夫が石灰工場の扉をノックした。コンラートが扉を開けてやると、抜けられない、と伝えるように森林監督官から頼まれたとその男は言ったらしい。そして来週にしないかとその男を通して提案してきたんだ。コンラートは新しい日程を了承すると、樵夫にシュナップスを一杯やり、森林監督官によろしくと言ったとのことだ。そこにちょうど私が着いた。コンラートはすぐに私を木目調の部屋に通してくれた。するとあったかいんだよ。森林監督官のために暖房していたんだ。二日間ずっと森林監督官のために暖房しっぱなしにしておいたんだ。それなのに森林監督官は来ない。そこにちょうど君が来たわけだ。少しおしゃべりでもしようよ、とコンラートはフローに言ったらしい。中に入れば暖かいからこの木目調の部屋が雑談にどれくらいうってつけかわかるよ。見るもおぞましい無趣味な家具があるだけだ、ということは置いておくとしてもね。もっともその家具の使い心地がいいことは認めないといけないよ。このフローが言うには、コンラートとフローはそのまま木目調の部屋で話しはじめたらしい。この二日間、これから取り組む予定の論文の執筆について考える余裕が全然なかった。森林監督官がうちまで来て、さっきも言った通り、私と岩鼻のところの護岸工事の件について相談したいって言っていたんだよ、とコンラートは言ったらしい。その件に神経を集中させていたんだ。森林監督官に百パーセント集中していたんだ。論文にはまったくとりかかれなかった。そもそもこの私が論文にまったくとりかかれないなんてことはあってはならないんだ。けれども森林監督官との付き合いは避けられない。森林監督官はとにかく二人で相談したがった。森林監督官はいわゆる国家権力をバックにもつ国家公務員だから、その手の相談を断ると、強引に家に入ってきて無理矢理交渉してこようとする。森林監督官を待っている間、妻も森林監督官の来訪に向けて神経を研ぎ澄ませており、ベーコンやシュナップスやモスト[18]を出すようにとあれこれ指示をしたり、おろしたてのドレスを着たり、実験をする代わりにまだ早いうちから髪を梳かさせたり、ウルバンチ

18　果物の絞り汁を発酵させた飲み物。林檎や葡萄、洋梨等を用いる。

ッチュ式訓練法に取り組む代わりに爪を切らせたり、テーブルクロスを掛け替えさせたりしていて、とにかくあれの全神経は来るべき森林監督官の来訪に向けて研ぎ澄まされていたんだが、森林監督官を待っていたところに樵夫がやって来て、森林監督官の断りの連絡をもってきたんだ、とコンラートは言った、とフローは言った。フローさんが木目調の部屋にいてくれるから、暖房したり、それ以外にも何かと森林監督官のために準備したりしたことも無駄じゃなくなったよ、と言ったとのことだ。それどころか森林監督官が断ったおかげで最上級のベーコンを堪能できたし、コンラートが森林監督官や、管区長、警察署の署長のような特別なお客さんのために取っておいたナナカマドのお酒も堪能できたし、それに何より特別なお客さんのための準備にかかりっきりで論文のことが頭にないコンラートやフローによれば上機嫌そのもののコンラート夫人も堪能することができた。というのも森林監督官の断りの連絡があまりにもショッキングかつまったく予想外の最悪のタイミングだったので、コンラート夫妻は森林監督官が来ないことに対する自分たちの失望感をうまく表に出すことができず、また森林監督官が断ったことによる失望感をまったく予想外のタイミングでやって来た私に向けることもできなかったので、結果的に私のことを言ってみれば森林監督官その人として迎え、もてなすことにしたんだ。だってこんなふうに丁重に、実際それは心から、としか言いようのない仕方だったんだが、気持ちよく迎え入れられたことなんてそれまでなかったんだよ、とフロー。そうまさに歓迎され、もてなされたんだ。コンラートの家で森林監督官がいつも歓迎されているようなやり方でね。何年も前からフローは、自分は石灰工場のいわゆる常連客だと思っていた。石灰工場中のすべてがそう示していた。それにいわゆる常連客というのが結局どういうものなのか、ということくらいはわかっているつもりでもあった。それでもその日、つまり石灰工場を訪ねた最後の日に関して言えば、石灰工場での応対の仕方がこれまでとにかく違ったんだ。誠実だし、丁寧だし、なんと言っても品があったんだよ。木目調の部屋でコンラートが座り心地のいい方の椅子をわざわざよこしてきたことをフローは忘れられないらしい。いつもだったら座り心地の悪い椅子に座らされていたのに、その日は違った。さらには足元には鹿の毛皮まで敷かれていた。まったくもって驚くべきことだ。おまけに石灰工場に入ってすぐにナナカマドのお酒まで出てきたんだから。そして木目調の部屋でコンラートと二人で話しはじめる前に、フローは三階のコンラート夫人の部屋に連れていかれることになった。その時のコンラートが至極丁重だったので、フローは今でもよく覚えているらしい。そしてその間もずっと質問攻めだった。たとえばフローさん、随分久しぶりじゃないか、ところでフローさん、お子さんは何をしてるんだい?とか、フローさん、釣り堀はもう人に貸してるの?とか、フローさん、あんたの娘さんはもう結婚してるんだっけ、といった調子だ。ほかにもフローさん、石灰工場に来るのがだんだん少なくなっていやしないかね。フローさん、もし書斎の本が必要だったらもちろん自由に使っていいからね。だって私はとても立派な書斎を持っているし、それに何より一番有名で、一番すぐれていて、一番重要な本の中でも一番美しい本を私は持っているんだから。おまけにどの本も初版本なんだよ、といったことも話していた。さらにはフローさん、妻はあんたが来るのを何よりも楽しみにしているんだよ、とか、フローさん、あんたが訪ねてきてくれることがどれほど嬉しいか、とても言葉じゃ言い表せないよ、とか、フローさん、私たちがスイス、つまり妻の故郷から取り寄せた植え込みに関して、あんたがしてくれた提案に妻は今でも感謝しているんだよ、などと。まるで私が森林監督官でもあるかのように、コンラート夫人は私のことを歓迎してくれたんだ。おろしたてのドレスを着ていてそれはそれは魅力的だった、とフローは回顧している。コンラート夫人は三十分ばかり『青い花』について私と語り、そしてクロポトキンについてどう思うか訊ねてきた。クロポトキンの悪口を聞きたくて仕方がないようだった、とフローは回顧している。フローはクロポトキンのことはまったくわからなかったが、コンラート夫人の前でそう言い出すこともできず、クロポトキンの回想録についてコンラート夫人の語ることに対して、ええ、ええええと言ったり、はい、はいはいと言ったりするしかなかった。いずれにしろコンラート夫人の述べることをひたすら肯定し続けていたという。石灰工場を訪ねてコンラート夫人を前にすると決まって、育ちのよさが発揮されるんだ、とフローは言っていた。育ちのよさ、とはフローの言葉だ。つまり適切なタイミングで「ええ」とか、「はい」とか言うのが大切なんだよ。それだけじゃない。「ええ」とか、「はい」とかいう言葉にふさわしく振る舞うことさえできたら、何時間だって会話を続けることができるんだから。その日の午後、コンラート夫人は際立って落ち着いていた。いつもだったら不安で仕方がない、といった様子で全身を震わせているのに、その日は、(フローの言葉をそのまま使えば) 精神的、感情的コントロールができており至極落ち着いていた。またいらしてくださいね、フローさん。あなたが来てくれたらいつだって嬉しいわ、と別れ際、コンラート夫人はフローに言ったという。そしてコンラートとフローは木目調の部屋へと戻っていった。フローによれば、コンラートは木目調の部屋へと戻っていく間も、もともと森林監督官のために考えていたと思しきお世辞を言い続けていたとのことだ。三階から二階へと降りて行きながら、フローさん、あんたのような方が石灰工場に来てくれるなんてこんなに嬉しいことはない、と言い、二階から一階へと降りて行きながら、フローさん、ごらんの通り、あんたのような人がいてくれると家の中が明るいよ、と言っていた。そして降りて行った先の木目調の部屋でありとあらゆる話題について話した。時間にして三時間、シュナップスを飲み、ベーコンをつまみながら。コンラートはたとえば次のようなことを言っていた。あいつら、つまり妻の家族はだんだんと、敵方の言い方を借りれば、そしてそれは正しい言い方でもあるのだが、私と妻との共同生活がだんだんと破滅的になっていった責任を私に、私の側に、押しつける。それに対して、私の側、私ではなく、私の家族や私の家族の生き残りということだが、つまりすでに一度それとなく話したことがあったと思うのだが、昔はいわゆる地元の名士とでもいうべき高貴な家柄だったのに今では滑稽というほかない、どうしようもない境遇に身を落としている私の家族の生き残りは妻に、つまりは妻の側に責任を押しつけるんだよ。私の側は妻の病気や障害に責任を押しつけ、妻の側は私の頭や私の論文に責任を押しつける。やがて最終的かつ決定的にあらゆる不幸の、つまるところ一切合切の責任は私の論文に、つまりほかならぬ「聴力」にこそある、ということで両陣営は合意した、とフローに言っていたとのことだ。もちろん人は混沌とした状況の背後に、それが言いすぎだとしても注目すべき状況の背後に、つまりどのような形であれ異常な状況の背後にこうした混沌としていたり、注目すべきだったり、異常だったりする状況の原因を求めるものだし、一番手近な出来事をその原因とするものだが、今回のケースに関して言えば、フローさん、もっとも表面的な結論と言うほかないよ、とフローに言っていたということだ。どんな間抜けだって表面的だと思うだろう。だって聴力についての論文が現在の破局的な状況の原因だと決めつけるんだから。このままだと私たちは離婚するに違いない。そうに決まっているとあいつらは言う。そもそも隣人の、つまりは周囲にいる人物の評判を気にしすぎなんだよ、と言っていたらしい。評判を気にしないでいいような時でも気にしている。周囲の人々、中でも親戚のような一番気にする必要のない人々が相手でも気にしているんだ。いつだって他人の評判を気にしながら判断しているんだから。結局は権力のある人間に靡《なび》いているだけなんだよ。それはつまり社会的には最低最悪の連中に靡いているということでしかない。そして実際に最低最悪の連中に靡くことになる。おかしいと思っても深く気にすることもない。だってそうでもしなければ屈服し、自暴自棄になり、どうしようもなく絶望した挙句に、屈辱を味わいながらボロボロになっていくんだからね。そして結局何も残らない。頭の中を幻想で満たしておけば救われると多くの人は思い込んでいるようだけれど、誰一人、つまりはどんな頭でも救われることはない。頭がある。そして頭があるというただそれだけのことによって、もうどうしようもなく救いがたい人だ。どうしようもなさの塊のような大陸のどうしようもなさの塊のような体の上にはどうしようもなさの塊のような頭があるんだよ、とフローに言っていたとのことだ。あれにその手のことを言ったところで、何百年もかけて耳が遠くなっていた石にものを言うようなものだけどね。そうさ、もちろんだよ。どうしてこうなったのかわからない。首の上にガラクタを載せた女と結婚した男にしてみれば、そのことがどうしようもない悩みなんだよ、とフローに言っていたらしい。一生悩むんだろうね。それでもきっと原因はわからない。絶対に見つからない。原因もどきが見つかるだけだろう。現代では原因探しは誤解され、乱用されているが、そんなことをしても結局原因もどきが見つかるだけなんだ。それで結局原因もどきで満足するはめになる。世界というもの、それもまた私たちが世界だと思ったり、世界だと日々確認したりしているものにすぎないのだが、その世界にしたところで、原因もどき探しによる原因もどきによらないと理解できないんだ。こうした二重の歪曲を理解しようとするだけで、何十年とかかることだってある。そうこうしているうちに歳だけをとり、後には何も残らない。そうこうしているうちに破滅し、後には何も残らない。たとえばどんな文章でもいいが、ある文章を口にしたとする。その文章がいわゆるすぐれた作家や大作家の作品から引用されたものだったとしても、その文章を口にするのを我慢できなかったというだけで即その文章を汚したことになる。つまりその文章を口にしないでおく、とにかく一言も発しないでおくということができないのであれば、それだけでもうその文章を汚したことになるんだ。一旦汚してしまえば後はもうどこに行こうが何を見ようが、汚し屋ばかりに出くわすことになる。何百万人、いやそれどころか何十億人という規模にまで膨れ上がった汚し屋の団体が、我が物顔でそこら中を汚し回っているのだから。ショックと言えばショックなことだ。もっともこの程度のことは今ではショックでもなんでもない。もはや何があっても何が起こってもショックじゃない。それが今の時代なんだから。今はショックの時代じゃない。見せかけの時代なんだ。ショックだって見せかけでしかないし、昔だったら人々にショックを与えて喝采を得ていたような人々も、今では外面を取り繕うのが人よりもうまいというだけのことにすぎない。汚し屋とばかり付き合っている限り、世界もまた徹頭徹尾汚されたものでしかない。さらには卑劣なことは卑劣なことにいつまでも残り続けるだろう云々かんぬん。また勇気を出して何かをするということがないんだ、あまりにも臆病なんだ云々かんぬん。誰一人、そして何一つ一貫していない、そのことが致命傷になりかねない云々かんぬん。動物ははじめから疑ってかかる、それが人間とは違うところだ云々かんぬん。妻と一緒に、人付き合いから、といってももう長いこといわゆる人付き合いの体裁を取り繕っているだけだったが、とにもかくにも人付き合いから身を引いたんだ。つまり哲学的形而上学的苦行によって世間から身を引いたのだ云々かんぬん。社交のない状態がいつまでも続くといつまでも社交が続いている時と一緒で感覚が麻痺してくるんだ云々かんぬん。たとえばふと思い立って左官屋の親方が家族と食事しているところに押しかけて、私も仲間に入れてくれと言ったとしよう。それはちょうど食事しているヘラーのところに押しかけて私も仲間だ、という考えをヘラーに（そして自分自身に）押しつけるようなことであり、こうした行為が欺瞞であることがわかっていながらそうするようなものだ云々かんぬんと言っていたとのことだ。それなのに妻は、病気のせいで社会から離れざるを得なくなってから何十年と経った今でも社会的なつながりを保とうとしている。そうなんだ。石灰工場や、私や私の研究のおかげで、また障害や医療用安楽椅子、さらには医者のめちゃくちゃな処方のおかげで人付き合いをしないでもよくなってから何十年と経つというのに、人付き合いという名の倒錯を、つまり軽く嗜《たしな》むようなものではなく何か目的があるかのような親密な人付き合いをいまだに続けているんだよ。それどころか夢中になってすらいるんだ。人付き合いなんてしても何にもならない。論文だけがすべてだ、と私は自分に言い聞かせているんだが、あれときたら論文なんて書いても何にもならない、人付き合いだけがすべてだ、とどうしようもないことを言って憚らないんだ云々かんぬんと言っていたとのことだ。人付き合いなんてしても何にもならない。論文だけがすべてだ、と思いながら私は暮らしているのに、妻の方では論文なんて書いても何にもならない、人付き合いだけがすべてだと思いながら暮らしているんだからね。また即刻すぐさま真っ先にあらゆる牢獄の扉を開け放った、とにかくあらゆる手を尽くして自覚的に行った云々かんぬんとも言っていたし、宗教なんていうものはどうしようもなく混沌とした群衆としての人間を手懐《てなず》けるためのいんちきでしかない、教会が何の話をしたってセールストークをしているだけだし、枢機卿の話を聞いたところで訪問販売員の話を聞いたと思うだけだ云々かんぬんとも言っていた。また私たちはみんなもう何もかも聞いてしまったし、何もかも見てしまった。何もかも聞いてしまったし、何もかもやってしまった、何もかも終わってしまった、と思いがちだが、こうしたことが未来永劫、いつまでも続いていくんだよ。もっとも未来なんてありはしない云々かんぬんとも言っていたとのことだ。何かをでっち上げるというのは最大級の犯罪だ、とフローに言っていたということだ。さらに未来は誰にとっても何にとってもあり得ない、とも。人々がやってくる。いつだって顔を曇らせながら。子供を作る。何やら考える。あれをする。これをする。けれども結局何にもならない云々かんぬん。そして好きなように何やら考えたり、子供を作ったりしているというのに、考え事をしたり子供を作ったりすることに対して補償を求める云々かんぬん。そして自然が補償できないことに関しては社会が補償する。社会は——コンラートに言わせれば——いわゆる代用自然としての役割を果たす云々かんぬん。そしてさらに次のように続けた。肉屋のハーガーが死んだらしいね、新聞に載っていたよ。一週間前にはまだ肉屋のハーガーは石灰工場にソーセージを持って来てくれていた。いわゆる籐のバッグに入れてね。すごく使えるカバンだよ。ああいうのは今ではもう作っていないんだろうね。肉屋のハーガーの死についての記事を読むとそのまま妻の部屋に行き、ノックしたんだ。そして妻がはい、と答えるのを待って部屋へと入っていき、肉屋のハーガーが死んだよ、と言った。すると妻は肉屋のハーガーは死んだのね、と言ったんだ。時間をかけて調査し、研究するに値する発言だよ、とフローに言っていたとのことだ。その二日後、また妻の部屋に行き、タバコ屋の主人がベンジンをかぶり、火をつけて自殺した、という記事があった、と言うと妻は、そう、ベンジンをかぶったのね、あのタバコ屋と言ったんだ。これまた時間をかけて調査しなくちゃならん、とフローに言っていたとのことだ。タバコ屋の主人が死んだことが問題なんじゃない。タバコ屋の主人がベンジンをかぶり、火をつけて自殺した、と伝えたことに、あれがなんと言ったかが重要なんだよ。それ以前から全財産、つまり現金だとかタバコだとか、有価証券だとか、山ほどある鉛筆の箱だとか、謝肉祭の仮面などを妻に贈与していたんだ、とも言ったんだ。すると妻は、もちろんタバコ屋さんは奥さんに全部あげていたでしょうね、と言ったんだが、これまた時間をかけて調査するべき発言だ。そう思うだろう、とコンラートは木目調の部屋で言っていた、とフローは言う。消防隊は一時間もかからずに火を消したが、タバコ屋の主人はきれいに灰になっていた。おまけに消防隊員たちがタバコ屋で暴れたらしいね、と話したんだが、すると妻は消防隊員たちがタバコ屋で暴れたのね、あの手の人たちは役に立つことはしないくせに、周りをめちゃくちゃにすることは得意なのよね、と言ったんだ。妻のこのコメントについて論文を書きたいぐらいだよ、とコンラートはフローに言っていたとのことだ。そうだろう、女性はいつもこういうことを言うんだ、とフローに言っていたとのことだ。もし「聴力」の執筆にかかりきりになっていなかったら、「日常的なやりとりにおける我が妻の奇怪なる発言」というタイトルで論文を書いたっていいくらいだよ。肉屋のハーガーは気がよかったから、みんなに好かれていたけど、タバコ屋は意地悪だったから嫌われてたね、と妻に言ったんだよ。それに対して妻は、あの乱暴者!と言ったんだ。あの乱暴者!という言葉であれがタバコ屋のことを言いたいんだ、ということがすぐにわかった。タバコ屋の主人は妻を殺したんだよ。首に回した手に少しずつ力を込めていき、最終的に完全に息の根を止めたんだ、と妻に言った。すると依存すると結局ダメになるのよね、という答えが返ってきた。もう長いこと、コンラートと夫人の間にはごく単純な言葉しか交わされなくなっていたね、とフローは言う。コンラートが昔言った言葉を借りれば必要最低限度だよ。もう長いこと考えていることを話し合うようなことはなくなっていたし、わずかな言葉を交わすだけになっていた。お互いに日常的な挨拶やら、必要に迫られての決まり文句やらを交換しながら、お互いに対する憎悪を交換していたんだよ、とフローは言う。最後の数週間は、いやひょっとすると数ヶ月前から言葉のやりとりは笑ってしまうくらいに少なくなっていたようだね、とフローは言う。コンラートによれば、奥さんはもう手袋のことしか考えなくなっていた。その手袋を奥さんはコンラートのために編んでいたんだが、完成しそうになると手袋を跡形もなくバラしてしまうので、結局半年間ずっとたった一組の手袋を編み続けていたということになる。手袋の片方が完成する、つまり全体像があらわになると、すでに完成した手袋とは別の色にするようにコンラートを説き伏せる。そしてコンラートの同意のもと手袋をバラし、また一から手袋を別の色で編み始めるんだ。ウルバンチッチュ式訓練法の実験がどれほど大変だったかによっても違うんだが、いずれにしろ数日、ないし数週間経つとまた新たに編み始める。別の色で新しい手袋を編む。コンラートによれば編み直すたびにどんどん悪趣味になっていく。ありとあらゆる悪趣味な緑を奥さんは手袋に使っていたらしい。そのうちにコンラートは手袋が、それどころか何かを編むという行為自体が嫌になっていたが、そのことを決して気取られなかった。いつまでも終わらない妻の編み物、その妻の編み物に手こずらされているうちにお世辞しか言えなくなっていたということもあり、編み物の完成が、つまり手袋の完成が楽しみで仕方がないとコンラートは妻に思わせるように仕向けていたのだ。今度の色の毛糸もなかなかいいね、素敵な手袋だね、と何度も言っていたとのことだ。それなのに妻は、手袋が完成しそうになると手袋を解体して別の色で新しく編み直すと言うんだよ。そしてそう言いながら、完成間近の手袋を解体し始める。最近では妻のことを考えると反射的に手袋を解体している様子が思い浮かぶんだ、とフローに言っていたとのことだ。解体された毛糸の嫌な匂いが漂ってくる。眠っている間も、といっても完全に眠り込んでいるわけではなく、あくまでも浅い眠りであって、ここ数週間というもの石灰工場ではいつもそうなんだが、そんなふうに眠っている間も妻が手袋を解体している姿が思い浮かぶんだ。そもそも私は手袋が大嫌いなんだよ。ずっと嫌いだった。子供の頃にはもう嫌いになっていた。一メートルほどの紐で左右が繋がれていて首の周りにかけたりするやつだよ。それなのに妻ときたら手袋のことしか考えていないんだから、とフローに言っていたとのことだ。ウルバンチッチュ式訓練法で、つまり論文やウルバンチッチュ式訓練法で成果を出すことで頭がいっぱいになっている間も、妻ときたら手袋のことしか頭にないんだよ。私は手袋が嫌いなのに編もうとする。考えてもみてくれよ、フローさん、と言っていたとのことだ。子供の頃くらいしか手袋を使ったことがないし、手袋を編んでくれても使わないよ、と妻には言っているんだけどね。私の手袋を編んでくれているみたいだけど何十年も前に救貧院とか、孤児院のために寝間着を縫っていた時みたいにいつまでも作業していないでもいいじゃないか、と言っているんだ。ここ数年何百回、何千回も妻が手袋を編んでいるというと、時間をかけて何百もの手袋を編んでいると思うかもしれないが、たった一組の手袋を編んでいるんだ。たった一組の手袋を編み続けているんだよ。編んではほどき、また編んではほどく。深緑色のものを編んだかと思えば、浅緑色のものを編む。白いのを編んだかと思えば、黒いものを編む。そして結局はほどいてしまう、とフローにコンラート。何百回となく似たような手袋を試着させられ続けたよ。まさに恐怖の手袋試着、とコンラートは言っていたとのことだ。完成途中の手袋から編み棒がぶら下がっているんだ。それだけじゃない、とフローに言っていたとのことだ。いつだってトーブラッハの角砂糖ばさみを持ってきて、と言うんだよ。母方の祖母の形見らしいんだがね。どうしてかわからないが、いつだって妻が言うところのいわゆるトーブラッハの角砂糖ばさみを要求するんだ。トーブラッハの角砂糖ばさみをちょうだい、と四六時中コンラートに言ってくるらしい。それでコンラートが、木の引出しにしまってある角砂糖ばさみを渡す。日に何回も角砂糖ばさみをちょうだいと言う。朝食を持っていった時とか、食事中にそう言うのだと思うかもしれないが、それだけじゃない。朗読の最中にも突然、とくにクロポトキンを読んでいる時にそう言い出すんだよ、とフローに言っていたとのことだ。妻がトーブラッハの角砂糖ばさみが欲しいと主張する。コンラートが渡す。しばらくすると目の前のテーブルに投げ出してしまう。それどころかそのいわゆるトーブラッハの角砂糖ばさみに触ることもなく、しばらくするとまたトーブラッハの角砂糖ばさみを引出しに戻しておいてと言い出すこともある。そんな時は文句も言わずにトーブラッハの角砂糖ばさみを引出しに戻すんだ。その類のおかしな行動を数え上げることもできるが、する気が起きない。あれの常軌を逸した点を数え上げたところで、まず間違いなく、私の考えでは不要かつひどい無理解へと陥るに決まっている。それに私自身、自分が何かとおかしなことをしがちなことに悩んでもいるからね、とフローに言っていたらしい。自分がおかしいことに気づいてはいるんだよ。もちろん自分で気づいていてもいる。それどころか気づきすぎているぐらいだよ、フローさん、と言っていたということだ。あなただって、フローさんだって、随分とおかしなことや、奇妙なことや、それこそ訳のわからないところがあるんですよ。コンラートはそう言うとシュナップスを注いでよこした。誰にでも何かしらおかしなところや奇妙なところはあるものだが、仕方なしに深く付き合った相手でないと不愉快だとは感じない。けれどもそういう時はいつだってどうしようもなく不愉快で恐ろしく耐えがたいと感じる。身近な相手だと否応なくそう感じてしまうんだ。たとえば身近な人間に不愉快きわまりなく、おぞましく、神経を破滅的にかき乱し破壊するようなおかしなところがあったとする。けれどもそれほど親しくない人に、つまりごくたまにしか会わない相手にそれと同じことがあったとしても、愛すべき性格だと思ってしまうんだよ。恐ろしいと思うこともないし、いらいらさせられることも決してない。実際、妻は手袋を編み続けたり、いわゆるトーブラッハの角砂糖ばさみにこだわったりとおかしなことを繰り返している。「だらしない」という言葉や、「滑稽な」という言葉もそうだ。その手の言葉を実におかしな発音かつおかしな文脈で振り回しては周囲を振り回す。そんな時私は、いわゆる黒インド《シュヴァルツィンディーン》[19]で買ったケースへと駆け寄り、中からゴロサベルの銃を取り出すと安全装置を外し、窓越しに岩鼻の突端に照準を合わせるんだ。二、三秒ほど照準を合わせると作戦行動を中止し、ゴロサベルをまたいわゆる黒インド《シュヴァルツィンディーン》（月の湖《モントゼー》[20]近郊の村！）で買ったケースに戻す。ケースに鍵をかけ、深く息を吸う。すると妻が背後から、また岩鼻の突端を狙ってたの?と声をかけてくる。そうだよ、また岩鼻の突端を狙ってたんだ、と私は答える。来て、私の近くに座ってちょうだい、と妻が言う。『青い花』一章分くらいのことはもうしたわよ。その言葉通りに私は腰を下ろし、『青い花』の一つの章を朗読する。そして終わってから、次はもちろんクロポトキンだね、と言うんだよ。そうよ、と妻が言う。もう何年もこの繰り返しだよ。なんの変化もない。これ以上言葉が多いことも少ないこともない。もちろん変な感じだと思う人もいるかもしれないがね、とフローに言ってい

19　上オーストリア州の保養地。後述のモントゼーの湖岸に存在する。ここでは名前の面白さから選ばれているものと考えられる。

20　上オーストリア州の湖。シュヴァルツインディーンと同様、名前の面白さから選ばれているものと考えられる。

たとのことだ。妻が安楽椅子の背後に固定されているマンリッヒャー・カービン銃に手を伸ばすことは何百回も何千回も(!)あった、とコンラート夫人についてフローにコンラート。訳もなく。単なる習慣であって、必要に迫られてのことではない、と言っていたらしい。背後のマンリッヒャー・カービン銃をセットする訓練を普段からしていたけどその一環というわけでもなかった。またこの銃はごく至近距離、十五メートルから、二十メートル程度の距離でないと当たらないんだよ、ともフローに言っていたとのことだ。例のいわゆる凶行が知れ渡った時、フローはすぐさまコンラートのこの言葉を思い出したという。話は変わるがコンラート夫人はコンラートの前科をなじり、コンラートはコンラートで夫人の過去をなじっていたらしい。その頃は何もかもが腐敗し、ダメになっていたからね、とフローにコンラート。もっともコンラートが最後に犯した犯罪の恐ろしさ、いや、より正確に言えば疑いようもなく恐ろしいあの気狂い沙汰のことを考えれば、前科なんて何でもない。問題にもならないよ、とフローは言う。結局私が結婚したのは気狂いじゃなくて犯罪者だった、というわけね、と妻は言ってくるんだ、と木目調の部屋でコンラートはフローに話していたらしい。さらに次のように言っていたということだ。もうおしまいだということは二人ともわかってるんだ。けれどもまだまだ大丈夫だというふりをして暮らしている。もうおしまいだ、ということが愉快ですらある。ほかに楽しいことなんて何もないんだからね。もうおしまいだね、と互いに言い合っているんだ。もうおしまいだとお互いに確認し合う。そんなことは昼の間には何回もあるし、否応なく不眠がひどくなる夜はもっとひどいんだが、とにかくそういう話をすると気持ちがスッキリするんだよ。思っていることを口に出すことで気持ちがスッキリするんだ。私たちにはもうどんな未来もないわけだが、そのおかげで嘘をつかないでもよくなったんだからね。そう思うことが救いなんだよ。この恐ろしい状況が現実のものであるということが。フローさん、私たちとは別なふうに考え、別なふうに行動し、別なふうな扱いを受ける人もいるだろう。そういう人はいつだって私たちとは違ったふうに生きてきたんだからね。だけどフローさん、このひどい状況もまもなく終わる。もう少しですべて乗り越えられると思うことで、ようやく気持ちが落ち着くんだよ。はっきり言えば私たちが一緒になったことが（ヴィーザーには一緒に暮らしていたことが、と言っていたらしい）、そもそも間違っていたんだろう。けれどもどうすればよかったんだ。どんな結婚だったら間違いではなく、あべこべでもなく、そして黴《かび》臭く不正直で荒廃したものではないというんだね、とフローに言っていたとのことだ。どんな友情だったら偽りではなく、どんな人々が一緒に暮らしていたら、自分たちのことを幸せだと、そうでなくとも健全だと心から言うことができるだろう。いいや、フローさん。どんな人々でも、どんな人でも、どんな地位でも。あるいはどんな素性でも、どんな職業でも、とにかくなんでもいいが、一緒に暮らそうと思ったらどうしても無理矢理なものになるし、自然と険悪なものになるんだよ。おわかりの通り、それはまた自然の掟が存在することのこれ以上ないほどにわかりやすく、おぞましい証明でもある。どんなに拷問じみたことでも習慣になるんだからね、とコンラートは言っていたらしい。そんなふうにして一緒に暮らしている人々、一緒に植物のように暮らしている人々もまただんだん一緒に暮らすことに、一緒に植物のように暮らすことに慣れていく。つまり自然の拷問のための自然の手段として当然受け入れなければならない夫婦二人で耐え忍ぶべき拷問にも慣れる。そして最終的に慣れることにも慣れてしまうのだ。理想の結婚生活というものがよく世間では取り沙汰されるが嘘八百だ。理想の結婚生活などあり得ないし、望むべくもない。結婚するということは友情を取り結ぶことと同じで、二人して絶望し、二人して流刑に処されることとなんだよ。独り身の辺獄から共同生活の地獄へと移るということとなんだ。私たち二人の生活ももちろんそうだ。二人のインテリが、つまり百パーセントではないにしろ頭を働かせればある程度のことはわかる知性をもった二人の人間が二人して絶望し、二人して流刑に処されるというのは結局のところ、二重に二重の絶望であり、二重に二重の流刑なんだから。妻が起き上がれないなら、助け起こしてやらないといけない。妻が歩けないなら、歩くのを助けてやらないといけない。本を読めないなら、朗読してやらないといけない。用を足せないなら、助けてやらないといけないし、食べられないなら助けてやらないといけない云々かんぬんと言っていたということだ。クロポトキンの偉大さについて話したとしても妻にはわからない。論文の大切さについて話してもわからない。私の考えていることはあれにはわからないんだ。自然科学とはかくかくしかじかだ、と言ったとする。自然科学という言葉だけでわからなくなるし、政治とはかくかくしかじかだと言ったとしても、政治というだけでもうわからない。パスカル、モンテーニュ、デカルト、ドストエフスキー、メンデル、ヴィトゲンシュタイン、フランシス・ベーコン、わからない。論文の執筆について話すと、大抵いつもびっくりするくらい唐突に、じゃあ世が世なら名のある学者さんだったことでしょうね、と妻は言う。政治的な事柄について話すと、名のある政治家だったことでしょうね、と言うし、フランシス・ベーコンの芸術の価値について話すと、大芸術家だったことでしょうね、と答えるんだ。それなのに何者にもなれなかった。単なる気狂いだ、と口に出しこそしないけれど妻がそう思っているのが私にはわかる。そもそも気狂いで何が悪いんだ。私は本質的な研究をしている。最近はやけになって――とフローに言っていたということだが――何憚ることなく時代を画するような研究と言っているんだが、そのことをまだ証明できてはいない。それでもどうにか証明しようと日々切磋《せっさ》琢磨《たくま》しているというのに妻はなかなか信じてくれないんだよ。あんまりうまくいかないものだから、最近では自分で時代を画する研究と言っているんだ、とフローに言っていたとのことだ。あなたの頭の中にあるものなんて見たくもない、と妻は言って嘲るんだよ。あなたの（つまりはコンラートの）頭をひっくり返してもきっと出てくるのはひどいものばかりでしょうね。糞尿とか、腐ったものとか、なんとも説明のつかないようなもの、さらには愕然とするようなものとか、まったく無価値なものとか。研究とかなんとか言ったって結局妄想でしかないじゃないの。もう長いことコンラートは気弱になってしまっていたので、コンラート夫人はいともたやすく夫の頭の中にある研究をそう言うようになっていた。妄想という言葉でコンラート夫人はコンラートを怖がらせる武器を手に入れた、というわけだ。日に何度も夫の前で妄想という言葉を発していたらしい。妻はその瞬間、つまり致命的にヒットする瞬間を待ち構えているんだ。そしてこれ以上ないほど無防備になった瞬間を狙って妄想という言葉をぶつけてくるんだよ（コンラート）。二十年間、妄想を信じてきたなんて！と凶行（とラースカの店では言われているのだが）の前の晩にも、奥さんは何度も叫んでいたらしい。もしかしたらそのせいで奥さんを射殺したのかもしれないね、とフローは言う。他方、犯行前夜、コンラートは久しぶりに奥さんに優しくなっていた（とラナーの店では言われている）。グマッフルの店ではコンラートが入念に殺害を準備していた、とも言われているし、シュティーグラーの店ではキレたというのが定説になっている。ラナーの店では卑劣で意図的な殺人と言われ、グマッフルの店では狂気ゆえの犯行と言われているが、ラースカの店ではコンラートは妻を射殺するつもりはなかった、と考えられてもいる。というのもコンラートは久しぶりにマンリッヒャー・カービン銃を磨こうとしていた。銃は間違いなく何ヶ月も使われておらず、そういう何ヶ月も使われていない銃の常として埃まみれになっており、おまけに何百という死番虫《しばんむし》に食い荒らされた埃まみれの部屋にむき出しで置かれていた。その結果、銃身を磨いている時に銃弾が飛び出してしまったのだろう、というわけである。しかしなぜ後頭部ないし、うなじに正確に当たったのだろうか、銃身を磨いている時の暴発でよりにもよって後頭部の中心に銃弾が当たるというのは珍しいどころの話じゃない。またマンリッヒャー・カービン銃から二発発射されたこと、二発ではなかったとしても複数発発射されたことが重要だ、とも言われている。ラナーの店では五発と言われているし、シュティーグラーの店では四発、後頭部に二発、こめかみに二発と言われていた。また捜査の役に立つような証言を一切しておらず、打ちひしがれてヴェルスの地方裁判所の監房でへたり込んだまま、何百という、それどころか何千という質問にも一切答えていないと噂になっているようだ。地方裁判所のコンラートに靴を送ったよ、とフローは言う。ついでに手紙で論文に関わるメモを譲ってくれるようにとお願いしたんだ。裁判所が一日中ガサ入れしたせいでごちゃごちゃになってしまったから、メモを整理しておこうと申し出たんだよ、とフローは言う。私だったらそういうメモがどう繋がるのか、わかるからね。コンラートのメモのことで頭を悩ませているのは私だけなんだ。ヴィーザーもいるにはいるが、あいつはトラットナーの地所のことで忙しい。メモのことをコンラートが話していたのは私に対してだけなんだよ。ヴィーザーじゃない。フローによればコンラートはヴィーザーとはいつも一定の距離を取っていたらしい。私とは親密に付き合っていたけどね（とフロー本人の弁！）。だから地方裁判所に靴を送り、論文に関するメモを整理するために石灰工場に入れてもらえるようにお願いしたんだよ。八日前に当局はコンラートの部屋を出入り自由にしていたが、射殺があった部屋はまだ封印されている。石灰工場の三階はまるごとそうなんだ。二階はそうじゃない。コンラートの部屋もこの二階にあって、その中に論文に関する記録やメモがあるんだよ。こうしたメモのほとんどは正気を疑うようなものだが、聴覚学にとってはともかくとして、精神医学にとっては有意義なものだと思うんだよ、とフローは言う。聴覚学にとってはともかく、とフローは言っていた。論文と呼ばれているものについてのメモの山は間違いなく（フローは地方裁判所にいるコンラートに対しては、論文とか、学問的な業績といった言い方しかしておらず、自分がコンラートの論文を真面目に受け取っているという印象を与える一方で、私に対してはしきりと「コンラート言うところの論文」という言い方をする。こういった行動はコンラートを裏切っているように私には思われる）。コンラート言うところの論文についてのメモの山は間違いなく、多くの人々にとって有意義なものになる、とフローは言う。真面目に考えられているのに真面目には受け取られないものこそが結局真面目なものであり、一番大切なんだ。どんな頭脳の持ち主が、つまりはどんな人々が、いつ、どこで受け取るのか、結局それ次第なんだよ、とフローは言う。もしメモを手に入れることができたら、整理してリンツ出身で今はグッギンク[21]で働いている旧知の心理学者（と文字通りにフロー）のもとに届けさせる。もちろんコンラートには気づかれないようにね、とフローは言う。君は口が堅いと思うから、こっそり教えるんだが、リンツにいる旧知の精神科医のところにもメモを整理したらもっていくつもりだよ。もし精神科医の彼もメモに興味をもったらコピーを取ってもらう。そうしたらオリジナルを石灰工場に戻すこともできる。今はコンラートの返事を待っているところだよ。だけど地方裁判所から返事をもらうのはどこから返事をもらうよりも十倍は長くかかるからね、とフローは言う。コンラートは私の提案に乗っかって、コンラート言うところの論文についてのメモをもっていく許可をくれると思うんだけどね。だってコンラートは私があいつの話を真剣に聞いていると思っているし、自分のメモが私の手元にあるのがベストだと思っているに違いないから云々かんぬん。ところで、とフローは言う。そのフローに私は先日新しい生命保険についてことこまかに説明した。もっともフローは契約してくれないだろう。慎重すぎるのだ。ところでヴィーザーも言っていたことなのだが、とフローは言う。コンラートは犯行を先取りするかのような夢を以前から見ていたらしい。一年くらい前から見ていたんだよ。論文のアイディアを思いつき、夜中に目覚める。椅子に座り、論文を書き始める。論文を半分書いたところで、残りも、論文の残り半分も書けるぞという気がしてくる。つまりはじめから終わりまで書いてしまえるぞ、と思って休むことなく書き続け、ついに完成へとこぎつける。そして論文を書き終えた瞬間、疲労から机に突っ伏してしまう。失神してしまったかのように頭から机に突っ伏してしまい、自分でその様子を眺めている。疲労のあまり失神してしまい、書き終えたばかりの論文の上に頭を横たえている自分と、疲労のあまり完成した論文の上に頭を横たえている様子を眺めている自分がいる。一方は意識がなく、他方は意識をなくした自分を観察している。そして部屋で起こるすべてを観察しているんだ。そして次のようなことが起こる。つまりこれまで何度も、何十年もの間思い描いていた通りのやり方で実際に論文を書き上げることができたのだ。一気呵成に書き上げた。そして最後の言葉を書き終えると疲れ果てて失神してしまった。部屋のあらゆる方角から、失神している自分の姿が見える。その状態をコンラートは人生でも二度はない理想的な状態だ、と言っていた。書き終えた論文を抱えながら失神している自分を何時間も眺めている。論文の本文を仕上げると、表紙に大時代的な飾り文字で「聴力」というタイトルをはっきりと書く、とフローが言う。そのまま何時間も自分のことを眺めている。この情景。それをコンラートは人生で一番幸せだったと言っていたが、本当は間違いなく人生で一番不幸な瞬間だったんだ。というのも突然扉が開き、妻が部屋に入って来るんだよ、とフローにコンラート。あの不具の、何十年と安楽椅子に縛りつけられ、一歩歩くことすらできなかった、それどころか安楽椅子から起き上がることすらできなかったあの妻が突然部屋に現れて、失神したままその場を眺めている私に、つまり夫であるところの私に向かってくるんだ。そして論文に

21　ウィーン郊外、マリア・グッギンクに当時存在した精神科病院のこと。いわゆるアウトサイダーアートの一大拠点だった。現在でもアウトサイダーアートの美術館が存在する。

拳を叩きつけると隠れて書いてしまったのね、私に隠れて、と言うんだよ。隠れて、と何度も繰り返す。私は失神したままその光景を眺めていることしかできない。すでに話した通り、書き終えた論文の上に私の頭は横たわっているんだが、妻が論文に拳を叩きつけても、振動で失神から覚めることもない。すると妻がまた論文に拳を叩きつける。二回目だ。衰弱しきっており何十年にもわたって体が麻痺し、不具になっていたせいで、何の力も残っていないと誰もが思っていたあの妻が力一杯論文に拳を叩きつけるんだ。そして私に隠れて論文を書き上げてしまう方が、一気に書き上げてしまう方が、そりゃいいわよね！と叫んだんだ。そして紙の束をひったくると暖炉に投げ込んだんだよ。私は飛び上がり、邪魔しようとしたが届かなかった。触れることすらできなかった。ほら論文が燃えちゃったわよ、論文はきれいさっぱり燃えちゃったわよ、と妻が言う。これでまたどうしたら論文が書けるのか頭を悩ますことができるわよ。どうしたら論文が書けるのか、また何十年も頭を悩ましたらいいのよ。論文はもう存在しないんだから！と言うんだよ。そこで目が覚める。体を動かすこともできない。そして夢だと気づく。部屋から出ていくこともできなかった。ベッドから降りることすらできなかったんだ。とにかく何にもできなかった。二日の間、部屋から出ることもなかった。妻が呼び鈴を鳴らしていた、それもひっきりなしに鳴らしていた。私の助けが必要だったんだろう。それでも私は応えなかった。二日の間、部屋に籠っていたんだ。おわかりと思うが、あの夢のことで何ヶ月も頭がいっぱいだったんだ。だけど夢について何か話したりはしなかった。それとなく触れることもなかった。時々夢の内容について話そうかと思うこともあったが、結局そうはしなかったんだ。妻に夢について話そうと、それもその時どれほど恐ろしかったか、ということまで含めて話してしまおうと思ったこともあるが、話してはいけないと自分に言い聞かせた。実のところ妻が部屋に入ってきて論文に拳を叩きつける様子が、それも二回も叩きつける様子が今でも忘れられないんだよ。その様子を眺めながら動くことすらできない。完成した論文がまるごと火にくべられるのをなす術もなく眺めている。あの情景にはどこかこの世ならざる感じがあった、とフローに言っていたとのことだ。私は失神しているのに妻は馬鹿力。私は身動きできないのに妻はすばやく動く。失神してしまっていて観察することしかできない私に対して、妻は決断力に富んでいる、それもちょっとやそっとじゃないんだよ。容赦なく論文を火にくべたんだ。わかるだろう、フローさん。時々夢の話を妻に打ち明けようと思うこともある。夢で起こったことをすべて話そう。一切省略しないでとにかく全部話す。考えていることも全部ぶちまける。けれどもそんなことをしたら間違いなく関係を壊すだろう、とフローに言っていたとのことだ。そういう恐ろしい夢の話をことこまかに話したりしたら。そんなことをしたら妻を傷つけることになる、とフローに言っていたらしい。この夢についてのヴィーザーの報告はフローの報告とまったく一緒だった。もっともコンラートの話し方をどうしても連想させるような興奮した調子でフローが夢について話していたのに対して、ヴィーザーは至極落ち着いてコンラートの夢について話しており、そのため夢の話はフローの口から聞くよりも、ヴィーザーの口から聞いた方がずっと印象深かった。コンラートはこの夢を見ることで、三十年、それどころか四十年に及ぶ結婚生活の中ではじめて、奥さんの本当の姿を、世にも恐ろしい行動をとっているとはいえ、すらりと成長した美しい姿を目にしたんだ、とフローは言う。妻は何度も私を地下の貯蔵庫に行かせるんだ、とコンラートはフローに言っていたらしい。モストを持ってきてよ！と四六時中命令していたらしい。モストを持ってきて！　妻が新鮮なモストを飲みたがるといつでも地下の貯蔵庫に降りて行かないといけない。何度も地下に降りて行かなくていいように、甕《かめ》で運んでもいいかね、と私は言うんだが妻はいいえ、グラス一杯だけよ、と答えるんだ、と言っていたとのことだ。グラス一杯分だけ、グラス一杯になみなみと注いできて。いつだって新鮮なモストが飲みたいんだから。それで結局グラス一杯分だけモストを持っていくことになるんだよ。甕で持っていったことなんてない。甕になみなみとだね！と素知らぬふりをしていつも訊ねるんだが、決まっていいえ、グラス一杯だけよ、と答えるんだ。それで日に何度もグラス一杯のモストのために地下の貯蔵庫へと降りて行かなくちゃならないんだよ。たった一杯のモストのためだけに、とフローに言っていたとのことだ。大きな甕にモストを注いで地下の貯蔵庫から持ってきておけば、いつでも汲んで飲めるし、何度も地下に降りて行かなくてもいいのに、とフローに言っていたとのことだ。広くて寒い貯蔵庫にある、木の蓋で覆いをした甕。そこから汲んで飲むようにしたらいつだって新鮮なモストが飲めるんだよ。そうしておけば――コンラートが言うには――一口飲むたびに地下貯蔵庫に降りて行ったかのような新鮮なモストが飲める。地下の貯蔵庫に降りて行けだの、地下の貯蔵庫から上がって来いだのと四六時中言われているんだ。そのせいで頭がおかしくなりそうなんだよ、とコンラートは言っていたとのことだ。そうするのが妻は楽しいんじゃないかな、とフローにコンラート。私のことをしょっちゅう地下の貯蔵庫へとやったり、さらに地下の貯蔵庫から上がって来させたりするのを眺めるのが楽しいに違いないよ。あるいはもっと単純に地下の貯蔵庫に行かせたり、地下の貯蔵庫から上がって来させたりして自分の思い通りになることを確認するだけで嬉しいんだよ。こちらはどんどんくたびれていくっていうのにさ、わかるだろう、フローさん、とコンラートは文字通りそのままに言っていたとのことだ（なお同じことをコンラートはヴィーザーにも話していたようだ）。この最後に会った時、コンラートは果汁を搾り、貯蔵するやり方について長々とフローに語って聞かせたらしい。樽はどんなふうに洗うべきか、どんなふうに乾燥させるか、乾燥させる間はどんなふうに保存しておくべきか。さらにはどういった種類の洋梨の混合液を混ぜ込むと渋くなるのか、どうしたらより甘いモストに仕上がるのか、といったことについて。結局洋梨の混合液は重要ではないし、そもそも果汁の搾り方や調合の仕方だって重要ではない。地下貯蔵庫こそが重要だ、というのがコンラートの考えだった。石灰工場にはこの辺りの地域では一番の地下貯蔵庫がある。だから石灰工場ではいつでも最高のモストが飲めるんだ、とフローに言っていたらしい。どこで誰に聞いたって石灰工場のモストが一番のモストだって答える。いとこのヘーアハーガーは自ら石灰工場の工員たち、とりわけヘラーと協力して果汁を搾っていたし、私はいつもヘラー、さらにはヘラーがかき集めた製材所の工員二、三人に果汁を搾らせていた。果汁を搾るのはいつもヘラーの担当だった、と言っていたとのことだ。数多くある樽のうち、四つはわれわれに（一年あれば飲み干してしまっていた）、二つはヘラーの分で、その二つも一年もあれば飲み干してしまうんだ。別館に来客があっても、とくにヘラーの親戚のあの男はウワバミだということで有名だったんだが、二百リットル以上入る樽があればなんの問題もなかった。こうしたモストにまつわる話、モストはこの地方ではどんどん飲まれなくなっており、洋梨のモストはもともとヨーロッパーとして有名だったのが、今じゃ最高のモストには誰も見向きもしないで粗悪なビールばかり飲んでいる。この地方の住人はモスト頭と呼ばれるくらいモストは人気だったのに、とコンラートは言っていたが、こうしたモストにまつわる話をコンラートは奥さんがいかに自分のことをいじめるのか、ということを言いたい、という単にそれだけの理由でフローにしていたらしい。モストが飲みたくて仕方がないから地下の貯蔵庫に行かせるわけではない。いつでも新鮮なモストが飲みたいから地下の貯蔵庫に行かせるわけでもない。私のことを辱めたくて仕方がないからなんだよ。地下の貯蔵庫からモストを取ってきてやっても、一口だって飲みやしない。バケツに捨てたり、窓から外に捨てたりしてしまうんだから。そのくせいつだってモストを取りに行かせるんだ。取りに行かせる瞬間を虎視眈々と狙っているんだよ。そういう時、大抵私はクロポトキンから朗読しようかな、と考えていたり、論文に関することを何か言おうとしたり、フランシス・ベーコンやヴィトゲンシュタインにとりかかろうとしたりしている。ヴィトゲンシュタインの文章を私はよく引用するんだよ。女には一番耐えがたいタイプの文章だが、それでも最近はヴィトゲンシュタインの『論理哲学論考』から引用するのが習慣になっている。思えばあの本のことも妻はずっと嫌っているよ。そんなわけで私がヴィトゲンシュタインを引用しはじめるとすぐさま、モストを取りに行ってきて、と地下に行かせようとするんだ。それに対してフローが、正直言って犬みたいに従順だとは思うが、自分の普段の振る舞いや性格、とくに何事につけ奥さんにわがままを聞いてもらっていることを思えばそれくらい当然のことじゃないか、とコンラートに言ったところ、わかってるよ、と言ったとのことだ。どうしてモストやらなんやらを取りに地下の貯蔵庫に行かされてばかりいるのか、妻にこけにされなくちゃいけないのか、ちゃんとわかってる。大体、モストを取りにいつも地下の貯蔵庫に行かされる人間、そしてモストの甕を抱えて素直に地下へと降りて行く人間、からっぽのモストの甕を抱えて、地下への暗い階段を降りて行き、地下貯蔵庫の暗闇を右往左往し、そしていっぱいになったモストの甕を抱えて手探りで上ってくる人間、おろおろと階段を降りたり上ったりする人間以上に滑稽な人間なんていないんだから。おまけにモストを取りに行く時も、地下貯蔵庫の穴蔵で体を冷やさないようにと、(馬用の古い毛布のような)珍妙な布を肩にかけ、醜悪極まりない格好をしているんだよ。あれはとにかく私のことをこけにしたくて仕方がないんだ。私が自分のことをいまだに科学者だと思っていると妻は思っているので、とにかく笑いものにしたくて仕方がないんだ。もっとも率直に言えば私は自分のことを科学者ではなくて科学的な知性をもった哲学者だと思っているんだがね、とフローに言っていたとのことだ。大体もう随分昔から妻は私のことを笑いものにしてきた。笑いものにされること、いわゆる家庭内道化にされることを私が許してきたからね。もちろん妻はそのことには気づいていない、とフローに言っていたとのことだ。私のことを道化だと妻が思い込むように私が自ら仕向けてきたんだ。妻が自分の意見を主張できるのも私が妻を思い通りに操っているからにすぎない。簡単なからくりではあるが、説明するには厄介だ。だから四六時中地下貯蔵庫に行かされることや、(馬用の毛布のような)いわゆる保護用カバーをかぶせられて笑いものにされ、馬鹿にされるのも仕方のないことだと思ってるんだよ。おまけに一組の手袋を妻が何年も編み続けたり、まったく同じではないにしても似たような手袋を文句も言わずに試着させられたりしているんだからね。それでも、妻の引き起こす嫌がらせやら、馬鹿げたことやらは置いておくとしても、大体女というものはナンセンスなことや不合理なこと、馬鹿げたことだったらいくらでも思いつくものだから、仕方ないことではあるんだが、兎にも角にも私は研究に邁進し、ウルバンチッチュ式訓練法を発展させてきたんだ、とフローに言っていたということだ。論文はまるごと頭の中に入っている。今日まで完成させることができなかったとしても、まだ終わりじゃない。精神的に価値のある仕事を仕上げようと思うなら、完成を先延ばしにしても延ばしすぎるということはないんだから、と出し抜けにフローにコンラート。もちろん完成を先延ばしにすることで、論文のような精神的に価値のある仕事が台無しになる、ということもあり得る。けれどもほとんどの場合、意識的にせよ無意識的にせよ、いわゆる先延ばし戦術によってその種の仕事はより一層輝きを増す。ところで、地下室には後どれくらいモストが残ってるかしら、と唐突に妻が聞いてくることも珍しくない。そして私を地下にやり、どれくらい残っているかを確かめるために樽を叩かせる。ほかにもニンニクはまだあるかしら、と聞いてくることもあるし、あなたの部屋の時計は今何時と聞いてくることもある。そんな時私は立ち上がって、自分の部屋に行き時計を見に行かなくちゃならない。そしてまた妻の部屋に戻り、私の部屋の時計が何時かを教えてやるんだ。二つの時計のどっちかだけじゃ信用できないんだね。妻の部屋の時計だけでも、私の部屋の時計だけでもダメで、二つの時計の時間を知らないと気が済まない。結局どっちの時計も信用できないのよ（とコンラート夫人）。外が暗いと、雪が降ってるのかしら、と妻が訊ねるんだとコンラートが言っていた、とフローが言う。妻には確かめることができないから、窓を開けて身を乗り出し外を眺めながら雪が降っているのかどうか、私が確かめなくちゃならない。クロポトキンを読んでいる時でも雪が降っているのか知りたがって聞かないんだよ。もちろん、いつも妻の命令に従うわけじゃない。そんなのは間違っている。何かを要求してきても聞こえないふりをするんだ、とフローに言っていたとのことだ。外は雪が降っているの、と妻が訊ねてきたら、立ち上がって雪が降っているかどうか、窓から身を乗り出して確かめた上で、雪が降っているのかどうか報告しなさいという意味なんだが、そんなことには一切惑わされずクロポトキンの朗読をはじめる。外は雪が降っているのか、と六回も七回も訊ねてくることも珍しくないんだよ、とフローに言っていたとのことだ。それでも無視する。そして読み続けるんだ。そうしているとしまいに諦めて訊ねるのをやめてしまう。私がその手のいわゆる命令に従うのは、何かいいことがあるとか、命令に従うのが最良の選択肢である時だけだね。クロポトキンを読んだり、論文について話したりしている時でも、いつだって妻の命令が邪魔になるわけじゃない。クロポトキンに集中していたって、論文に集中していたって、あるいはそれ以外のどんな精神的な事柄でもいいんだが、いつも心の底から集中できているわけじゃないんだよ。地下に行ってモストを取ってきてとか、台所に行ってとか、部屋に行ってとか言われたおかげで救われることだってあるんだから。朝と夕方のピアノいじり（とはコンラート自身の言葉である）をしている時も妻は好き勝手に呼び鈴を鳴らす。ちょうどピアノに向かって腰掛けた、と思ったタイミングで呼び鈴を鳴らすんだ。それで立ち上がってピアノに蓋をする。しばらく様子をうかがうんだが、とくに何もないようなのでまた腰掛けてピアノを弾こうとするとまた呼び鈴が鳴る。そんなことが一時間繰り返されることだって珍しくない。最近ではピアノを弾こうとも思わなくなってしまったよ。ピアノを弾いても落ち着かなくなってしまった。もう効かないんだよ、と悲壮な調子でフローに言っていたとのことだ。石灰工場に引っ越した最初の数年間は毎日のように、大抵は朝の四時頃からピアノを弾いていた。ヴィーザーは素人芸だった、という言い方をしている。とにかくありとあらゆる古典的なピアノ曲を弾いていたのだが、そうしながらも不思議なことに、もっとも難曲に挑戦したがることこそが素人の特徴であることを思えば不思議なことでもなんでもないのだが、とてつもなく複雑なソナタや協奏曲に何度も挑戦していたらしい。ここ二年くらいでほとんどピアノには触らなくなっちゃったね、ピアノの蓋も閉じたままだ、とフローには言っていたとのことだ。興奮した神経を鎮めるために昔はピアノが役に立ったけれど、今はもうピアノじゃどうしようもない。もっと効果の高い方法が必要だし、そういう方法を知ってもいるからね（とヴィーザーには言っていたらしい）。妻もそうなんだ。クリスマスプレゼントとしてロンドンで買ってきたビクターのレコード・プレイヤーを昔は愛用していたが、もう何年も前から、レコードをかけてよ、と言ってくることもなくなった。レコード・プレイヤーじゃ満足できなくなってしまったんだよ、とフローに言っていたとのことだ。私にはピアノは効かないし、妻にはレコード・プレイヤーは効かない。音楽がとにかく効かなくなってしまったんだよ。昔はモーツァルトのハフナー交響曲、フリッツ・ブッシュが指揮したやつを妻のために何ヶ月間もかけ続けてやらなくちゃならなかった。とてもすぐれたレコードだったが、毎日かけていたもんだから、一番嫌いなレコードになってしまった。今では妻がいる時に、ハフナー交響曲という言葉を口に出すことすらできないんだ。私だってハフナー交響曲のことを考えるだけで胃がひっくり返りそうになる。フリッツ・ブッシュが指揮者だというレコードも全部捨ててしまった。きわめて傑出した指揮者であり、音楽監督であるフリッツ・ブッシュ——とコンラートは言っていたということだが——を聴くこともできなくなってしまったんだ。音楽と名のつくものはだんだん石灰工場から放逐されていったんだよ、とフローには言っていたとのことだ。ピアノを石灰工場に運び込む時は大変だったよ。今もピアノはそこにある。だけどもう弾こうとは思わない。それでも売らないのには理由がある。いつかまた楽器を弾きたくなるかもしれないからね。それでもピアノを演奏したいと思うことはないだろう。妻にもまたレコードをかけ続けてほしいと思ってほしくはない、と言っていたらしい。もちろんピアノを売ることだってできる。だけど正直ピアノを金にしようだなんて思いもしなかった。これからもピアノを売ることはないし、ベーコンだって売らない。フランシス・ベーコンもピアノも売らないよ。そう、石灰工場に音楽はもういらないんだ、とフローにコンラート。またフローには次のようにも言っていた。朝食後すぐにウルバンチッチュ式訓練法の続きをやろうと、朝食を食べ終わってからもあれの部屋に居座っていたんだよ。S音とT音の訓練をするつもりだったんだ。それが妻ときたら手袋を試着しろと言うし、それが済んだら今度は髪を梳かすのを手伝えと言う。だから大急ぎで髪を梳かしてやったよ。髪がひどく汚れているな、と思ったけど髪を洗うことほど面倒なこともないからね。髪を洗った方がいいとは言わなかったし、私の髪、汚い？という妻の質問にもいいや、とだけ答えておいた。そしたら今度は新しいドレスに着替えたいと言い出すんだ。それで別のドレスに、新しくはないが別のドレスに着替えさせてやる。マンハイムの仕立屋に仕立てさせたドレスでシルクの立ち襟がついている。くるぶしまで届くねずみ色のサテンのドレスだよ。今では古臭くなってしまったやつだ、とコンラートはフローに言っていたということだ。さっさと妻の不満を解消して、ウルバンチッチュ式訓練法にとりかかりたかった。それでさあ始めよう、と言ったんだ。そしたら妻は私のことを鼻で笑って、好きにしたらいいけど、今日は何にもやらないわよ。ウルバンチッチュ式訓練法も、それ以外のことも気分じゃない。おやすみ気分なんだから。それで着替えたんだし、髪もしっかり梳かしたんだし、爪を切ってもらったのよ。数週間に一度、単なる平日だというのに突然休日のような気がするからといって、今日はおやすみ、と妻が言い出すことがあった、とフローにコンラート。そして働くのを嫌がるんだよ。今日はウルバンチッチュ式訓練法はやらないと宣言し、S音やT音で始まる言葉の実験をすることとすら嫌がるんだ。三十分だけ付き合ってくれるだけでもいいのにさ。コンラートはフローに対して、こうした日のことを史上最悪の拷問のうちの一つだと言っていたとのことだが、平日であるにもかかわらず、おやすみだと宣言したそういった日になると、妻は古い写真で埋め尽くされている引出しをいくつも自分の目の前のテーブルに並べさせるんだ。引出しの中身を空けさせ、何百、何千とある写真を一枚ずつ眺めてはコメントしていくんだよ。といってもいつも同じコメントだったけどね、と言っていたとのことだ。見て見て、っていつも言うんだよ。写真の山の中から一枚引き抜いてはじっくりと眺め、見て見て、と言う。そしてその写真をまた脇によける。そのうちに引き抜いた写真の山がまた新しくでき始める。こうしたやりとり、それこそが妻にとっての最大の喜び、それこそ唯一の喜びなんじゃないか、と思うね。ほかのことは一切しないと決めたような日には、こうしたやりとりがいつまでも終わることなく延々と続く。それから写真の山での遊びが終わると、つまり見て見ての際限なく続く連呼が終わると、今度は手紙の詰まった引出しを持ってきて、と言い出す。どの手紙も妻に宛てられているとはいえ、一番新しいものでも五、六年前のもので、大半は十年、二十年、三十年前のものだった。そして今度はその手紙を朗読させようとしてくるんだ。ねえねえ、と言って聞かないんだよ。ねえ、と言うのはあれにとってはもう口癖みたいなもんだ。その口癖のせいでまたうんざりさせられる。我慢するのもやめて手紙の山をまるごと頭に投げつけてやりたいくらいだよ。まるごと頭に投げつけてやりたい、とコンラートは言っていたらしい。妻がそんなふうに今日はおやすみ、と宣言するとああ今日はもう何もできないんだ、と思う。実験は進められない。妻が言うところの「おやすみ」のせいで妻のことも、おまけに自分のこともどんどん嫌になっていく。何が嫌って自分たち二人の置かれた状況が嫌で仕方がない。そうしていると下の方からノックする音が聞こえる。ヘラーが食事を持ってきた合図だ。ここぞとばかりに下へと降りていき、弁当箱に入った食事を受け取りながら、妻は今日おやすみなんだよ、とヘラーに話した。ヘラーはすぐにその意味をわかってくれたよ。その日はまだご飯が温かかった。おしゃべりしないで民宿から石灰工場にやってきたんだろう。話し相手にも出くわさなかったんだろう、吹雪だから不思議なことじゃない、とコンラートはフローに言っていたとのことだ。妻の部屋に飛んでいったよ。これなら食事を温める必要もないからね。弁当箱の中に何があるのかを見るとコンラート夫人は夫に、まるで民宿の人たちも今日がおやすみだと知っていたみたいね。今日にぴったりのメニューだわ、と言ったとのことだ。弁当箱の中には丁寧にローストした大振りのレバーや、パスタ入りのブイヨン、たっぷりのいわゆる鳥菜[22]のサラダが入っていたからだろう。弁当箱から取り出して盛り付ける時にカッテージチーズのパイまで入っていることに気づいた。言うまでもなくそういう雪が激しい日には美味しいものを食べ、美味しいものを飲み、たわいもないことをして過ごすに限る、とフローに言っていたとのことだ。それはそうと私には、いや私だけではなく私たち二人にはヘラーが民宿から何を持って来るかには、もうまったく興味がない。食べるものにはもうまったく興味がない。昔だったら美味しいものを食べるのが何よりの楽しみだった。でもそれはもう昔の話なんだよ。二十年くらい前だったらともかく、とコンラートは言っていたとのことだ。食事について話していると死んだ製材所の旦那のことを思い出す。三週間ほど前、茹でた塩漬け肉を（民宿ではそのちょっと前、豚をつぶしていたんだ）できるだけ薄く切ろうとしていたんだ。妻は薄い方が好きだし、私も薄い方が好きだからね。それでできるだけ薄くしようとしていた時の話だが、そしたら下でノックする音が聞こえたんだ、と言っていたとのことだ。はじめのうちはノックを無視しようかと思ったんだが、結局すぐに降りていった。するとヘラーが扉の前に立っている。ヘラーは街にいると思っていたんだがそこにいる。どうしてそこにいるんだ、と訊ねた。何があったんだい？と訊ねたんだ。そして今塩漬け肉を切っているんだ。食事中だよ、と言ってやった。するとヘラーが製材所の旦那が亡くなったものですから、と言う。そして概略、次のようなことを言った。製材所の旦那が朝の五時頃トラクターに乗り込んだ。材木を運びたかったようだね。

それで製材所の旦那が奥さんを呼んで、鎖を納屋から持ってくるようにと頼んだ。その鎖でもって森の中に積んである丸太をトラクターに固定しようとしたとのことだ。製材所の奥さんは鎖を取りに急いで納屋に走り、二、三分も経たないうちに納屋から戻ってきたんだが、その頃にはもう、製材所の旦那はトラクターの運転席に引っ掛かったまま亡くなっていたらしい、とコンラートはフローに話していたとのことだ。製材所の旦那は頭を下にして転げ落ちながらなおも運転席に引っ掛かっていた。幸いエンジンは切れていたとのことだ。はじめのうち奥さんは、生きたまま夫が運転席にぶら下がっていると思ったらしい。つまり運転席からタイヤを覗き込んで、タイヤの中心部の何かを修理しようとしているんじゃないかと思ったようだ。けれども近づいてみるとすぐに夫が亡くなっていることに気づいた。はじめは発作が起こったんだと思った。呼ばれた医者も同じように心臓発作だと請け合ったということだよ。トラクターに乗り込む時に発作に襲われるのは田舎ではよくあることですよ、と医者は言ったらしい。とくに四十から五十の人が危ない。製材所の旦那さんはちょうど四十二歳でしょう。飲み食いしてはトラクターに乗る。そんな生活をしていると、トラクターにばっかり乗っているせいで太ってしまうんです。機械に頼りっきりの生活をしていてほとんど動かないから田舎の男が一番、心臓発作になりやすい、そんなようなことを言っていたらしい。それから製材所の奥さんが夫をトラクターから引きずり下ろそうとすると、奥さんに覆いかぶさるようにして夫の体が草むらに崩れ落ちた。製材所の旦那の体

22 サラダ菜のこと。オーストリアでは鳥菜（Vogerlsalat）と呼ぶ。

がどれだけ重いか、想像がつくだろう。気のいい男ではあったけれどね。何にせよ、家まで運ぶには製材所の奥さんはあまりにも非力だった。それでも樵夫や護岸工事の連中を何人か呼んで来ることができたらしく、四、五人で重たい遺体を草むらから担ぎ上げ、家へと運ぶことができたんだ。遺体が家に戻って来ると製材所の奥さんはどこに夫を安置するべきか、考えなくちゃならなかった。もともと豚小屋で、今はモスト用の巨大な圧搾機がぽつんと置いてある小屋が、夫の遺体を安置するにはうってつけであるように思われた。それで医者にもまだそのことを告げないうちから、夫をかつての豚小屋に安置すると決めたんだ。奥さんの女兄弟はちょうど街に出かけていたところだったので、製材所の工員たちが遺体の洗浄を手伝ったようだね。亡くなった製材所の旦那はまたたく間に服を脱がされ、洗われ、そして髪を整えられた、とコンラートはフローに言っていたということだ。そして医者が帰るとすぐにみんなでかつての豚小屋に簡易的な棺台をしつらえた。そのうちに学校から子供も帰ってきたし、奥さんの女兄弟も街から帰ってきた。それでみんなで協力して亡くなった製材所の旦那を速やかに棺台へと移したんだ、とフローに言っていたということだ。ヘラーは一見重要ではなさそうなことも含めて、とにかくあらゆることを正確に話してくれたよ、とフローに言っていたということだ。製材所の旦那の子供たちは、お父さんが突然トラクターから転げ落ち、亡くなったというのに驚くほど冷静だった。コンラートの言い方によれば、これまで製材所を一歩も出たことがない奥さんの女兄弟たちが、故人を飾りつけるために骨を折って、一刻も早く花を調達しようとした。そして亡くなった製材所の旦那にリネンの死装束を着せた。その死装束を製材所の奥さんは自分の寝室のタンスに、自分用の死装束と一緒に保管していたのだ。そしてまたたく間に喪の家の独特の空気が製材所を包み込むことになった。花や洗い立ての服や動かない体、真新しい木材や聖水が醸し出すあの匂いだよ、と言っていたとのことだ。製材所の旦那が亡くなった、という知らせも信じられないほどあっという間に地域中に広まった。ヘラー自身も製材所の旦那が亡くなって三十分後には聞き知っていたらしい。製材所の奥さんの女兄弟の一人が別館にいるヘラーを訪ねてきて、訃報を伝えたんだ。そして一緒に製材所に来て、棺台をしつらえるのを手伝ってほしいと頼んだとのことだよ。もちろんヘラーは薪割りをしていたところではあったけれども、製材所の奥さんの女兄弟と一緒にすぐさま製材所に向かった。もっとも棺台をしつらえる手伝いをする必要はなかったらしい。ヘラーを呼びにいっている間に、二つの木の柵からなる簡易的な棺台ができていた。そしてそれだけじゃなく、故人の安置までもが終わっていたんだ。ヘラーが着いたのは製材所の旦那が亡くなって四十五分ほど経ってからのことで、その頃にはもう蠟燭と花で故人は縁取られていた。製材所の旦那の左の口角から血が流れているのはちょっと不思議な感じがしましたけどね、とヘラーはコンラートに話していたようだ、とフローは言う。製材所の奥さんが死んだ製材所の旦那の口から流れる血をリネンの切れ端で何度も拭き取ろうとしていたが、故人のまだ綺麗な死装束に大きな血のシミができるのを防ぐことはできなかったらしい。子供たちは故人の子供たちがいつもするように、遺体の傍に跪《ひざまず》いていた。そのうちにだんだんと、葬式の時にはいつもそうであるように、遺体を安置してある部屋、製材所の旦那の場合は大きなモスト圧搾機が置かれた豚小屋跡は弔問客でいっぱいになっていった。製材所の旦那が亡くなってからの一時間で製材所に何が起こったのか、ヘラーはことこまかに教えてくれたよ。その時、死者を囲む人たちがどんな人たちだったのか、一人一人、その特徴を言うことだってできただろう。製材所の奥さんについてもそうだ。ヘラーがジッキンクの印刷業者に注文した死亡広告の文面について製材所の奥さんのお姉さんと相談するために、製材所の玄関に立っていると、製材所の奥さんがやって来て夫の死は自分にとっては驚きじゃない、数日前にも二人で夫が発作に襲われるかもしれないと話していた。今になってみれば不思議な話だけどその時は笑い話でしかなかった、と言ったとのことだよ。おまけにこれから何が起こるか、誰が家にやって来るかしらね、とも言っていたらしい。ヘラーはその言葉で新しい人が製材所の旦那としてやって来ることを仄めかされたと思ったみたいだね、とコンラートはフローに言っていたということだ。まだ小さい子供たちを放っておくわけにはいかないじゃない、と製材所の旦那が亡くなってから二時間も経たないうちに言っていたらしいよ。子供たちはともかくとして、製材所は資産としては立派なものだし、遠からず男も見つかることだろう。それに製材所の旦那だってもともとは製材所に婿入りしたんだからね。製材所はもともと製材所の未亡人の資産なんだよ、とフローに言っていたということだ。仮に、仮にだよ。仮に妻に耐えられる人間がいるとしたら私だし、私に耐えられる人間がいるとしたら妻なんだよ、とフローに言っていたということだ。クロポトキンを二時間読むから聞いておくようにと頼んでも断られたよ。結局妻がウェディング・ドレスと呼んでいる金色の刺繍が施された黒のドレスを着せる代わりに、クロポトキンの朗読を二時間我慢するということになった。よろしい。ドレスを着なさい。そしたら私はクロポトキンを読むから。二時間ちゃんと聞いているんだよ、とコンラートは奥さんに言ったらしい。そして妻がドレスを着ると、といってももちろん私が金の刺繍入りのドレスを着せてやるわけだが、するとすぐさま金の刺繍入りのドレスを脱ぎたいという。今こうして着てみてわかったけど、それも鏡のおかげではっきりとわかったけど刺繍入りのドレスは似合わなくなったみたい。ひどいものね、と奥さんはコンラートに言ったという。それでまた、その金の刺繍入りの黒いドレスを脱がせてやったよ、とコンラートは言ったとのことだ。金の刺繍入りの黒いドレスを脱がせてやると、今度は白いビロードの襟がついたグレーのドレスが着たいと言い出した。それで金の刺繍入りの黒いドレスをクローゼットにぶら下げると、白いビロードの襟がついたグレーのドレスをクローゼットから取り出したんだ。そうしながらも妻に観察されている気がしたので、私のことを観察しているのかね、とコンラートは言った。そして妻の方を振り返ることもなく答えを待っていたんだが、結局黙ったままだった、とフローに言っていたとのことだ。そして白いビロードの襟がついたグレーのドレスを着せてやると、鏡に映るように体を起こし、嫌、このドレスもダメ、着慣れた服が着たい、いつも着ている服でいいの、と言うんだよ。それで白いビロードの襟がついたグレーのドレスは脱がせてやり、妻がいつも言っている言い方をすれば「うんざりするような普段使いのドレス」を着る手伝いをしてやった。そのいわゆる「うんざりするような普段使いのドレス」を着ると、すぐさまコンラート夫人は、この匂いを嗅ぐと落ち着くわ。私が毎日嗅いでいる匂いよ、と夫に言ったとのことだ。このうんざりするような普段使いのドレスって、どこで手に入れたんだっけ、とコンラート夫人が訊ねる。デッゲンドルフだよ。覚えているだろう、デッゲンドルフだよ。デッゲンドルフに住んでいる仕立屋の姪に作ってもらったんじゃないか、とコンラートが答える。そうだったわね、デッゲンドルフの仕立屋の姪のところね。それでランツフートの舞踏会に行ったんだわ、とコンラート夫人は言ったらしい。そうね、ランツフートの舞踏会、と奥さんは繰り返した、とフローは言う。そしてコンラートは約束通り二時間クロポトキンを朗読したとのことだ。またヴィーザーには次のように言っていたらしい。石灰工場がメチャクチャになったのは間違いなくいとこのヘーアハーガーのせいだ。石灰工場に引っ越すというと、みんなから嘲られたもんだよ。石灰工場なんかに住むのは気狂いだけだ、ってジッキンクの連中は言うんだが、ヴィーザーさん、この人たちは正しかったね、とヴィーザーに言ったとのことだ。二年前石灰工場は論文執筆の役に立つと思っていた。今じゃそうは思えない。それどころか石灰工場にいるせいで論文がまったく書けなくなってしまったんだ。つまり石灰工場のせいで論文を書けないと思うこともあるし、石灰工場にいるから論文が書けると思うこともあるんだよ、とヴィーザーに言ったとのことだ。石灰工場にいるから論文が書けるという考えと、石灰工場にいるから論文が書けない、もう絶対に書けないという考えが交互に現れる。ついこないだは石灰工場こそが自分の、そして妻の救いだと思っていたけれど、今じゃどうしてそんなふうに思えたのか不思議なくらいだよ。もちろん石灰工場では論文が書けないと言っていても、心のどこかでは石灰工場で論文が書けたらいいと願っているんだけれどもね。論文を書けないならどうして石灰工場に引っ越したの、とあれが何度も聞いてくる。ほかの環境ならどこでもここよりずっと居心地よく暮らせるのに、どうして石灰工場で暮らすなんていう犠牲を払う必要があったの。石灰工場で暮らすなんて究極の自己犠牲ね。ちゃんと話し合うべきだったわ。いわゆる高尚な目的がないと言うなら、石灰工場で暮らすなんて狂気の沙汰よ、と奥さんはコンラートに言っていたらしい、とフローは言う。石灰工場の暮らしには慣れたけど、論文のため、「聴力」のためじゃないとしたら何のために石灰工場に引っ越したのか、という疑問はどうしても残る。まさかと思うけど、ものすごい犠牲を払って引っ越したのに結局無駄だった、なんて言うんじゃないわよね、と奥さんはかつてコンラートに聞いたこともあるらしい。論文の価値を信じてはいなかったけど、それでも夫が自分の精神的生の大部分を費やして執筆した論文には価値がないとかそんなことはとても言う気にはなれません、と奥さんはかつて建設監督官に言っていたらしい。ひょっとしたら論文の価値はどこか別のところにあるんじゃないか。夫が思っているのとは真逆の意味で価値があるんじゃないかしら、と建設監督官に奥さん。何にせよ論文を紙に書いてもらわなくては。夫がただの頭のおかしい人だと思われないように。そこら中を走り回って閃いたぞ、と叫んでいるそんなおめでたい輩《やから》の仲間だと思われないように。とにかく何でもいい。頭の中にあって誰も見たことがない怪しげな研究でもいいんです。とにかく私が恥をかかないようにしてほしいんです。研究が夫の頭から出てきて文字になりますようにってお祈りしているんです。正直言って夫が馬鹿じゃないとは言えません。でも馬鹿であると同時に天才かもしれない。そうではないと誰にわかるでしょう、と奥さんは建設監督官に言っていたらしい。コンラート夫人の考えによれば、コンラートにはありとあらゆる馬鹿の印とありとあらゆる天才の印が備わっていた。さらにヴィーザーは、コンラートが奥さんをマンリッヒャー・カービン銃で一発もしくは何発かで撃ち殺した日、もしかしたらその不幸な日、つまりは凶行（フロー）があった日に、以前から時折していたように、奥さんは夫のことを、馬鹿と呼んだのではないかと推測している。そしてコンラートは自制心を失って奥さんのことを殺したのではないか。というのも奥さんはよくコンラートのことを馬鹿とか頭がおかしいとか、それどころか高度に知的な精神病などと呼び、限界ぎりぎりまで怒らせていたし、ヴィーザーが言うには、そしてそれは単なる噂ではなく事実であるとのことだが、そんな時コンラートは奥さんのことを殺すぞと言って脅していたのだった。私の理論によれば、つまり単なる推測ではなくやがてヴェルスの地裁で真実だと明らかになるに違いない私の理論によれば、馬鹿とか頭がおかしいとか、さらには奥さんのお気に入りの呼び方、つまり高度に知的な精神病と呼ばれたのでコンラートは奥さんのことを殺したんだ、とヴィーザーは言う。もちろん殺人があった部屋にその種の諍《いさか》い、奥さんがそういったことを言った、という証拠はない、とヴィーザーは言う。けれどもあらゆる状況が、コンラートが何度も使っていた言葉を借りれば、奥さんの不適切な言い方が原因で奥さんを殺したということを示している。最近ではきっとコンラートはもっとひどい言い方で責任をなすりつけられ責められていただろうし、そうしたことへのお返しとして奥さんを射殺した、それが一番自然な考え方だよ。もちろん蛮行には違いないが、理解も納得もできる。コンラートはもう少しで人生の目標を達成できたのに、彼女が、奥さんが人生の目標である論文の執筆の邪魔をしたんだ、とヴィーザー。それで奥さんを殺さずにはいられなかった。結局殺さずにはいられなかったんだよ、とヴィーザー。奥さんを殺すことで自分の論文も殺してしまったんだけどね。とはいえそれはまた別の問題だ、とヴィーザー。妻が夫のことをなじり続けて一線を越えてしまうと、ある日突然殺人が起こることだってある。そんな殺人が起こったら一巻の終わりだよ。一発で台無しになってしまう。コンラートの時だって一瞬ですべてがおしまいになったんだ。規格外の頭脳の精神的努力が水の泡。二人の人間が殺されたんだからね。実質的にコンラートも死んだことは間違いない。まだ何年かは生きるかもしれない。シュタインの刑務所か、ニーダーンハルトの精神病院かはわからないし、コンラートの人生が続くかどうかは裁判所が決めることではあるが、でももうとっくの昔にコンラートという人間が死んだということには変わりはない。理性の緊張が弱くなったのか、ふとした不注意が原因であっという間に恵まれた環境からどうしようもなくみじめな境遇に身を落としてしまうなんて考えただけで身震いがする。しかも自分だけじゃなくて、一番身近な信頼している相手まで巻き添えにしてしまうんだからね、とヴィーザー。勢いのある人が突然動きを止めてしまうというのはよくあることなんだよ。結局コンラートは奥さんを殺すことで奥さんではなく、ほかならぬ自分のことをまったく考えもなしに殺してしまったんだ、とヴィーザー。その一瞬でコンラート夫妻のすべてが崩壊したんだよ。きっと今頃ヴェルスの牢獄を行ったり来たりしながら、あるいは木のベンチに伏せったりしながらそのことを痛感しているんじゃないかな、とヴィーザー。コンラートが決定的に狂ってしまうのも時間の問題だろうね。もうずっと前から狂っていたのかもしれないが。石灰工場に引っ越すように強制されたわけじゃないんだよ、とヴィーザーには言っていたとのことだ。知っての通り、ほかに行く場所はいくらでもあったんだよ。チロルに行ってもよかったし、シュタイアーマルクに行ってもよかった。この国はいわゆる風光明媚な土地には事欠かないからね。けれどもいわゆる風光明媚な土地には行きたくなかった。オーストリアにはまさに風光明媚な土地がある。それこそいわゆる風光明媚な土地しかないくらいだ、とヴィーザーに言っていたとのことだ。何百、何千というその手の風光明媚な土地がこんなに小さな地域に寄り集まっている国はほかにはない。なんて有害なんだろう。取り組むべき、あるいはすでに一定の成果を上げているいる精神的な仕事にとっていわゆる風光明媚な土地ほどに有害なものはないのだから。どれほど成功が約束された仕事であっても、美しい街に行くと台無しになるし、美しい景色は脳を惑わせる。いわゆるすばらしい自然の中にいると頭がうまく働かなくなるんだ。知的な仕事を志し、やり遂げようと思ったらオーストリアほど向いてない土地はない。科学の世界でもいわゆるファインアーツの世界でも、放置され放棄されたアイディアや途中で見捨てられた計画、さらには実現しなかった途方もなくとてつもない計画が無数に存在する。こんなことは他の国ではあり得ない。そして恐ろしいことに同じくらいたくさんの美しい土地がオーストリアには存在する。ここ、オーストリアでは——コンラートに言わせれば——天才は才能を空費するし、どんなに人並外れた才能をもっていても決まって台無しになる。自然美のもとではどんな創造性も役に立たない。つまりオーストリアとはアイディアの墓場に他ならないんだよ。才能が一瞬きらめいたかと思ったら瞬く間に風に吹き払われる荒野、それこそが私たちの国なんだ。美しいばっかりに故郷は私たちにとっていつまでも終わらない失敗であり、屈辱であり続けている。この国ではどんな天才も世に出ることができない。こないだ石灰工場の屋根裏に保管している大きな旅行鞄を一つ開けてみたんだよ。汚れて埃をかぶっている船旅用の鞄。旅行のたびに使っていたんだ、とヴィーザーに言っていたとのことだ。何度も話してきたことだが、知っての通り私たちはしょっちゅう旅行していたんだ。一緒に暮らすようになって最初の数十年は旅行ばかりしていた。病気の状態が悪化してある日突然旅行できなくなるんじゃないかという不安もあったし、そのうちちょっとした旅行もできなくなるんじゃないかと思ってもいたので、うんと長い船旅をしたこともあった。三八年、第二次大戦がはじまる少し前には、その頃まだ使えたシベリア鉄道を使ってウラジオストクまで行き、それから中国、日本、フィリピンまで行ったものだ。今ではそういう長旅も気楽にできるようになっているが、当時はとにかく大変だった。もちろん私たち二人にとって、とくに妻にとって旅行は苦労の連続だった。けれどもその手の苦労、もっとはっきり言えば疲労感は旅行している間は気にならない。それでも一旦気づいてしまうとそのことで頭がいっぱいになってしまう。いつも大旅行をしていたのは、旅行をするたびにこれが最後かもしれないと思っていたからなんだが、自分の仕事、自分の論文、つまりは「聴力」を書くための時間が必要になったので旅行もそれっきりになってしまった、とヴィーザーに言っていたとのことだ。船旅用の重たい鞄を一つ開けてみたんだよ。ホテルの荷札がそこら中に括りつけてあるやつをね、とコンラートは言っていたとのことだ。鞄の蓋を開けると鞄から地図や船、鉄道の切符の山が溢れんばかりに飛び出してきた。三十年も閉め切ったままの鞄をいきなり開けたものだから鞄の中身が一気に飛び出してきたんだ。さっきも言った通り、何百、何千という地図や世界中のあらゆる場所からあらゆる場所への切符、とヴィーザーに言っていたとのことだ。そして結局、私たちの旅行は最後にここ、石灰工場にたどり着くことになった、とヴィーザーに言っていたとのことだ。パリにいた頃はオスマン通りに家を借りたりもしていたが、結局石灰工場に行き着いたんだよ。論文を書くためにこれ以上条件のいい場所はないと思った。それで妻を説得しようとしたんだが結局うまくいかなかった。いまだに説得できていない、とヴィーザーに言っていたとのことだ。きっと妻が正しかったんだろう、と最後にヴィーザーと会った時コンラートは言っていたとのことだ。妻の話を聞いておくべきだった。そして一緒にトーブラッハに行くべきだった。山に囲まれたあの美しい土地ならきっと穏やかに暮らせただろうし、それが無理でも自分の体調を慮《おもんばか》りながら残りの人生を幸せに暮らしていくことが妻にはできた[23]だろう。そうは思わないかね、ヴィーザーさん。私と一緒に暮らしながらいつも探していたものをトーブラッハでなら見つけられたんじゃないかと思うんだ。女兄弟や親戚に囲まれて暮らす安心感とか落ち着きとか平穏といったものをね。今になってみれば思うことだし、今になってみれば認めざるを得ないことだが、まったく見込みのない計画のために自分の考えを押し通して妻の人生を台無しにしてしまった。それだけじゃない。妻の人生を台無しにしただけじゃなく自分自身の性格もねじ曲げてしまったんだよ。石灰工場で暮らすと決まったのはマンハイムでのことだがその頃の自分にはトーブラッハに行くか、つまり妻に従い、そうすることによって自分の人生を諦め台無しにしてしまうか、それとも石灰工場、つまりトーブラッハと違って気候的に問題がありさらには――コンラートによれば――あらゆる点でとにかく暮らしにくいジッキンクに行き、妻の人生を台無しにするかという二つの選択肢しかなかったんだ。ジッキンクで暮らすことは妻にとっては絶望の連続だった。そもそものはじめからそうだったんだ。それこそヴィルヘリンクの修道院に行くことだってできた、とヴィーザーには言っていたとのことだ。立派な果樹園の只中にね。シトー会に入っていたら間違いなく二人とも丁重に扱われていたと思うよ。ランバッハや、アシャッハ[24]、ラウヘン[25]に行くことだってできたんだ。それにロンドンやマンチェスターに引っ込むことだってできたはずだよ。けれども実際には石灰工場がなんとしてでも欲しかったんだ、とヴィーザーに言っていたとのことだ。ヘーアハーガーの勝利だよ。長いこと私を焦らして石灰工場を欲しくてたまらなくさせてしまったんだ。いくら払ってもいいから石灰工場が欲しいと言っても、ヘーアハーガーは簡単には売ってくれなかった。そういうやつが相手だと当然石灰工場へのこだわりも簡単には捨てられなくなってしまう。簡単には売らない、というのはまさにヘーアハーガーのやり口だったんだ。おかげで石灰工場のことしか考えられなくなってしまい、そのうちになんとしても手に入れたいと思うようになっていた。もっともどうしてそう思うようになったかというと、結局子供の頃に二、三回来たことがあった、というそれだけのことなんだ、とヴィーザーに言っていたとのことだ。四歳か、五歳の時と八歳か九歳の時だよ。ジッキンク、石灰工場にね。両親は休みの日の過ごし方がよくわかっていなかったので苦肉の策として、何十年も前だけれど、冬と夏にそれぞれ何日間か、ジッキンクでつまりは石灰工場に連れて来られたことがあったんだよ。その時のことがきっかけで、ほかならぬそのせいで石灰工場を手に入れたいと思うようになったんだ。覚えている限りではたしか、まだ若かった妻と本格的に冬らしくなっ

23　上オーストリア州の村。シトー会の修道院がある。
24　上オーストリア州の村。
25　上オーストリア州の村。

ていた十月の暮れに石灰工場にやってきたこともあった。叔父、つまりヘーアハーガーのお父さんを訪ねたんだ。その時はなんて冷たく無愛想な建物だろうと思った。それでも子供の頃よりもずっと魅力的に感じたのを今でも覚えているよ、とコンラート、とヴィーザー。コンラートの記憶によると二人はジッキンクを真夜中過ぎに出発し、シャルンシュタイン[26]へと向かったとのことだが、出発してからコンラート夫人は建物も不気味だし、周りの地域も不気味だ、気が塞ぐ、石灰工場にいると恐ろしい、と言ったらしい。コンラートが何がと聞くととにかく何もかもが、と答えた。そして石灰工場に住むように強制するなんてまともなひとのやることじゃない、と言ったとのことだ。奥さんにとってコンラートはいつもひとでなしだった、とフロー。私が知る限りではいつもひとでなしに見えていたんだ、とヴィーザーは言っていた。もっとも奥さんに対してだけではなく自分に対してもひとでなしを演じることがコンラートにとっては第二の天性になってしまっていた。そしてひとでなしの役割を演じているうちにひとでなしそのものになってしまったんだ。周囲の人々は、そして何より奥さんがコンラートのことをひとでなしだと思っていたし、世間もコンラートをひとでなしとして扱ってきたんだが、結局そのひとでなしそのものにコンラートはなってしまった。その限りで言えば、世間が、そしてほかならぬコンラート夫人こそがコンラートをひとでなしに、より正確に言えば、世間一般におけるいわゆるひとでなしにしてしまったんだ、とヴィーザーは言っていた。自分からひとでなしになったわけじゃない。ひとでなしとして、より正確に言うならば、世間一般におけるいわゆるひとでなしとして問い詰められるような状況へと世間がコンラートを追いやったのだ。都会にいても気が散るし、田舎にいても気が散る。都会にいようが田舎にいようが関係なく、取り組んでいることには集中できないものだ。精神的な仕事とはそういうものなんだよ、とヴィーザーに言っていたとのことだ。正確に言うならば、結局すべては気散じでしかない。都市も田舎も、都市のイメージも、田舎のイメージも、ここ数十年でほとんど違いがなくなってしまったからね。都市と田舎を区別するなんて今じゃもうナンセンスでさえある。もう長いことどこに行ったって同じなんだから、とヴィーザーに話していたとのことだ。似たような建物しかないことなんてほんの序の口だよ。何を見ても進歩への熱狂、つまりはテクノロジーへの熱狂しか存在しない。田舎だろうが、都会だろうが今では同じようなものでしかない。世界は今、私に言わせれば途方もない社会的混合過程にある。最終的には人間性を喪失した高品質の機械みたいな人間が登場するだろう。石灰工場に引っ越すと決めた時には世の中には（論文の）邪魔はいくらでもあるけれども、石灰工場に暮らしていれば邪魔は入らないし、ジッキンクには邪魔になるようなものは何もないと思っていた。けれども石灰工場や論文について事前に考えていたことは全部間違っていたね、とヴィーザーに言っていたとのことだ。結局自分を裏切ることができなくて本能的に行動するものなんだ。もちろん石灰工場に関することはあらかじめ全部考えておいた。もちろん妻のことも。もっとも妻のことも考えたとはいっても決断要員として相談したりはしなかった。荒廃した石灰工場に住むという考えがとにかく魅力的だったんだよ。それに散々旅行して、最後にはもう手当たり次第行けるところに行っていたから、これ以上旅行したいとも思えなかった。すくなくとも私に関してはそうだった。旅行にはもううんざりしていたんだ。新鮮な出来事があってもすぐに新鮮じゃなくなるし、誰と会っても結局いつも同じような人で結局いつも同じような関係性に終わる。どこに行っても同じような景色が同じように向かってきては離れていくだけなんだから。同じような状況が同じように繰り返される。気候はいつも似たり寄ったりだし、誰とどんなふうに仲良くなり、誰とどんなふうに敵になるのかも似たり寄ったりだ。政治も自然も医療もそうなんだよ。世界はだんだん新鮮さを失っていく。旅行している間はこれ以上ないほどに憂鬱だった、とヴィーザーに言っていたとのことだ。どんどんみすぼらしくなっていく。そして死ぬまでそのみすぼらしさと付き合い続けなくちゃならない。人里離れた建物に引っ越すことでみすぼらしさから逃れられると思うのは錯覚でしかない。今では錯覚だったとわかっている。もっとも私の（あるいは私たちの）問題のどんな解決方法も錯覚でしかない。石灰工場に引っ越せば人生を変えることができると思っていたんだ、と言っていたとのことだ。もちろん根本的に変えることができるわけじゃないだろう。そんなことはそもそも不可能なんだから。けれども九十度くらいは変えることができるんじゃないか、とヴィーザーにコンラート。たとえほんの少しであったとしても、人生を変えることができると思ったんだ。パリの家にいたってあっという間に窒息するのは目に見えている、とヴィーザーにコンラート。率直に言って人間の群れの只中で窒息すること、つまりあえて言えば、オスマン通りで窒息するというのはどう考えても一番悲惨なことなんだから、と言っていたとのことだ。いいかい、破滅する危険、失敗する危険が世界には満ち溢れているんだよ！と声を荒らげてヴィーザーに力説していたとのことだ。そしてこういった点については同じオーストリアの作家が書いているから読んでみるといい、と言って何冊かの本を挙げた。作家の名前は忘れてしまった。名前なんてどうでもいい。作家の人柄もどうでもいい。そもそも作家の人柄や、個人的な事情に意味があったことなんて今まで一度もなかったんだから。作品がすべて。作家自身は無に等しい。精神的に幼稚な連中だけが人柄と仕事を混同してもいいと思っている。今世紀前半にも見られたような厚かましく恥知らずな性根で、書かれたものを書き手の人格と混同する間違いを至るところで犯している。そして書き手の人格と作品を混同した結果、いつだって作品をむごたらしいほどに歪曲してしまうんだよ。作家の書いたものは作家の人格と関係しているに違いない、と思い込んでいるんだからね云々かんぬんとコンラートは言っていたとのことだ。作者と作品を混同する人は日増しに増えていっているし、そのせいで私たちの文化は途方もなく歪《いびつ》になっているんだから云々かんぬん、と言っていたとのことだ。だからオーストリアのこの作家を読みたまえ。作品を読んでいるときはきっと作者は狂気に襲われながら書いたに違いないと思ってしまうけれど、実際には狂気からは程遠い、そう言ってコンラートはいくつかのタイトルや断片を挙げた。その中で語られている出来事は作家自身の経験とも密接な関係がある。もっともそれらの本の中で語られている出来事はどちらかといえば形而上的なものであるのに対して、私がいわば真に根源的と呼ぶような出来事はいずれもそれほど形而上的なものではない。私はこれまで自分は有機的な発達をしてきた、と言っても問題ないと思うが、形而上的だったのはあくまでも思弁的な意味においてであって、決して形而上的な何かによって命を繋いでいたわけではない、とヴィーザーに言っていたらしい。そもそも私の人生は決して、一度たりともいわゆる幻想的なものだったことはない。徹底的に物質的な過程だよ、と言っていたとのことだ。そもそも哀しいものでしかなく、お望みならばショッキングなものだったと言ってもいいかもしれない。些細な点に至るまで凡庸なものでしかない結婚生活だ。それでも表面的にしか物事を見ない人には注目に値する、非凡でエキセントリックだと思われるかもしれないが云々かんぬんと言っていたとのことだ。もっともそれについて語るのはナンセンスというものだ。手袋の話をしよう。あれが手袋を編んでいる間、どうして手袋を編んでいるんだろう。それも同じ手袋を、と考えるんだが、一方でいつも手袋を編んでいるのにどうして私の靴下を繕ったり、シャツに継ぎを当てたり、ボロボロになったベストを修繕したりしてくれないんだろう、とも思う。私の服はどこもかしこも大きな穴が開いていると思わずひとりごちてしまう。それでも妻は手袋を編む。自分のニット帽を作ったっていい。ブラウスだっていい。けれどもそうしない。いつも手袋を編んでいる。妻が手袋を編んでいるのを見ていると、石灰工場は決定的に妻のことを殺してしまった、と思わずにはいられないよ。そういう状態の妻を、まさに石灰工場に五年間住んだ結果だが、そういう状態の妻のことを生き生きとしているとはとても言えないだろう。感情的にも理性的にもそうだ。私たち二人の間にはもう長いこと無理解としか言いようのない状態が蔓延《はびこ》っている。もっともさっき話したような旅行にしたところで、これまでに起こったことはすべて石灰工場に引っ越すための前振りでしかなかった。私たちの目的地は石灰工場だったし、石灰工場による死だったんだよ。石灰工場に来る前は、とヴィーザーに言っていたとのことだが、いつも人付き合いに追われて大変だったのに、石灰工場に来てからは一切人付き合いをする必要がない。そうなるとまずは絶望せずにはいられない。それから精神的かつ感情的な荒野へと放り出され、しかるのちに病と死に斃《たお》れることになる。ここではもう何にも起こらないんだからな！とヴィーザーを前にして声を荒らげていたらしい。とにかく石灰工場に引っ越すなんていう馬鹿げたことを、勇気ある振る舞いだ、なだと思ってしまったら、後はもう自殺するしかないんだよ。もっとも石灰工場に来てからのはじめの二年ほどは、妻も石灰工場に二人で引っ込むことが夫にとっての救いなんだと自分に言い聞かせていた。はじめのうちはもちろん夫にとっての（つまり自分にとっての）救いなんだと自分に言い聞かせていたし、それから半年経ってからも夫にとっての（つまり自分にとっての）救いなんだろうから、と言い聞かせていた、とヴィーザーに言っていたとのことだ。そして一年後には多分夫にとっての（つまり自分にとっての）救いなのかもしれないから、と言い聞かせるようになっており、二年後にはもちろん夫にとっての（つまり自分にとっての）救いであるはずはない、と言い聞かせるようになり、三年後には石灰工場に引っ越すことは、自分たち夫婦の完全な破滅を意味すると思うようになっていた。私は妻の変化に気づいていなかった。論文を書き上げられるかもしれない、という希望に縋って見ないようにしていたのかもしれない。結局最後には生活費はほとんどかからないということくらいしか石灰工場で暮らすメリットは残らなかった、とヴィーザーは言う。実際、周知の通り、田舎での生活、それもジッキンクの辺りのように孤立し、周囲から遮断された土地だったら生活費はそれほどかからない。大都会での生活はもちろんのこと、都会ではない地域と比べてもびっくりするほど生活費はかからない。けれども石灰工場に引っ込んだ理由としてそれしか思い浮かばないというただそれだけのことでも、私たち二人にとっては屈辱なんだ。それでも時々はそう思って自分たちを慰めている。つまり石灰工場のおかげで人生の値引きができたとね。そう思えば数時間か数日はどうにか救われた気分になれるんだ、とヴィーザーに言っていたとのことだ。実際、最終的に二人は無一文同然だった。コンラートはヴィーザーにもう何にも残っていない、と打ち明けていたらしい。こうした点に関して、コンラートが最後に銀行に行った時のことについて話していたとヴィーザーが話していたことが思い浮かぶ。銀行に今日行ってきたよ、とヴィーザーにコンラート。また一万引き出したんだが、もうこれが最後の一万だ、と言うんだよ。若い行員ももう（それ以上）払おうとしないんだ。わかるだろう、カウンターにいる行員だよ。だからすぐに頭取のところに行ったんだ。頭取は当然私のことを丁重に迎えてくれたよ。ご存じの通り、誰も換気しないからいつも空気が悪い、あの小さな頭取の個室だ。あそこにいると窓を開けたら、外からもっと悪い空気が吹き込んでくるんじゃないかと思ってしまう、とヴィーザーに言っていたとのことだ。近くに駐車場があるからね、わかるだろう。それで頭取に会うために部屋に入っていった。あそこの緑色に塗られた鉄製の書類棚のところを通ってね、わかるだろう、とコンラートは言う。頭取の個室に入ると決まって、壁に掛けてある銀行の創設者、デルフリンガー氏の肖像画に目がいってしまう。ねじり上げた髭や農民風の顔つきがね。私たちは握手を交わした、とコンラートは言う。すると座るように言われたので腰を下ろした。頭取が机の上に私に関する書類を並べているのが目に入ってきた。頭取と私の間でこれから決定的な会談が、そうまさに決定的な会談が行われるんだ、来てよかった、と思った。頭取は私についての書類に目を通し、私についての書類についての電話をかけ、銀行員を一人、二人、三人、四人、五人と呼び寄せた。通帳の抜粋をはじめとする私についての書類を誰もが持ってきていた。頭取は電話をかけ、何やら書類をめくるとまた電話をし、また書類をめくる。私に関するありとあらゆる書類を手にしていたのだ。つまり私がその銀行と取引をしてきたありとあらゆる年月のありとあらゆる書類だよ。頭取はそれらの書類の一つ一つに目を通し、その間私は融資してくれるだろうか、と考え続けていた。頭取の表情ははっきりとはわからない。融資してくれるだろうか、してくれないだろうか、と思う。してくれると思ったり、してくれないと思ったりする。そしてまたしてくれると思い、してくれないと思う。私に関する書類が次々と頭取の個室へと運び込まれる。男の行員も女の行員も息を切らしながら私に関する書類を運んでくる。そしてついに梯子を持ってこい、梯子を使って頭取の個室の屋根裏から私に関する書類を取り出し、持って降りてくるんだ、という命令が下される。頭取は行員を急かすが、行員はこれ以上早く梯子を上ることはできませんと言ったり、これ以上速く梯子を降りることはできませんと言ったりする。そんなことしたら怪我してしまいます。首を折りたくはありません、と言うのだが、それに対して頭取は何も答えない。きっと有能な行員だから、頭取も自制していたんじゃないかと思う、とコンラートはヴィーザーに言っていたとのことだ。そして私がまだコートを着たままであることに気づくと飛び上がり、コートを脱いで扉のコート掛けにコートを掛けるのを手伝おうとした。私もまた飛び上がり、コートを脱ぐと扉のコート掛けにコートを掛けた、とコンラート。今日は特別あったかいですね、と頭取は言ったらしい。ええ今日は特別あったかいですね、とコンラートも繰り返す。だからその日も頭取は簡単な上着を羽織っているだけだったのだが、冬でも簡単な上着しか羽織っていないのは妙だと思った。するとこの部屋（個室とは言わなかった）にいると冬用の服じゃ耐えられませんよ、と頭取はコンラートに言う、とヴィーザーは言う。あまり着込むとかえって体を冷やしてしまうんです。暖房が効きすぎるんですな。あんまりあたたかい部屋（個室ではなく）にいると、こんなにあったかいと体が冷えるんじゃないか心配になってくる、とまあそういうわけですな。しかもこの銀行は換気が良くありませんから。そうこうするうちに頭取のデスクには書類が積み上がっていく。自分の向かいにいる頭取の顔がどんどん見えなくなっていくんだ、とヴィーザーに言っていたとのことだ。私と頭取の間に書類の山があっという間に築かれてしまったんだからね。頭取の姿形はまったく見えなくなってしまったけど、声はなんとか聞き取ることができた。顔は見えなかったけど声は聞こえたんだ、とヴィーザーに言っていたとのことだ。何人かの行員が頭取の個室に入ってきていた。こちらに挨拶することもなく。女子行員が四人入ってきていたが、そのうち三人は挨拶していないんじゃないかと思う。私の債務のせいだとすぐに思った。何年も取引を続けてきた優良顧客だというのに、挨拶もしないなんて前代未聞だとも思った。もっともそのうちにこの銀行員たちが挨拶しないのは彼らがなっていないからというだけではないかもしれない、とも思った。つまり何か意図があって挨拶しないのかもしれない、と思ったんだ。そんな考えばかりが頭をめぐった。頭取はカウンターの行員に、さらには二階にいるいわゆる信用調査部門の行員にしきりに電話していた。そしてついに去年、私がサインした何枚かの不渡手形が運ばれてきた。そして融資を受けられないことがはっきりした。反対に債務を、とにかく今は手形の債務を支払わないといけない。もっともヴィーザーによれば、そうこうしている間もコンラートは、妻はこうしたことについては何も知らない、ということばかり考えていたらしい。それまでお金のことはすべて奥さんに隠していたし、隠すことができていたんだ。そのうちに、二人のお金についての、コンラート言うところの妻に対する戦略的隠蔽は頂点に達していた。もうこれで何もかも、つまり私たち二人の生活は決定的に破綻するだろうし、私たちにまつわる何もかもがものすごい音を立てながら決定的に崩壊してしまうだろう、と頭取がコンラートの経済状況にまつわる書類を読み込んでいる間、コンラートは考えていた、とヴィーザーは言う。男の行員も女の行員も大忙しで挨拶もできない、と思ったらしい。銀行の対応を見ていると銀行全体を挙げて対応しようとしているんじゃないかと思うほどだ。頭取は私に関する書類をどんどん持って来させようと方々に電話しているし、銀行の建物には私に関する書類がまだまだあったんだ、とヴィーザーに言っていたとのことだ。そのうちに銀行に勤めているやつらがみんな同じ顔をしていることが気になってくる。銀行員の頭には札束が詰まっているし、顔は札束でできているんじゃないかと思えてくる。それでも銀行の創設者デルフリンガー氏を眺めていると、つまり銀行を創設した男の農民のような顔つきをいつまでも眺めていると、昂っていた気持ちもだんだん落ち着いてきた、とヴィーザーに言っていたとのことだ。融資してもらえるといいな、という気持ちがまた首をもたげてきたが、そんなことを考えても無駄なことがすぐにわかった。頭取は融資してくれないんだ、と思う。そう言うのが聞こえたんだ。本当はお金に関することは何一つ言っていなかったのだが、それでももう融資はできませんと言っているのが聞こえた。実際にはこの部屋はなんて暑いんでしょう！と言っていたのだが、本当はもう融資はできませんと言っていたんだよ。それはつまりどういうことなのか、うまく説明はできない。想像もできないようなことが起こったんだ、とヴィーザーに言っていたとのことだ。そんなことを考えていると突然頭取の言葉が耳に入ってきた。二百万以上の借金がおありのようですな。それも当行からの借用分が一番多い。資産と差し引きしてもすくなくとも百五十万の借金が残る計算です、と頭取は言う。お持ちの資産では全然足りませんよ！と頭取は何度も言う。実際には一回しか言っていないのに、全然足りませんよ！という頭取の言葉をコンラートは三回、四回、五回、六回も聞いたとのことだ。いつまでも聞こえるんだよ、とヴィーザーにコンラート。それから頭取はある言葉を言った。その言葉がいつまでも耳元で反響していて頭から追い出すことができなくなっている。ご存じのことと思いますが、石灰工場をいわゆる強制競売にかけさせていただきました、と頭取は言ったんだよ、とヴィーザーに言ったとのことだ。もちろんそのような苦しい措置は長いこと先延ばしにしていたのですが、もうこれ以上そうした措置を先延ばしにすることはできません。延期不可能です。延期不可能という言葉もコンラートは頭から振り払えなくなってしまったようだ。何日間も、何週間も。それこそいわゆる凶行の日まで。何年間も銀行に行き、用立ててくれるように要求し、銀行は融資する。それが二週間に一回繰り返される習慣になっていた。午前中に石灰工場からジッキンクにやって来て当行にいらっしゃる。そして多かれ少なかれそれなりの額をお引き出しになる、と頭取。当行といたしましてはいつもお望みの額をお望みのままに融資して参りました。ある時は五千、ある時は一万、ある時は二千、ある時は千、ある時は五百、ある時は二万といった具合でございます。これまで一度も、どんな額であってもコンラートさまへの融資を断ろうと思ったことはございません。コンラートさまのご要望にはいつだって好意的にお応えしてきたつもりです。それこそ頭取の私としては気前がよすぎるくらいだったと言わざるを得ません。けれどもそれももう終わりです。もちろん私はその場で立ち上がって出ていこうとした、とコンラートはヴィーザーに言ったとのことだ。出ていく、とにかく出ていく、と思ったんだ。そして実際に立ち上がり、コート掛けからコートをひったくった、とヴィーザーにコンラート。そして頭取に手を差し出したんだが、私が飛び上がったのに合わせて飛び上がった頭取は、私に手を差し出し、いいでしょう。あと一万引き出してくださいわれわれはあと一回だけ一万融通します。当然のことですよ、と言った。頭取は当然のことだと本当に言ったんだ、とコンラートはヴィーザーに言ったとのことだ。当然のことですよ、当然のことですよ、当然のことですよ。今でもまだ当然のことですよという言葉が聞こえてくる。とヴィーザーに言ったとのことだ。私にはもう融資しないのが一番当然のことなのに、習慣的に当然のことですよ、と言ってしまったんだ、実にグロテスクだ、とコンラート。丁重にという言葉も頭取は言っていたな、もちろん、という言葉も。そして毎月頭にきっちり一万引き出すのが習慣となっていた時のように、頭取に帰る挨拶をし、すでに話した通り握手を交わすとまたきっちり一万引き出した、とヴィーザーに言っていたとのことだ。そしてそのお金を上着のポケットに突っ込むと銀行を後にした。これが最後だと決然と銀行を去ったんだ、とヴィーザーに言っていたとのことだ。それから何軒か商店を回った。靴紐や獣脂、便箋、シャツのボタン、そして妻のために手袋用の毛糸を買い、石灰工場に帰ったんだ。銀行はたしかに気前がよかったな、と思った、とヴィーザーに言っていた。石灰工場に向かいながら、絶望的な自分たちの状況が思い浮かんだ。節約さえすれば、と思った。つまり岩鼻まで行きそこからまた民宿に戻りさらに民宿から製材所に行きそして製材所から岩鼻を抜けて別館の後ろを通り別館を通り過ぎ石灰工場へと戻りながら、もう少し節約すれば、あと何週間かいやそれこそあと何ヶ月かこの一万でやっていけるな、と思ったのだ。生活への要求レベルを今の最低レベルからさらにもう一段階低いレベルへと落とせばいい。私たちは生活レベルが低くても構わないからどうとでもなる。生活レベルが低くても構わない、とコンラートはヴィーザーに言っていたらしい。もちろんそうしながら論文を書き上げることだってできる、とヴィーザーに言っていたとのことだ。論文を書き上げられるならそれ以外のことはなんでもいい。きっとこれ以上ないほどに絶望的な今の状況こそが、論文を書き上げるにはベストな状況なんだ。そう考えているうちに、だんだんそれ以外にはあり得ない、そうに決まっていると思うようになり、気がついたら不安感は消えていて、口笛を吹きながら部屋に戻っていた、とヴィーザーに言っていたとのことだ。記憶ではたしか夕方、とヴィーザーに言っていたとのことだが、私がクロポトキンを読み上げていると突然妻が舞踏会よ、カーニヴァルの舞踏会よ、と言い出したんだ。カーニヴァルの舞踏会という言葉を妻は何回か言ったのだが、とヴィーザーにコンラート、カーニヴァルの舞踏会という言葉は何回か私の耳を素通りしただけだった。それから妻はまだ覚えてる？と言い、ヴェネツィア、パルマ、フィレンツェ、ニース、パリ、デッゲンドルフ、ランツフート、シェーンブルン宮殿、マンハイム、ジークハルトシュタイン、ヘンドルフと捲し立てた。でもどこも三十年以上昔ね。舞踏会、舞踏会！と妻は叫ぶ。舞踏会、舞踏会！と何度も何度も。あなたはその気がないみたいだけど、諦めませんからね、とにかく諦めないんだから、と妻は言う。パリ、ローマ、覚えてる？　舞踏会へ、とにかく舞踏会へ！　私がそう言って一緒に舞踏会に行ったわね。とにかく舞踏会と名のつくものには一つ残らず顔を出したわ。私ったら本当にわがままだったわね。あなたがドレスを着せてくれたのよ。パリでは赤いドレス、フィレンツェでは青、ヴェネツィアでも青、パルマでは白、マドリッドではたっぷりとした裳裾付きのドレスを着たのよね、と妻は言う。裳裾付きのドレス、裳裾付きのドレスと突然妻が連呼する。裳裾付きのドレスが着たい、裳裾の付いたドレスを着せて。着せてったら着せて！　それで妻に裳裾付きのドレスを着せたんだよ。さあ、鏡よ、と妻が指令を下す。さあ、ファンデーションよ！　そして妻が顔にファンデーションを塗りたくる。鏡を覗き込んではファンデーションを塗りたくり、また鏡を覗き込む。そして突然、ああ、何にも見えないじゃないの。何にも見えないわ、と言う。実際、とヴィーザーに言っていたとのことだが、ファンデーションの雲の中にいるせいで鏡を見ても何も見えなかった。それから妻は、きっと何も見えない方がいいのよね、と言うとますますファンデーションを塗りたくった。あろうことかドレスまでファンデーションまみれになったよ、とヴィーザーに言っていたとのことだ。ファンデーションを塗らなくちゃ、と何度も言う。ファンデーションを塗らなくちゃ、塗り残しがないようにしなくちゃ。そしてファンデーションケースにファンデーションがなくなるとファンデーションは残ってないの？と言う。ファンデーションがあるはずよ！　ファンデーション！

ファンデーション！　ファンデーション！と言い、私が実際に二つ目のファンデーションケースを見つけると一分の隙もなく顔にファンデーションを塗り込んでしまった、とヴィーザーに言う。そして目や鼻がどこにあるのかもわからなくなってしまった。目や鼻を完全に塗り潰してしまったんだよ。塗り潰した！　塗り潰した！と妻は言う。塗り潰した！　塗り潰した！と妻は叫ぶ、とコンラートは言う。そして突然妻は笑い出し、ファンデーションを塗って塗って塗った挙句に塗り潰しちゃったわ、と叫ぶ。そして静かになったと思ったら、身体を起こしいい感じね、と言う。もう一度いい感じね、と言い、ショーは終わりよ。中止。ショーは中止。終わりなの。どうしようもないわ！　考えてもごらんなさいよ！と叫ぶんだよ、とコンラートはヴィーザーに言う。どうしようもないわ。家の中でこんなことが起こるなんて。どうしようもない！　どうしようもない！　どうしようもない！　それからしばらく静かになるといい感じ、いい感じね、と言うんだよ、とコンラートは言う。裳裾付きのドレスをまた脱がせてやる頃にはもう妻は疲れ切っていた。ドレスをよく払っておいて、と妻は言う、とコンラートはヴィーザーに言う。ドレスはファンデーションまみれになっているから、廊下に出してよく払っておいてね！　それで私は廊下に出てドレスからファンデーションを払うんだ。それから十一時頃におやすみを言って自分の部屋に戻った、とコンラートは言う。けれども自分の部屋に着いてからクロポトキンを妻の部屋に忘れたことに気づいたんだ。だからまた妻の部屋に戻っていってクロポトキンを取ってきた。多分疲れていたんだろうね、とヴィーザーにコンラート、妻はもう寝ていたからびっくりしたよ。手探りで机にたどり着くとクロポトキンを手に取って部屋に戻った。クロポトキンを読んでいると落ち着くんだ。それで二時頃、いつもそれくらいに私は寝るんだが、とヴィーザーにコンラート、私も眠りについた。またフローには次のように話していた。まったくの暗闇の中で座っているのはそれがはじめてのことじゃなかった。夕食には何も食べていなかった。どんな些細なこともやる気が起きない。指の爪を切ることも、足の爪を切ることもできない、とコンラートは言う。とにかく何もしていなかった。クロポトキンを朗読するよ、と言っても行動に移すことができない。『青い花』を朗読するよ、と言っても行動に移すことができない。うんざりしながら疲れ切った妻の前に座り続けている。もう一回クロポトキンにトライしてみよう、『青い花』にトライしてみよう、と思うんだが、何もできない。立ち上がって部屋に戻る気力もないんだよ。向き合って座っていると妻のだらしなさ、みすぼらしさが迫ってきた。昔よりもはっきりと。そして私自身のだらしなさ、みすぼらしさも。窓に目をやると外は真っ暗だったが、それでもはっきりとわかるくらい天気が悪かった。天気のせいで今みたいなことになっているんだ。天気は私のような人間や、妻のような人間をおかしくしてしまうし、天気こそが人間を絶望させるんだから、と私は思う。二人して椅子に座ったまま固まっている。朝になるまで黙ったまま座っている。疲れ果て、くたびれ果てたまま、そして疲れ切ったまま腰掛けている。うつらうつらと、時々黙ったまま互いにしがみつく。正気でいようと思ったらそうするしかない。製材所の旦那の葬儀。ヘラーが私を迎えに来て岩鼻を抜けて製材所へと向かった、とフローに言っていたとのことだ。黒い服をどうにかかき集めたんだよ、とフローに言っていたとのことだ。いとこのアルベルト、いとこの中でも一番若かったアルベルトの葬儀のために昔マンハイムで買った暖かいウールの靴下。それにハンブルクで買った暖かいベストを着た。さらに黒いボルサリーノをかぶる。もちろん首には黒いウールのマフラーを巻くし、ヴェネツィアで買った黒い革靴を履く。気をつけてくださいね、葬儀に行って死神を連れてきちゃうこともありますからね、とヘラーが言うんだよ、とフローに言っていたとのことだ。実際、葬儀に行ったら体を冷やしてしまい、その数日後に本人の葬儀になる、なんてことも珍しくない、とフローに言っていたとのことだ。岩鼻まで向かいながら製材所の旦那との関係について考えていて、製材所の旦那とはいつもいい関係だった、と思った、とフローに言っていたとのことだ。黒い服をもっていたら、黒い服を着て葬儀に行かなくちゃいけない、と製材所に向かいながら考える。そして喪の家に着いたらまずは遺体の安置してある部屋に行き、遺された夫や妻の手を固く握り、いい人だったとか、大事な人を亡くしたとかいったようなことを話す。遺体の後ろをゆっくりと歩く。その間何もしゃべらない。せいぜいもごもごと呟くだけで何を言っているかはわからない。特別な葬儀には何百という人が参列する。製材所の旦那の葬儀は特別な葬儀だ、と私は考える。特別な人々が参加し、特別な司祭が執り行う特別な葬儀が終わると、特別なレストランに行き、特別な食事をするんだ、と私は考える。特別な装飾がされた特別な霊柩馬車が、特別に光り輝く、特別に装われた馬に引かれ、特別に感極まった人々の前を通っていく。葬列には特別な人々が参加し、墓での典礼も特別、当然値段も特別だ。そういう特別な葬儀が行われる日は特別な日だ、と私は考える、とフローにコンラートは言う。製材所が近づく。何百人という人々が群れをなして向かっている。みんな黒く着飾っている、とフローにコンラートは言う。ヘラーが私の前を歩くこともあれば、私が真っ直ぐ歩かないものだから、ヘラーが私の後ろを歩くこともあり、最終的にヘラーと私は横並びで歩いていった。そうやって歩きながら消防署の署長は特別な弔辞を読むだろうな、と私は考える。製材所に着くなり、人々が特別な格好をしている様が目に入ってきた。特別美しい花輪に、特別白く、清潔な子供用ドレスが見える。そして何より特別高価な棺。埋葬の時に帽子をかぶったままでいいのかどうか迷った、とコンラートはフローに言っていたとのことだ。もし帽子をとったら死ぬほど体が冷えるだろうけど、帽子をかぶっていたら何か言われるだろう。それで結局、かぶったままでいた、とフローに言っていたとのことだ。消防署の署長が特別短い弔辞を読み、最初は呆れたが、そのうちに消防署の署長は製材所の旦那の敵だったことを思い出した、とフローに言っていたとのことだ。消防署の署長の弔辞が短いのは当たり前のことだったんだ。そしてその分司祭の話は長かった。墓穴の深さにはいつもゾッとする、とフローに言っていたとのことだ。どんなに勇気があって大口を叩いているやつがいても、墓穴の深さを見せつけられたら黙り込んでしまうだろう。私と製材所の旦那に何か違いがあるだろうか。いや、何の違いもない、と葬儀からの帰り道、ずっと考えていた、とフローに言っていたとのことだ。製材所の旦那はちゃんとしたやつだった、と石灰工場に向かいながら、ヘラーに話していたんだが、その後もずっと、どうして製材所の旦那が、と考え込んでしまった。それでヘラーには家に帰る道すがら製材所の旦那はちゃんとしたやつだった、と何度も言っていたんだ。いいやつだったとは言わないにしても悪いやつじゃなかった、とね。その日の残りは『青い花』とクロポトキンを交代で読む予定だった。けれども朗読の間も葬儀のことを考えてしまって、そのせいでいつもみたいに声が出なかったよ、とフローに言っていたとのことだ。フローの語るコンラートの見た夢。分類不可能の突発的な狂気（緊張病？）に襲われながら、天井の付け根から床まで降りていくような形で、石灰工場の内側を黒いつや消しのラッカーで塗り始める。大きなバケツに入れられたラッカーがいくつも屋根裏に置かれていたのだ。石灰工場の内側を塗り切るまでは出ていかないぞ、と自分に言い聞かせ、なんとしてでも石灰工場内を真っ黒にするべく屋根裏で見つけた黒いつや消しのラッカーで塗ろうとした。天井、壁、それ以外の家具調度も含めて、すでに話した通り、とにかくすべてを真っ黒に塗り込めようとしたのだ。奥さんの部屋も塗ったし、最終的には奥さんの部屋にあるものも全部、それどころか奥さん自身のことも黒く塗り潰したんだ。考えてもごらんよ。部屋の中のものを全部、さっきも言ったようにフランス製の医療用安楽椅子も含めて全部、自分の部屋のものも全部だよ。フローによると石灰工場を隅から隅まで、つまり石灰工場の内側を隅から隅まで、最終的には石灰工場の内側の内側も黒く塗り潰すのにきっちり七日間必要だった。それが終わると石灰工場を外から施錠し、別館を過ぎて岩鼻まで走っていくとそのまま飛び降りたとのことだった。フローが今日言っていたこと。コンラートはいつも、いつか銀行員がやって来て扉を叩くんじゃないか、という不安を抱えていた。銀行員かもしくは警官が扉の前に立っている。だからもう部屋からは出ていかない。奥さんが呼び鈴を鳴らしたり、ノックしたりしても出ていかない。私のことを石灰工場に入れていたのも、やけくそになっていたからだった。時々、恐れを知らない強情さで扉を叩く人もいたけれど、ヘラーと勘違いして出ていったりもしなかった。ヘラーはそんなことはしない、というのがコンラートの考えだったのだ。石灰工場が壊れかねない勢いでノックされることもあったらしい。コンラートは言っていたよ。椅子に座ってノックの音を聞いている。ノックの音にじっと耳を澄ませる。不規則な間隔だと誰がノックしているのかわからない。銀行員か？　それとも警官か？と考え込んでしまう。それでも椅子に座ったままでいる。じっと我慢する。妻の鳴らす呼び鈴が何時間も響いているが上がっていってもなあ、と思う。そんなことしても無意味だ、と思ってしまうんだ。今日私はヴィーザーと新たに生命保険の契約を結ぶことができたのだが、そのヴィーザーに対してコンラートは論文のために溜め込んでいる、それも頭の中に溜め込んでいる資料が膨大なせいで論文がダメになるかもしれない、と言っていたとのことだ。論文のための資料収集が進めば進むほど資料の膨大さ、それも論文をはるかに上回る資料の膨大さのせいで論文がダメになる可能性がますます大きくなる。使いこなさなくてはいけない概念があまりにも多く身動きが取れなくなってしまうんだ。はじめのうちは論文なんて簡単だと思っていてもそのうちにまったく簡単ではないとわかる。簡単だと思ったり、まったく簡単じゃないと思ったりする。簡単に書けるぞと思っていた章はどんどん短くなっていき、わけがわからなくなってしまった章はどんどん長くなっていく。けれども書きはじめられるといつも思っているし、今でも（つまりもう半年も前のことだが）論文を――ヴィーザーに対してコンラートが言っていたところによれば――ある日突然一息に書き上げることができると思っている。とにかく椅子に腰掛けて論文を書くことが重要だ。椅子に座って論文を頭の中から取り出して、紙にすらすらと書きつけることが可能となるような、いい巡り合わせが突然訪れることがないとも限らない。巡り合わせにはタイミングがあるんだよ、とコンラートは言っていたらしい。いい巡り合わせだろうが、悪い巡り合わせだろうが、巡り合わせというものはそういうものなんだ。そういったいい巡り合わせや、悪い巡り合わせがあるべきタイミングで回ってきているかどうかを、あるべきタイミングで見分けることが大事なんだよ。結局、椅子に座って書き上げるべきことを書き上げるだけなんだから。チャンスがやって来たら、利用しなくちゃいけない。それなのにそれまでチャンスを利用することができなかった。間違いなくチャンスはそこかしこにあったのに。ブリュッセルでのことや、マンハイムでのことを考えてみればいい。メラーノやデッゲンドルフ、ランツフートではもっと恵まれていた。それなのにそのチャンスを利用することができなかったんだ。物事はすべてあるべきタイミングで起こる。うまく利用することができていないだけなんだ、とコンラートは言っていたとのことだ。こんなことを言っても慰めにもならないが、多くの人は人生で一回きりのチャンスが回ってきてもうまく捉えることができない。だけど私は研究のような大切な仕事でそうなりたくはないんだ。どんな人でも、どんな脳でも、どんな頭でも、いつも言っている通り、なんでもできるという時が一度はやって来る。この誰にでも一度はやって来る、なんでもできる時を近い将来であれ、はるか先であれ、できたら直近であってほしいものだが、うまく見分けて利用しないといけない。捉え損なったいい巡り合わせや、チャンスが私の人生には溢れている。大抵の人はそうやって生きているし、捉え損なったいわゆるいい(もしくは悪い)巡り合わせがその人の一生を形作る。結局捉え損なった巡り合わせしか存在しない。いい巡り合わせだろうが、悪い巡り合わせだろうが関係ない。もちろんある巡り合わせがいいものか悪いものか、誰にもわからない。巡り合わせが悪いことがあったから、いい巡り合わせに恵まれるということもあるし、普通だったら悪い巡り合わせが、ある人（の頭）にとってはいいということもあるし、巡り合わせがいつも悪い人にとってはこの巡り合わせはよいということもある。悪い巡り合わせを自らいい巡り合わせにし、いい巡り合わせを悪い巡り合わせにする、さらにはいい巡り合わせをいい巡り合わせにつなげる。そういったことも結局は個々人（の頭）次第なんだよ。おまけに時間も残ってないんだから、とコンラートは二年前にはすでに言っていたとのことだ。もうこれ以上は生きていけないというのにいつも追い立てられながら生きている。どんな時だって自由になる時がない云々かんぬんと言っていたとのことだ。それに自分がもう老人であることもわかっているからね。老いた男には老いた頭がつきものだ。また次のようにも言っていた。あまりにも早く論文を書き上げてしまうと結局何も残らない。そんなものには何の価値もない。何にもならない。かといって書き上げるのがあまり遅くても意味がない。何にもならない。それでもいつ論文を書き上げるべきなのかは誰にもわからないんだよ。それはとても恐ろしいことで、書き上げるべき時はおのずから決まるものなんだ。何年もかかった仕事でも、完成させる時を間違えたりちょっと時間がズレたりしたら、それだけで台無しになってしまうこともある。書き始めたはいいものの完成させられないいんじゃないか、と不安になり中断してしまうこともある。中断する時は大概そういう理由だ。論文は書き上げなかったら無価値だが、書き上げても、書き上げてしまったばっかりに無価値だと気づくこともあるし、性急にとりかかろうとしたばっかりに台無しになることもあれば、用心深く構えたせいでとりかかるのが遅くなり、台無しになることもある。だからチャンスがやって来てもいつも素通りしていたんだが、そんなことを繰り返しているうちに年老いてしまった。この分だと論文の執筆なんて考えられないほどに年老いてしまうだろう。急ぎすぎたり、遅すぎたりするせいでどれほどたくさんの傑出した精神的産物が失われていることか、気持ちの面で急いだり、のんびりしすぎたせいでどれほど多くの才能に溢れた人々が落ちぶれてしまったことか、想像するだに恐ろしい。もちろん用心しなかったり、注意しなかったり、あるいは用心しすぎたり、注意しすぎたりするせいで、失敗する人だって多い。自分のすべてを、つまりは自分の持っているものをすべて、この（書き上げられていない）論文に注いできたんだ。もちろん論文にすべてを注いできたと公言したり、喧伝したりするなんていう品のないことを、わざわざする気はない。つまり私は言葉のもっとも致命的な意味で誇大妄想狂だったわけだが、妻は大目には見てくれず、毎日のようにチクチクと小言を言ってくる。それもまさに不具の女ならではの恐ろしいやり方でそうしてくるんだが、それでも私はもう何十年というもの、研究に対する、そして研究によってひき起こされる恐れや不安、つまりいつか研究がダメになってしまうんじゃないかという不安をいつも抱えながらどうにかこうにかやって来たんだ、とヴィーザーに言っていたとのことだ。論文に自分の頭の中にあるすべてを注いできた、誰も誰一人として信じてくれないかもしれないが、とにかくすべてを注いできた、と口に出して言ってみたところで真面目にとってはもらえない。せいぜい変なやつだと思われるのがオチだろう。いつも言っている通り頭の中にあるすべてを論文に注いでいるんだ、と毎日のように妻に言っているんだが、妻にしたって私のことをほかのやつらと同じように馬鹿にするだけなんだ。馬鹿に人生を台無しにされたと言っているよ。つまり妻は馬鹿に人生を台無しにされた身障者なんだよ。

ということはつまり身障者はもう一人の身障者に人生を台無しにされ、馬鹿はもう一人の馬鹿に人生を台無しにされたんだね。妻の障害にはどこか馬鹿げたところがあるし、私の馬鹿げたところは障害でもあるんだから云々かんぬんと言っていたとのことだ。対立者、敵はいついかなる時でも有利なんだよ。結局世の中敵ばっかりだ、と言っていたとのことだ。友達だって結局は敵でしかない。友達の仮面の背後に敵を隠し、自分自身からも見えなくすることで友達のふりをしているんだ。私たちは日常を演劇として過ごしている。すると自称友達がやって来て舞台の真ん中に座り込む。私たちもはじめのうちは当然のことだと思っているのだが、そのうちにその自称友達は敵だと、舞台を占拠していたほかのいろいろな敵と同じように敵なんだと気づいて追い出すことになる。いつも新しい敵が友達の顔をして舞台の後方からやって来る、と言っていたとのことだ。至るところから、真っ暗闇の中から友達の顔をした敵と敵の顔をした友達が、つまりは敵がやって来る。そいつらをまとめて舞台の天井に引っ掛けておく。舞台を占拠する友達の顔をした敵（やその反対）の操る言葉は、限りなく狡猾で抜け目がなく、我らが深淵なるおためごかし戦術によって作り出した舞台上ではいつだって曰くありげに響く。幕が開き、敵（友達の顔をした。あるいはその反対も同様だが）が舞台に上がる、とコンラート。やがて死が鉄のカーテンを下ろし、ほとんどの演者をあっという間に押し潰してしまうことだろう。学問をしてはならぬ、という両親の言いつけ、つまりいわゆるきちんとした教育を受け、勉強を続け、あるレベルにまで達するなどということはしてはいけない、という言いつけに従ったのは明らかに間違いだった。そのせいで学者としては生涯アウトサイダーでいつづけることになってしまった。完全に独立していられるという利点もあったが、自分しか頼れない、という欠点もあった。とにかくひどく苦労しないと前に進めなかったのだ。いわゆるきちんとした教育を受けてこなかったので独学で基礎を築かざるを得なかったわけだが、それは私が自然科学のとんでもない才能に恵まれていたことを割り引いたとしても簡単なことではなかった。とはいえ幸運にも、学問をするための、そして自分自身の研究をまとめるための勇気には恵まれていたし、リスクを恐れることはなかった。それどころか克服するべき障害が毎日のように現れ、いわゆる学問的な瞬間が訪れるたびに大きくなっていったが、それでもどうにか克服しようと奮起してきたのだ。克服するのがきわめて難しい大きな障害も一つずつ乗り越えてきたし、判断力と判断材料にも恵まれていたおかげで、以前から「聴力」と名付けていた自分の論文に関する仕事に全身全霊を捧げ――コンラート自身の言い方では――身をゆだねることができた。コンラートは両親の圧力のもと、両親にしてみれば当然のことだったのだが、相続によってバラバラになりながらも、なおも結構な量があった資産の保全に集中することが求められた。研究ではない。研究に対して、人々は、つまりは両親を中心とする周囲の人々はなんとも思っていなかったし、資産に関して言えば何百年もの間、素晴らしい利回りのよさによって一族を活気づけてきたのだから。もちろんコンラートもその恩恵を受けていた。こうした資産をめぐる諸々を見ているとさまざまな不運や幸運を経験して資産家となった人々の愚かさがはっきりとわかる。こうした愚かさこそがまさに致命的な遺産というべきなんだよ。何にせよ私を行きたいところに、つまり大学に行かせる代わりに、両親は寄宿舎から私を呼び戻し、学問をしないことが、つまりいわゆる誇大妄想的な頭脳になることを選んだりしないことが、地上における最大の幸福だと説き伏せようとした。それもまた彼らにしてみれば当然のことであり、そこにこそ彼らの、そしてこの私の充実した人生もあると思っていたので、私の関心をもっぱら不動産に、つまり家や製材所やワインの醸造工場や石灰工場、さらには地代や養魚池、そして材木や石や下等だったり高等だったりする家畜へと向けようとした。しかし若きコンラートは家の資産にそもそもまったく関心を抱いていなかった。保全だけを目的とした資産にはまったく関心を抱けなかったのだ。そのことは誰もがわかっていたし、コンラート自身を見れば一目瞭然でもあり、周囲の誰一人として気づかない者はいないほどだったので、気がつけば私たち夫婦は今では（と一年前にコンラート）ほとんど何もかも失ってしまっていた。きっと両親にも私が研究にしか興味がなく、領地には興味がないことはわかっていた。もし自然科学についての本格的な研究を私の望み通りに両親が許可していたら、どれほど熱中していただろうか、どれほど熱中できていただろうか。けれども彼らは学問を心の底から軽蔑していたし、自分たちの出自こそがすべてだと思っていた。両親が比較的若く、相前後して突然亡くなるということがなければ、何百年と続いてきた家の重みで私を領地に縛りつけていたことだろう、とコンラート。両親が死んでから学問を始めるのは遅すぎただろうが、それでも自由だと思ったし、自由に研究を進め、驚くほどの短期間で遅れを取り戻すことができた。あらゆる障害を乗り越えてわずか数年のうちに、とヴィーザーに言っていたとのことだが、頭の中で研究をまとめ、あらゆる障害を乗り越えて、それもきわめて忌まわしい障害を乗り越えて、自分自身の頭で研究を生み出すことができたのだ。いつも同じだよ、とヴィーザーにコンラート。最初はとにかく耳を澄ますことが大事なんだ。それから見る。そしてそれから考える。どんな時でも一緒だよ。最初はとにかく聞かなくちゃいけない。そうすると次第に見えてくる。そして思考が可能になるんだ。こうしたやり方を妻には毎日説明しているんだが、うまく行かないね。それでもウルバンチッチュ式訓練法を早い時間に開始するようにしたのは正解だった、と毎日のように思う。夜が明ける頃から、それどころか夜が明ける前から始めることだって珍しくない。理解力も判断力もその時間帯が一番優れている。それからお昼になるにつれてだんだん衰えていって、昼食を食べるとまた向上する。そして午後の五時くらいに頂点を迎える。その後は夜の八時から十時の間に一時的に冴え渡ることもあるとはいえ、ゆっくりと使い物にならなくなっていき、深夜にはもうくたびれ果てている。私の領分である研究のような領分に取り組もうと思ったら、秘密裏にかつ徹底的にやらなければならない、と妻には口を酸っぱくして言っている。妻は聞いてはいるんだが、まったく私の言ったこととは正反対の行動をする。ところで私は研究について大それたことはもう何十年も言わないようにしているんだ。論文も宙ぶらりんだし、それにまだ救えていない、つまりは書き上げていないからね。救えていない、という言い方をコンラートはしていたらしい。またヴィーザーによれば部屋を行ったり来たりして歩き回りながらどうにかしようとしているんだよ、とも言っていたとのことだ。だけど行ったり来たりしながら論文について考えるわけでもなくひたすら歩数を数える。するとちょっとだけ気が変になりそうになるんだ。論文について、つまり一番大事なことについて考えないでどうでもいいことばかり考えているんだからね。そうやって行ったり来たりしているうちにヘラーのところに降りて行って、ヘラーと薪割りしようと思う。行ったり来たりしているうちに、ヘラーのところに降りて行ってヘラーと薪割りをしようと思うんだ、とヴィーザーに言っていたとのことだ。降りて行って薪割りをするべきか一時間ほど悩み続ける。そのうちに降りて行ってヘラーと薪割りしたって無意味だと思うようになる。とにかく部屋を行ったり来たりしながら論文から逃避する方法を考えているんだ。本当はとにかく何がなんでも研究に集中しないといけない。一番大事なことととどうでもいいことを同時に考えることはできない。そんなことをしたら、一番大事なこと、私の場合だったら論文に大きな損害を与えてしまう。大きな損害を！とヴィーザーを前にして声を荒らげていたらしい。そんなことは重々承知しているんだが、結局論文について考えながらどうでもいいことばかり考えてしまう。昼には今晩妻と何を食べようかと考え、夜には明日の朝、何を食べようかと考え、さらには朝食をとりながら、昼に何を食べようかと考える。さらにはヘラーにどんな料理を持ってきてもらおうかと考えたりもする。研究をしているとふとパリの家のことや、マンハイムの家、ボーツェンの家のことが思い浮かぶ、とコンラートは言っていた、とヴィーザーは言う。論文のことを考えながら、まったく違うことを考えている。百パーセント論文に集中していないといけないのに、頭の中ではパリの家を覗き込んでいる。ありとあらゆる論文とは関係ないイメージが私が論文に関して抱くイメージ、論文についての明晰なイメージと混ざり、使い物にならなくしてしまうんだ。人の顔が思い浮かんだり、何千、何万というどうでもいいイメージが加わって論文についてのイメージがめちゃくちゃになってしまうんだよ。論文を書き上げようと思うといつだって何らかの邪魔が入る。パリやロンドンでは街の立派さが、ベルリンでは人々の浅薄さが、ウィーンでは人々の頭の悪さが、ミュンヘンではフェーン現象が。ある時は山が、ある時は海が。春が邪魔をしてくることもあれば、夏や極寒の冬、雨続きの夏がいけないこともあった。親族間のいさかいや、政治による荒廃が原因だったこともある。とはいえなんといってもやはり私自身の妻が論文の執筆を妨げていた。私たち、つまり私と妻はまだ実行できていない論文の執筆のためにとにかくいろんな土地に引っ越したし、次から次へといろんな土地を後にしてきた。執筆されるべき論文のために。夜のうちにパリを去り、ロンドンを去った。夜のうちにマンハイムを去り、ウィーンを去った。朝にはそんなつもりはなくても、夜には荷物をまとめることになる。そして何週間、何ヶ月間、それどころか永住するんじゃないかと思うほど長いこと暮らしてきた街との関係を断ち、将来のためにはるか遠くのまったく別の街へと向かうことになる。そして新しい街でもまた長く暮らしたかと思えば突然、ヴィーザーによれば「あたふたと」という言い方をコンラートはしていたとのことだが、出発し、立ち去ることになる。同じことの繰り返しだ。そういえばコンラートはヘラーの甥、このいかにも犯罪者風のいかがわしい人物が別館に住むとなった時から、何週間もこの甥のことばかり考えるようになっていた、とヴィーザーは言う。本当は百パーセント論文に集中しなければいけないのだが。自分の、さらには妻の部屋をあちらへこちらへと行ったり来たりし、執筆しなければならない論文のことを考えながらも、コンラートにとってはいつだって不気味なものでしかなかった地下世界の闇の中から、突如として浮かび上がってきたヘラーの甥のことが頭から離れなくなっていた。ヘラーの甥は別館で何をしようとしているのだろう、と気になって仕方がなく、おかげで私も論文も大迷惑を被った。あの甥はいくつなんだろう、と気になって仕方がなく、論文に手がつかない。どんな服を着ているんだろう、どんな髪色なんだろう、といったことも気になって仕方がなかった。不気味じゃないか？とも思った。足は長いし、上体はがっしりしてる。おまけに手も大きい。見たことないほど大きな手だ、という言葉が頭の中でぐるぐるし、結局論文が手につかなくなる。ある時、次のようにコンラートはヴィーザーに打ち明けていたらしい。行ったり来たりして考えていたんだが、あのヘラーの甥は、私を殺そうとしているんじゃないかと思うんだ。本当はまったく金がないのに私のことを金持ちだと思っているんだよ。裕福だと思っているんだ。世の中には犯罪が習い性になっているやつもいるからな、と部屋を行ったり来たりしながらコンラートは思ったらしい。病気ではないんだが根っからの性悪。そういうやつには注意しなきゃいけない。別館の方から、ヘラーと甥、二人の笑い声が聞こえてくるんだ。するとこの笑い声はなんだろう、なんて不気味なんだ、という気がしてくる。もしかしたら二人してよからぬことを企んでいるのかもしれない、とも思えてくる。けれどもそんなことを考えても仕方がないと思って考えないようにするんだが、それでもヘラーの甥や、ヘラー自身、そして二人の関係性について考えているうちに頭の中の論文がめちゃくちゃになってしまう。書き上げることなんてとてもじゃないが不可能だ、と思えて仕方がないんだ。論文を書き上げられない、もう決して書き上げられない。こんなことを思うのは病的だし、こういう病的なことばかり考えていたら本当に病気になってしまう、とヴィーザーに言っていたとのことだ。ともあれたしかに聞いたんだよ。深夜の一時頃（！）別館の前に立っていたら、別館の中からヘラーと甥の笑い声が聞こえてきたんだ。でも別館は真っ暗だった、とコンラートは言っていたらしい。別館は真っ暗だけど、二人の笑い声が聞こえてきた。変だろう。大きな笑い声ではなかった。そうじゃない。かといって小さい笑い声でもない。そうではなくて不気味な笑い声だったんだよ。ヘラーと甥の二人が、夜中に別館の暗闇の中で笑っている、そう思うだけでその夜は一睡もできなかった。とにかく眠れなくなってしまったよ、とコンラートは言っていたらしい。起き上がって部屋を行ったり来たりせずにはいられなかった。別館の二人のことを考えた。灯りがついていないか確かめようと、時々窓越しに別館の方を見たりもした。けれども灯りは見えなかった。それでもたしかに二人は笑っていた、とひとりごちる。もしかしたら錯覚だったのか？とも思う。しかしそう思う頃には外は明るくなっていた。そして何もかも論文を書けないことの言い訳なんじゃないかなどとどうしようもないことを考えているうちに身も心もへとへとになってしまった、とヴィーザーにコンラートは言っていたとのことだ。もし論文を書けていたら論文を書いていただろうし、すべては一変していた。もっと簡単だったはずなんだ。つまりこんなふうに細かいことにこだわってへとへとになるなんていうこともなかったはずなんだ。歳をとり、こだわりをもたなくなる。それ以上に理想的なことがあるかね？とヴィーザーに言っていたらしい。そして続けて次のようにヴィーザーに打ち明けた。一時半頃、また別館の方へと降りていった。うっかりしていて誰がどう見てもこの季節にはふさわしくない薄手のジャケットしか羽織っていなかったし、帽子も被っておらず足元には短靴を突っかけているだけだった。どんなにひどい状態かわかるだろう。それで別館の窓の下で聞き耳を立てていた。はじめのうちは何も聞こえなかった。凍えてもいたが、別館の壁に聞き耳を立てているうちに興奮したのか、体が冷えることもない。集中して神経を研ぎ澄ませていると冷えないもんだね。別館の壁に体を押し付けながら聞き耳を立てていたので、頭も体もこれ以上ないくらい張りつめていたんだ。好奇心があったわけじゃなく、怖くて仕方がなかったから、別館まで行って聞き耳を立てていたんだ、とヴィーザーに言っていたとのことだ。怖かったから、それも石灰工場の敷地内に突然現れ、無視できない存在感を放っているヘラーの甥が胡散くさくてどうにも落ち着かなかったからだ。私に隠れて別館を避難場所として使っている、それもきっと司法の追跡の手をかいくぐるための避難場所として使っていることの人物のことがね。司法によって追跡されている人物のことは誰であってももちろん匿ってやるつもりだし、司法の手から逃がしてやるつもりだよ。司法当局に迫害されている人々には親身になってやらないといけない。司法が迫害するのはいつだって無実の人々だ。それもほかの誰よりも罪のない人々なんだよ、とヴィーザーに言っていたとのことだ。哀れな人々の中でももっとも哀れな人々だ。だから司法に追われているならどんな手を使ってでも守ってやらないといけない。私がどんな手を使ってでも、と言ったらそれは文字通りどんな手を使ってでも、ということだ。私は司法のやり口はよく知っている。何度も司法に辱められてきたんだから、と言っていたらしい。司法は弱い個人を標的にする。だから司法の手から人々を守らなくちゃいけない。けれどもヘラーの甥について言えば不安で仕方がない。それにヘラーの甥は身寄りだってあるし、守られなくちゃいけないわけでもない。根っからではないにしろ下劣でやばいやつなんじゃないかという思いだって捨て切れない。ともあれそのことはともかくとして、ヘラーと甥の二人組が笑っている声がまた聞こえてきた。冬用の分厚い窓を通しても二人の笑い声が聞こえてくるんだよ。真っ暗な中、台所の隅っこに腰掛けていたに違いないよ、とヴィーザーに言ったとのことだ。私に関することでしばらく笑っているような気がした。ずっと同じことを話している。そして時々笑うんだ。何もかも聞こえたとはいえ、一語たりとも理解できなかった。それでも二人の雑談の仕方から、すぐに二人は私のことで盛り上がっているんだ、と確信した。コンラートやコンラート夫人といった名前が何度か聞こえた。つまり私や私の妻のことを話していたんだよ。すぐにわかった。石灰工場という言葉や中廊下という言葉、さらには手提げ金庫という言葉も聞こえた気がする。しかも二人して笑っていたんだ、とコンラートは言っていた。そのうちに三時になり、二人が立ち上がってそのまま玄関を出ていこうとする音が聞こえたらしい。コンラートは別館から出て来ると思ったので速やかに身を引いた。つまり別館の壁から石灰工場へと走り、自分の部屋へと駆け上がった。もちろんありとあらゆる、つまりありとあらゆるかんぬきを差し、ありとあらゆる鍵をかけてからね。そして自分の部屋で息を殺したままヘラーやヘラーの甥の立てる物音が聞こえないか聞き耳を立てていた。もっとも何一つ聞こえてこなかったよ。そして窓の外も真っ暗で結局ベッドに横たわったまま、今体験したいわゆる奇怪な出来事は本当にあったことなのかどうか、考えていた。別館の壁に体を押しつけながら聞いたり見たりしたと思ったことは、本当はただの勘違いかもしれない。結局全部ただの勘違いだったんじゃないかと思いながら眠りに落ち、翌朝目が覚めた。もしかしたらヘラーもその甥も夜の間ずっと深く寝ていたのかもしれない、それどころか夜の六時か七時くらいにはもう寝ていた可能性すらある、と翌朝になってから思った。あの不気味な記憶の中で体験したことは全部想像の産物だったのかもしれない。コンラートは夜の間の出来事をことこまかに奥さんに話して聞かせたらしい。すると働きすぎよ。ウルバンチッチュ式訓練法による実験ばかりして疲れていたから、きっとそんなふうに思ったのよ、と奥さんは言った。そう思っただけで本当にあったことじゃない、妄想よ、妄想と奥さんはコンラートに言ったとのことだ。論文に、つまりは論文の執筆に取り組む代わりに、現実にはあり得ないどころか不条理ですらある気晴らしのことばかり考えていた。たとえば石灰工場から出ていってヘラーと薪を割るだとか、ヘラーと森に行くだとか、丸太を引くだとか、別館で家具や箒を作るだとかといったことだ。おまけにヴィーザーにコンラートが話していたところによると、少なくとも二日に一回は暖かく着込み、石灰工場から出ていっていたという。ヘラーの記憶では作業着を着ていた。つまりくるぶしにはゲートルを巻き、頭にはニット帽、もちろん下は革の長ズボンを穿いていた。木材を運ぶつもりで石灰工場の敷地を離れても、すぐにまた藪の裏側を通って戻ってくる。やろうとしていたことがバカらしく思えてきちゃうんだよ。それで研究に戻ろうと思い研究に戻る。机に向かい、正気を取り戻そうとする。けれども正気を取り戻そうとして論文に、机に、論文を執筆するために山のように積み上げている原稿用紙の束に向かおうとすると途端に、樵夫のところに行かなくていいのか、そんな非合理的な判断が正しいのか、何百回、何千回と机に向かって試行錯誤するのが本当に正しいのか、と疑わしく思えてきてしまうんだ。石灰工場に戻って行く間もこうした疑いはどんどん強くなっていき、論文に近づくにつれ、止めようがなく大きくなっていく。そして部屋に入る頃にはもう論文を書くどころじゃなくなっている。それで外出用に着ていた服を脱ぎ捨ててベッドに横たわる。そして何やかやと思いをめぐらす。

つまりそうやって絶望から逃れようとするんだが、うまくいかない。結局また起き上がって部屋の中を行ったり来たりし、妻が呼び鈴を鳴らすのを待つことになるんだ。妻が呼び鈴を鳴らすと私は妻の部屋に行く。すると研究は進んだ？と妻が訊ねてくる。私はいつものように無視する。とにかく答えないことで答えるんだ、とヴィーザーに言っていたとのことだ。答えがないことも答えである、という文章は私たち二人の間では揺るぎない真理なんだ。そもそもこれに限らず石灰工場に暮らしているといわゆる諺《ことわざ》に嘘はないということが私にも妻にもはっきりとわかる、とコンラートはヴィーザーに言っていたとのことだ。諺は一つ残らず本当のことであって揺るがせにできない、一点の曇りもない真実だということが、生活しているとわかるんだよ。森に行くことや、樵夫のところに行くこと、ヘラーと森に行くこと、さらには彼らと丸太を引くだとかといったことについて、コンラートは最近までよく奥さんに愚痴っていたらしい。昔は毎日のように森の樵夫のところに行ったものだけれどももう何年も行ってない。自分でも最近まで気づいていなかったんだが、いわゆるパトロールをしに森に行くことをいつの間にかやめてしまっていた。もう製材所にも行かないし、民宿にも行かない。ヴィーザーを訪ねることもない。フローのことも。建設監督官を訪ねることもないし、森林監督官も、と奥さんに何度も言っていたらしい。そうやって訪ねなくなった人を数え上げるだけでこれ以上ないほどの妻に対する攻撃になる、とヴィーザーに言っていたとのことだ。論文と君がこぞって私を殺すんだ、と繰り返し言うようになっていたとのことだ。そんなことをしてもますますひどくなる状況が変わるわけでもないんだが、溜まっている返信を片付けるべきなんじゃないかと思う。手紙も葉書ももう何年も書いてない。タンスの上には世界中至るところから届く手紙や葉書が返事を返されることもないまま山のように積まれているし、タンスの引出しの中にまで返事を返していない手紙で溢れている。何人もの人々が時折思い出したように手紙をよこしてくる。とても理解できない。返信をしないということは、差出人とはこれ以上関わりたくないということなのだ。だから何百、何千という葉書や手紙にも返信しないでいるんだよ。差出人連中はとにかく暇を与えない、とヴィーザーに言っていたということだ。何度も何度も書き送り、私からの返事が何年もないことに気づいてようやく、こうした無数の差出人連中、大抵私のことを心底嫌っているこうした連中は手紙を送ってくるのをやめるんだ、と言っていたとのことだ。正直言えばもう何年も手紙はもらっていない、と言っていたとのことだ。妻には今でも手紙が来る。といっても考えられる限りもっとも意味のない手紙ばかりで、たとえばいまだに主従関係にあると思っていたり、遺産のおこぼれにあずかろうとしていたり、そうするのが何百年も続く礼儀作法だから、というそれだけの理由だったり、とにかく動機はさまざまだが、結局のところ自分のことを思い出してもらおうとして送られてきた、かつての奉公人からの返信のしようがない手紙ばかり。もしかしたら、とヴィーザーに言っていたとのことだが、妻に憐れみを感じて手紙を送ってきているのかもしれない。ご存じの通り、とコンラートは言っていたとのことだが、憐れみと名のつくものはとにかく軽蔑している、それこそ嫌っている私と違って妻は憐れみをいわば薬だと思っているんだからね。葉書での挨拶のようなきわめて低級な形でもそうなんだ。実験するだけでも大変なんだから、手紙や葉書に手当たり次第に返事を書くのはやめなさい、と何年も説得したんだが聞きやしなかった。それどころか手紙や葉書にはとにかく一つ残らず、郵便という郵便には一つ残らず返事を返している。つまりどういうことかと言うと結局私が代わりに返事しているんだよ。ヴィーザーさんもご存じの通り、妻は手紙が書けないからね。何も見えないし、鉛筆や羽根ペンを握っても鉛筆や羽根ペンを握ったままでいることができない。すぐにいらいらしてしまって全身が書くのを拒絶する。だから私が妻の名前で手紙を書くんだよ。サインだけ妻がする。返事の手紙や葉書を郵送するように手配するのも私がやっている。ヘラーに持っていくように言いつけるんだ。ところで郵便を送ろうと思ったら何かと費用がかかるものだ。けれども私の見立てではいまだに何百人といる、どうでもいい人々に向けて手紙や葉書を送るなんていうナンセンスのために使える金はないんだよ。もっともさっきも言った通り、タンスの上や引出しの中に溢れている返事を返していない手紙や葉書に一気に返事を返してしまうべきじゃないか、とっくの昔に死んでしまったと何年も前から思われているところにも連絡してみたらどうだろうか、とたまに思うこともある、とヴィーザーに言っていたとのことだ。私のような人間が長いこと連絡をとらないでいると、つまり先方が二通、三通と手紙を出しているのに返事を出さないでいると死んだと思われてしまうからね。もっとも本当に死んでしまったら噂になるだろう。時々とにかく腰を据えて、相手構わず溜まっている手紙やら葉書やらに一斉に返事を書いてみたらどうだろうか、まったく連絡をとらなくなってしまったせいで情報が一切入って来なくなっている相手とも連絡をとったらどうだろうか、そして近況を教えてもらったらどうだろうかと思うこともある。好奇心が熱病のように襲ってきて、実際に机に向かう。そしてかつて何も告げることなく一方的に関係を断ち、侮辱した相手との関係を再開しようと思うのだが、便箋を用意し、羽根ペンにインクを浸しているうちに、この時間を使って論文を書くこともできるのに手紙を書くなんて馬鹿げているという気がしてくるんだ。どんな顔だったかも忘れてしまった相手に期待されてもいない返事を書こうと頭を悩ませている間に論文を書くことができる。意味のない手紙や葉書を書くよりも論文の執筆に頭を悩ませた方がいいだろう。そして三年、四年とまったく何の連絡もしていなかったせいで途絶えていた関係を復活させようという考えを捨て去り、便箋を机からどかして、論文用の原稿用紙の束をふたたび机の真ん中に据える。けれども論文用の原稿用紙の束を目の前に据え、論文を書くための理想的な環境を作ったはいいものの、書きはじめることができない。長いことその場に座り込んだまま原稿用紙の束をじっと眺めている。そのうちに今日も書きはじめられないということに気づき、便箋をまた目の前に据える。そんなことをしているうちに数時間が過ぎてしまう。ある時は便箋が、ある時は論文用の原稿用紙の束が目の前にある。こうしたゲンコウアッチゲンコウコッチ、そしてビンセンアッチビンセンコッチを繰り返しているうちに、論文を書きはじめることも、文通を再開することもできなくなってしまうんだ。文通を始めることも、論文を書きはじめることもできず、最近では大体いつもこのパターンだが、結局部屋の中をあっちこっち、上へ下へとぐるぐるぐるぐる行ったり来たりする。論文のことを考え、中断している文通のことを考える。書かないといけない論文、再開できるかもしれない文通。とんでもない量の手紙を書かないといけないことと論文を書き始める難しさとが交互に思い浮かぶ。手紙は書くまいとも論文は書くまいとも思う。論文も手紙も書かない。どの手紙にもお礼を書かないといけないだろうな、と思う。いつも同じお礼の言葉を次から次へと。大体どの手紙にも無心しか書かれていない。無心するものといえばお金だったり、そうじゃなかったりするが、とにかく卑しく卑劣なことといったらない。金の無心か、もしくは愛情や好意をゆすり取ろうとしているかだ。だから手紙に返事はしない。金もなければ好意もない。そもそも連中に与えられるものは一切持ち合わせていない。こういう手紙を書くやつも、こういう葉書をよこしてくるやつも、結局何かのおこぼれにあずかりたくて連絡してきているんだ。この手の手紙ときたらどうしようもなくせこくて、こすっからいんだから。手紙で来ようが、葉書で来ようが、この手の郵便からは書き手の卑しさしか見えてこない。隠そうとしても誤魔化そうとしてもミエミエだ。そのうちに手紙を屋根裏に運ぼう！と思った、屋根裏に上げてしまおうと思い立った。何百、何千とある手紙や葉書をすぐさま山のように積み上げる。何百、何千という手紙や葉書の匂いに窒息寸前だった、と言っていたということだ。そうしながら、こうしていれば論文の息抜きになるぞ、と思った。新しい息抜きだ。ゴミを掃き集めたり、汚れを拭き取ったり、釘を壁から抜いてみたり、靴を磨いたり、靴下を洗ったり、といった何年もの間、二十回、三十回と繰り返し、今ではもう吐き気しか覚えなくなっている作業とは、つまりはこうした忌まわしいとしか言いようがない息抜き工作とは全然違う。手紙を山のように積み上げて少しずつ屋根裏に持っていくのは、まったく新しい作業だ。そしてコンラートは腕いっぱいに手紙を抱え、屋根裏に運んでいった、とヴィーザーは言う。屋根裏に上がるといつも通りに大きな梁に頭をぶつけた、とヴィーザーに言っていたとのことだ。頭蓋が割れたのかと思ったよ。でもそのうちに痛みは和らいだ。傷も大したことはなかった。返事を返していない手紙や葉書の山を何往復もして屋根裏へとどうにかこうにか運んでいく、とヴィーザーは言う。文通なんて大いなる錯誤だ！　そもそも連絡をとるということ自体が錯誤でしかないんだから！と思いながら。最後にはもうどうしようもなく疲れ果ててしまった。最後の一通まで屋根裏まで運んでしまうと自分の部屋へと戻り、すぐに横になった。当然気力も残っていなかったので論文のこともまったく考えない。いつでも論文を書きはじめられるようにと机は準備万端整えてあり、そのせいでこの何年というものいつも気が気でなかったのだが、その時は一切気にならなかった。さらにヴィーザーには次のように言っていたとのことだ。いつでも書きはじめられる。書きはじめるその瞬間に向けて机は整えてある。けれどもとにかく書きはじめる瞬間にすべてはかかっているると思うとかえって書けなくなるんだよ。机は論文のために準備してあるのに書きはじめられないと思うと耐えられなくなって、起き上がって水を飲む。一杯目も二杯目も一気に飲み干すんだが、飲み干しながらこんなふうに急いで飲み干してしまうと、風邪を引くんじゃないかと心配になってくる。実際、冷たい水をあんまり急いで飲むと、一気飲みすると風邪を引いてしまうからね。そのせいで風邪を引いたことはこれまでなかったけれど、それでも急いで水を飲み干したせいで風邪を引くんじゃないかといつも心配で仕方がないんだ。実際、奥さんを射殺する一週間前、水を急いで飲んだせいで風邪を引いたとコンラートは思い込んでいたらしい。ヴィーザーは言う。コンラートは突然口がきけなくなった。話そうとしても声が出ない。台所で水を飲んでいたのをやめて自分の部屋へと戻り気持ちを落ち着けようとする。横になる。そしてまたすぐ起き上がる。こんなふうに声が出ないんじゃウルバンチッチュ式訓練法も続けられないかもしれないと不安になってくる。　声が出なくなったらこれを機に実験を終わらせないといけなくなることだってあり得る。そうなったらウルバンチッチュ式訓練法ができなくなるだけじゃない。論文も書けなくなってしまう。何回かコンラートは声を出そうとしたが、うまく行かなかったとのことだ。声が出なくなったということを知った時、つまり突然口がきけなくなったと聞いて妻は表面的にはショックを受けたようなふりをしていたが、これでようやく実験をしないでも良くなったと内心ではほくそ笑んでいることがすぐにわかった、とヴィーザーに言っていたということだ。それなのに突然、声が出なくなったのと同じくらいあっという間に声が戻ってきたんだ。急にまた話せるようになった。よく覚えているがその時私はふと自然なことだ、と言った。自然なことだという言葉が思い浮かんだんだ、とヴィーザーに言っていたということだ。声がいきなり出なくなったのはもしかしたら弱視と関係あるかもしれないとその時思った。声が出なくなったと思ったら、見えなくなる。これからは交互に見えなくなったり声が出なくなったりするんだろう。また話せるようになったので、それもまったく普通に話せるようになったので、すぐにでも妻の部屋に駆け上がっていって、ウルバンチッチュ式訓練法の続きをやらなくちゃいけないと思いながらも、いつものように急に飛び上がって行ったりはせず横になったままだった、とヴィーザーは言う。今や私たちは二人とも手の施しようがないほどに助けを必要としている。けれども妻が必要としているのは私のような人間じゃない、とその時思ったんだ、とヴィーザーに言っていたとのことだ。私じゃない、私じゃないと何度もつぶやいた、と何度も言っていたとのことだ。それでも助けを求めている女、誰よりも助けを必要としている女を私がどうにかしてやらないといけないんだ。結婚してしまったからね。もうずっと以前から妻は病気でしかも不具だった、とヴィーザーに言っていたとのことだ。結婚する何年も前から病気がちではあった。それが結婚の直前になって困ったことに本格的な病気になってしまったんだ。こうした病気や障害は治るものではないというのはわかっていたが、それでも不具で重病の女と結婚したとヴィーザーに言っていたということだ。病気で障害持ちの女とどうして結婚するなんていうことになったのか、自分でもわからなかった。その頃、何度も医者に問い合わせて確認したのだが、病気も障害もまず間違いなく悪化していく。それなのになぜ結婚するというのか。いや、そうじゃない。病気で障害があるから、つまり病気のせいで障害があり、誰よりも助けを必要としているからこそ結婚するんだ。私に頼りきりになっているから結婚する、と思うことにしたのだ。つまり私を必要とし、私がいなくてはならず、私抜きでは生きていけない、あるいはすくなくとも私抜きでは生きていけないと思っており、また私の目的のために、つまり私の学問のために無条件で自由になる女と結婚する。ということはつまり、そうしなければならないのならば、ヴィーザーに対して言っていたという言い方によれば、学問的に必要ならば乱暴に扱ってもいい女と結婚する。そう思うことにしたのだ。それから部屋に戻った。弱視についてはさっきも話したが、それに加えてこれから一時的にまったく声が出なくなるかもしれないと思うことにもだんだんと慣れていき、その事実を受け入れられるようになってきた。というのも瞬間的に声がまったく出なくなったのはグラスの水を一気飲みしたからじゃないということが、ベッドに横になっているうちにわかってきたからなんだ。水を飲むことと声が出なくなることとの間には因果関係があるとも思っていたが、実際にはこの突発的な声の障害は、原因を解明することも特定することもできない弱視と同じで、体の内側から来る原因不明の、つまり頭の機能不全なんだ。まったく予想外の破壊的な病変が起こりつつあるに違いないよ、間違いない、とヴィーザーに言っていたということだ。頭のことが原因であっという間に内臓は動かなくなり、いわゆる機能停止に至るだろう。場合によっては命に関わるかもしれない。後数年の命だろう。それ以上生きるとは思っていない、とコンラートは奥さんを射殺する一週間前に言っていたらしい。はじめて声が出なくなった日、何時間もベッドに横になっていた。そうしながら、どうして呼び鈴を（コンラート夫人が）鳴らさないんだろう。何かあったのだろうか、と思っていた。でも本当に気になっていたのは、弱視に加えてこれからは声が出なくなることもあるかもしれない、ということをどうやって言わないで済ますかなんだ。新しい障害について知らせたくなかったんだよ。妻を労《いたわ》ることではなく、ウルバンチッチュ式訓練法をやめるきっかけを与えないこと、論文に関して自分の立場を弱くするようなきっかけを与えないようにと、そのことばかり考えていたんだ。いわゆる痙攣《けいれん》だよ、とヴィーザーには言っていたらしい。見えなくなったり、話せなくなったりする。見ることも話すこともできない時もあるかもしれない。少しの間だけれど、とコンラートは言っていたとのことだ。もちろんいつまでも見えないことも、いつまでも話せないことも、いつまでも見ることも話すこともできないこともあるだろう。けれども何より大事なのは耳が聞こえるということだ、と言っていたとのことだ。私はとにかく耳がいいんだよ。もっともある日ぷっつりと何も聞こえなくなる時が来るかもしれないが、ウルバンチッチュ式訓練法を使って聴力にまつわるありとあらゆる実験をしているおかげで突然耳が衰えたり、突然耳が聞こえなくなったり、といったことは今のところない。それでもウルバンチッチュ式訓練法をひっきりなしに使い、ひっきりなしに聴力の実験を行っているせいで、ある日突然耳が使い物にならなくなることだってあるかもしれない、とヴィーザーに言っていたということだ。そうなったら金輪際耳が聞こえなくなってしまうだろう。酷使したせいである日突然耳が使えなくなる。動かなくなるんだよ。妻を射殺した夜、コンラートは耳が聞こえなくなっていたのかもしれないとヴィーザーは推測している。その夜、ついにコンラートは耳の衰えを感じた、というのは十分あり得ることだ。いわゆる殺人があった夜に耳の衰えを実感するようなことがあったのだとヴィーザーは確信しているとのことだ。今日私はフローと新たに生命保険の契約を取り付けたのだが、そのフローによれば、コンラートは論文執筆のために有利な状況、それもこれ以上ないほどに有利な状況がやってくるのを待っていたのは間違いだった、と言っていたとのことだ。論文の執筆のための理想的な、いや単に理想的なだけではなく、これ以上ないほどに理想的な状況がいつかはやってくると思っているうちにどんどん時間が、コンラートの言い方によれば一番貴重な時間が過ぎていった。挙句の果てに力尽きつつある(!)今になってようやく、この二十年、それどころか三十年もの間、論文執筆のための理想的な瞬間を待ちながら無駄な時間を過ごしてきたことがわかった。不幸な出来事(とフローは夫によるコンラート夫人の射殺事件をそう呼んでいたのだが)の直前コンラートはフローに、そもそも論文を執筆するための理想的な瞬間は存在しない、ましてやこれ以上ないほどに理想的な瞬間は存在しない。理想的な瞬間も、ましてやこれ以上ないほどに理想的な時点も瞬間もタイミングも決してまったくどのような意味においても存在しないのだから、と言っていたということだ。何千という先人たちと同じように、私もある日突然、いわゆるベストのタイミングで一気呵成に論文を執筆し、完成させることができるという妄想の犠牲になっていたのだ。シュタインの刑務所にいたとしても、ニーダーンハルトの精神病院にいたとしても書きはじめられないだろう。コンラートの論文はコンラート自身と同じように失われた（ヴィーザー）。またフローは突然評価を変えて、完成していたら畢生《ひっせい》の大作になっただろうがダメになってしまった、と言っていた。そもそもアイディアとしては完全に、つまり頭の中では論文として見事に完成していたにもかかわらず、執筆が引き延ばされ続けた挙句に何もかもがうまく行かなくなってしまった。そして学術的な知見に溢れ、幻想的ですらあった脳内の作品を、勇気を振り絞り、比類なき決断力を発揮することによって、つまり知的な大胆さを発揮して紙に書くことによって他人が、つまり専門家や後世の人間が読めるようにすることができなかった。なんとも残念なことだ。コンラートの言い方によれば屈辱的なほどに長くかかったとも言えるし、驚くほどに短かったとも言えるこの何十年の間、論文に関していえば自分自身に対する厳しさもコンラートには欠けていなかった、それどころか自分自身にこそ厳しくしていた。けれどももっとも重要なものが足りなかった。つまり実現に、実行に対する恐れのなさ、そして一気呵成に自分の脳内をさらけ出し、論文を文字として現実のものにすることへの恐れのなさが足りなかったのだ。

訳者あとがき

飯島雄太郎

本作は一九七〇年に発表されたトーマス・ベルンハルトの三番目の長編『石灰工場』の全訳である。ある日、自称科学者のコンラートが妻を殺した、という事件が起こる。コンラートはかつて石灰工場だった、人里離れた建物に暮らしながら、聴力についての論文を執筆しているという人物だった。その論文というのは聴力に関するものでコンラートは妻にウルバンチッチュ式訓練法という謎の訓練法を施しながら、妻の聴力を引き上げようとしていたのだという。保険の営業マンである「私」は周辺の人物に聞き込みを行う。それとともにコンラートと妻の生活の実態が、そして殺害に至る経緯が明らかになる……。

以上が本作のあらすじだが、何よりの特徴となるのは本作の語りのあり方である。「私」はフローやヴィーザー等、コンラートと親しく付き合っていた人々の証言を間接話法によって再構成しようとするのだが、その際、ヴィーザーやフローもまたコンラートの言葉を間接話法によって語る。結果的に作品はほぼ全編にわたって間接話法によって語られ、語りの視点は「私」から、ヴィーザー、フロー、さらにはコンラート自身へと縦横無尽に入れ替る。通常のリアリズム小説であれば全知の語り手が事件を再現することで、読者は小説世界に親しむことが可能となるが、本作ではあくまでも限定された視野を持つ人物たちによる語りを介してしか事件に接近することができない。結果的に読者はコンラートの凶行を周囲の人物たちの視点から追体験することになる。

すでにベルンハルトに親しんできた読者には周知の通り、こうした間接話法による語りはベルンハルトの自家薬籠中の形式ではあるが、本作ではほかの作品にも増して語りの可能性を発掘しようとする試みがなされている。たとえばコンラート夫人の死因をめぐる噂話である。作中では死因をめぐってさまざまな説が語られるが、それらはあくまでも噂話として並列されるだけでなぜ死んだのか、ということは結局明らかにされることがない。いわば過去の不確定性を炙り出すための技法として間接話法が用いられているのである（なお一九七一年には間接話法をナンセンスの域に達するまで駆使した中編『行く』も発表されている。この頃のベルンハルトは間接話法による語りというスタイルの可能性を見極めようとしていた、と言えるだろう）。

そのような語りによって何が展開されるかといえば夫婦の愛憎劇である。コンラートは自身の論文「聴力」のために妻に実験を行っている。妻がくたびれ果てるまで延々と続く実験はどこか拷問めいてすらいる（最近の言葉で言えばモラハラめいている）が、本作の面白いところはコンラートが妻に実験に協力してもらおうとするあまり、次第に従属的な立場に追いやられるところにある。そのうちにコンラートの妄想世界の中で被害感情が高まっていき、最終的に殺人へと至る。被害者が同時に加害者でもあるようなこうした妄想的な世界を描き出した点において、本作はきわめて戦慄的であり、今なお古びることのない普遍性を備えている。

本作の発表と同時期にベルンハルトはドイツ語圏を代表する文学賞であるビューヒナー賞を受賞した。それ以前にも『凍』や『昏乱』といった作品によって一応の成功を収めてはいたベルンハルトだが、こうした受賞を機により広くその名前が知れ渡るようになった。『石灰工場』はこうした作家として脂の乗り切った時期に発表された作品である。そういった事情もあってか今回訳していてベルンハルトのサービス精神のようなものを強く感じた。そもそも殺人事件という題材自体がエンターテイメント性に富んでいるし、コンラートの語り口のユーモラスな調子や奇妙な造語など何らかの読みどころが作品のそこかしこにちりばめられている。また各エピソードも緊密に構成されており、凶行へと至る過程を追体験できるように効果的に配置されている。まさにベルンハルトの代表作と呼ぶにふさわしい傑作であり、本訳書の出版とともに『石灰工場』がカフカやロベルト・ヴァルザー、ムージルといった二十世紀文学の傑作に次ぐ新たな古典として広く読まれることを願っている。

＊＊＊

翻訳の底本には Thomas Bernhard: Werke. Hrsg. Von Wendelin Schmidt-Dengler und Martin Huber, Frankfurt a. M. (Suhrkamp), 2004, 3. Band. を用いた。原文がイタリックになっている箇所には傍点を振ってある。なお作中には差別的な表現も散見されるが、本作のコンラートは常識の通じない人物として設定されており、その言葉遣いもまた人物造形の重要な一部をなしていると考え、省略などはせずそのまま訳した。また本作の記述にはいくつか矛盾した箇所があるが、ベルンハルトの作品ではこうしたことは珍しくない。（話し言葉の曖昧さを示す演出としても解釈できる。）そのため明白な間違いと思われる箇所を除いてそのまま訳してある。翻訳に際しては竹内節による旧訳（早川書房、一九八一）ならびにソフィー・ウィルキンスによる英訳を参照した。竹内訳は本邦にはじめてベルンハルトを紹介した記念碑的な訳業であり、私自身愛読していた一冊である。今回訳していても非常に多くのことを教えられた。この場を借りてお礼申し上げたい。

出版に際してはいつも通り編集者の阿部晴政さん、ならびに河出書房新社の皆さまにお世話になった。また京都大学文学研究科博士後期課程の杉山東洋さんには原文と対照する形で訳文のチェックをお願いした。おかげでスクランブル交差点を全裸でわたるようなミスを回避することができた。ディーター・トラウデン先生、デイヴィット・アデバーくん、タンモ・ライゼヴィッツさんにはドイツ語についての細かい質問に答えて頂いたほか、シャラポア野口くんには草稿段階の訳稿を読んでもらい、貴重なご意見を頂いた。この場を借りてお礼申し上げたい。

Thomas Bernhard:
DAS KALKWERK, 1970

飯島雄太郎（いいじま・ゆうたろう）
1987年生まれ。京都大学文学研究科博士後期課程単位取得退学。博士（文学）。共著に『モルブス・アウストリアクス　オーストリア文学をめぐる16章』（法政大学出版会）、訳書にトーマス・ベルンハルト『推敲』（河出書房新社）、共訳書にトーマス・ベルンハルト『アムラス』（河出書房新社）等。

石灰工場《せっかいこうじょう》

2024年 9 月20日　初版印刷
2024年 9 月30日　初版発行

著者　トーマス・ベルンハルト
訳者　飯島雄太郎
装幀　ミルキィ・イソベ
カバー写真　畠山直哉
発行者　小野寺優
発行所　株式会社河出書房新社
〒162-8544　東京都新宿区東五軒町2-13
電話　03-3404-1201（営業）　03-3404-8611（編集）
https://www.kawade.co.jp/

組版　株式会社創都
印刷　モリモト印刷株式会社
製本　小泉製本株式会社

ISBN978-4-309-20912-8
Printed in Japan

河出書房新社のトーマス・ベルンハルト作品

凍
トーマス・ベルンハルト　池田信雄訳

おそるべき作家の最初の長篇にして最高傑作。画家となった男の調査を依頼されて山間部の村に滞在することになった研修医の手記があばく凍りつくほどにきびしいこの世界の真実。

アムラス
トーマス・ベルンハルト　初見基・飯島雄太郎訳

『凍』につづく異才の戦慄すべき作品集。一家心中の生き残りの兄弟が風土病に翻弄されて追いつめられていく悲劇を描く「アムラス」、ふたりの会話で発狂した友人の顛末が語られる「歩く」。

推敲
トーマス・ベルンハルト　飯島雄太郎訳

自殺した友人の遺稿を整理するために動物剝製師宅の屋根裏部屋にこもった主人公が見出したものはなにか。三つの狂気が交錯し交響する戦慄的なカオス。ベルンハルト中期の長篇。

昏乱
トーマス・ベルンハルト　池田信雄訳

山村の医師である父と鉱山学を専攻する息子は特異な病と狂気を病む住人たちと出会っていく。その中でも侯爵の狂気は果てしもなかった。この世界の暗黒を極めるベルンハルトの名作。

樵る　激情
トーマス・ベルンハルト　初見基訳

20年ぶりに「芸術家晩餐会」に招かれた小説家の脳裏に噴き出す忌まわしき過去の記憶、そして悔恨、呪詛、愛と挫折が現在を切り裂く。暗黒の巨匠ベルンハルト後期の異様なる傑作。